MORTEL MARIAGE

JESSICA FLETCHER
ET JON LAND

Traduit de l'anglais (États-Unis)
par Stéphanie Alglave

City
Roman

Publié pour la première fois par BERKLEY PRIME CRIME,
une marque de Penguin Random House, sous le titre *Murder of Twelve*.
Inspiré de la série télévisée Universal créée par Peter S. Fischer,
Richard Levinson & William Link.
Illustration de couverture : Sébastien English

ISBN : 978-2-8246-1954-5
Code Hachette : 82 3560 2

Collection dirigée par Christian English & Frédéric Thibaud
Catalogues et manuscrits : city-editions.com

Dépôt légal : Novembre 2021

Pour Angela Lansbury,
qui a donné vie à Jessica Fletcher

les personnages

Les invités au mariage

- CONSTANCE MULROY – mère du futur marié
- MARK MULROY – frère jumeau du futur marié
- LOIS MULROY-DODGE – nièce de Constance Mulroy
- BEATRICE ET OLIVIA SPRAGUE – cousines jumelles âgées de Constance Mulroy
- DOYLE CASTAVETTE – père de la future mariée
- TYLER CASTAVETTE – frère de la future mariée, et fils de Doyle
- VIRGINIA DA SALLE – actrice et compagne de Doyle Castavette
- HENLEY LAVARNAY – mère de la future mariée, et ex-épouse de Doyle Castavette
- HARRISON BAK – avocat réputé et compagnon de Henley Lavarnay
- IAN ET FAYE – amis des futurs mariés, et respectivement le garçon et la demoiselle d'honneur

Les absents

- HEATH MULROY – l'époux de Constance, qui se serait suicidé
- DANIEL MULROY – le futur marié
- ALLISON CASTAVETTE – la future mariée

Le personnel de l'hôtel

- SEAMUS McGILRAY – directeur et propriétaire d'une partie de Hill House
- JANEY RYLAND – réceptionniste
- EUGENE – commis de cuisine récemment embauché

Très peu d'entre nous sont
vraiment ce qu'ils paraissent être.

AGATHA CHRISTIE,
L'HOMME DANS LE BROUILLARD

1

— Elle va être d'une férocité inouïe, j'en suis sûr, Jessica !

Seth Hazlitt me dévisageait, assis en face de moi à une table du café Mara. Je ne pouvais affirmer avec certitude s'il humait l'air pour pressentir l'arrivée imminente de la tempête de neige ou pour s'imprégner de l'arôme de son muffin aux myrtilles, issu de la première fournée matinale.

— Je sens qu'il va falloir verrouiller portes et fenêtres, *ayuh*.

Le shérif Mortimer Metzger nous jeta un coup d'œil par-dessus son exemplaire de la *Gazette* de Cabot Cove.

— Vous dites cela au moins une fois par an, commenta-t-il.

— Et il se trouve que j'ai raison chaque année, rétorqua Seth.

— Expliquez-moi comment Cabot Cove peut essuyer chaque année la plus forte tempête du siècle !...

— Je suppose que nous sommes de véritables veinards, dis-je, en remarquant le gros titre qui s'étalait en travers de la une de la *Gazette*.

Un seul mot y figurait en énormes caractères : BLIZZARD !

Selon les prévisionnistes locaux, les chutes de neige allaient atteindre soixante centimètres, tandis que la chaîne météo annonçait quatre-vingt-dix centimètres.

Mais lorsque je mentionnai ces chiffres, le docteur Seth Hazlitt, le médecin de famille de notre petite ville, à la réputation d'ours mal léché, secoua la tête en un signe de dénégation furieux.

— Vous êtes loin du compte ! Il y aura au moins un mètre vingt de neige, et peut-être même un mètre cinquante. Je le sens, dit-il en se pinçant les narines.

Mortimer ne semblait pas convaincu.

— Et comment le savez-vous ?

— L'air a un parfum particulier. C'était déjà le cas en 2013, pour Nemo, lorsque nous avons eu quatre-vingts centimètres et en 1979, lorsqu'il a neigé soixante centimètres. À l'époque, on ne donnait pas de noms aux tempêtes.

— Vous oubliez la tempête de 1952, lança malicieusement Mortimer. Et celle de 1935…

— Qui s'en soucie, étant donné que le Maine n'était pour vous qu'un nom sur la carte, avant que vous ne vous installiez ici ?

— Au cours de ces deux tempêtes, il n'est pas tombé plus de soixante centimètres, docteur.

— Rien de comparable à ce qui va tomber cette fois ! affirma Seth de manière péremptoire.

— La tempête qui arrive a-t-elle déjà été baptisée ? demandai-je.

— Aucune idée, avoua Mortimer.

— Je crois que nous en sommes à la lettre J, ou peut-être K, remarqua Seth.

Je me mis à regarder dans la direction de la vitrine du café Mara, afin de guetter les premiers flocons. J'avais cette habitude depuis que j'étais petite, lorsqu'une tempête était annoncée. Je trouve qu'il est très apaisant d'être bien à l'abri, quelque part, au moment où la neige commence à tomber… De se trouver au chaud chez soi tandis que le monde extérieur se pare d'un manteau uniformément blanc. Sauf que depuis quelque mois, je ne résidais plus chez moi, mais à l'hôtel Hill House de Cabot Cove. Des travaux défectueux et d'autres difficultés avaient constamment retardé ma réinstallation dans ma maison du 698 Candlewood Lane. J'allais donc contempler la neige s'amonceler depuis la fenêtre de ma suite.

Une semaine plus tôt, les prévisionnistes avaient annoncé une violente tempête, avec des chutes de vingt à trente centimètres de neige. Beaucoup craignaient l'arrivée d'un blizzard qui, depuis la matinée, était annoncé d'une puissance monstrueuse, un phénomène inégalé selon tous les critères. Une alerte avait été lancée sur toute la Nouvelle-Angleterre, et la tempête qui progressait vers le nord avait commencé à s'intensifier au-dessus de Boston. Si les prévisions se vérifiaient, nous verrions les premiers flocons en début d'après-midi, et en l'espace d'une ou deux heures, la neige allait s'accumuler. Et ensuite, nous ne pouvions que supposer ce qu'il adviendrait… La municipalité de Cabot Cove ne disposait que de deux chasse-neige et faisait généralement appel à une demi-douzaine d'employés de la localité, en particulier à des pêcheurs et à des paysagistes qui souhaitaient compléter leurs sources de revenus en hiver. Cependant, Mortimer avait mentionné que pour la tempête qui s'annonçait, l'effectif avait été multiplié par deux. Une douzaine de personnes avaient été embauchées. Fort heureusement, les principales voies qui menaient à notre ville, en sortaient ou la contournaient, étaient sous la responsabilité de l'État. Et selon moi, la diminution du trafic due aux prévisions météorologiques offrirait un répit bienvenu après l'afflux toujours plus important des touristes saisonniers qui envahissaient Cabot Cove en été.

— Pourquoi regardez-vous par la fenêtre, Jessica, me demanda Seth Hazlitt, alors que je vous ai dit qu'il n'allait pas neiger avant une heure et quelque ?

— Quelle heure avez-vous dite ? demanda Mortimer.

— Qu'ai-je dit exactement ?

— Une heure et quelque…

— Cela veut dire entre une et deux heures, mais pas après… Sinon j'aurais dit deux heures et quelques…

— Oh je vois ! s'exclama Mortimer, comme s'il venait d'avoir une révélation. Mais en tout cas, le blizzard a aussi ses avantages !

— Dites-vous cela parce qu'aucun crime n'est commis pendant une tempête de neige ?

— Oui, il n'y a pas de meurtres, parce que tout le monde est très isolé.

— Je n'en suis pas si sûr, shérif, grogna Seth. Pendant le blizzard de 1979, Agnes Menfredi a abattu une poêle à frire sur la tête de son mari parce qu'il ne voulait pas déneiger l'allée de leur maison. Il s'en est sorti avec une commotion cérébrale et a perdu la mémoire pendant quelque temps… Ce qui n'était pas une mauvaise chose, parce que ne plus se souvenir d'une personne comme Agnes est forcément bénéfique ! J'avais ouvert mon cabinet médical l'année précédente, et je me souviens que j'avais dû me rendre à pied dans la neige jusqu'à la maison des Menfredi parce que les secouristes étaient restés bloqués à cause d'une congère.

— Je veux bien vous croire, doc ! approuva Mortimer Metzger en hochant la tête. Il faut grimper la colline pour y accéder.

— Effectivement…

Seth s'était tu lorsque j'entendis la voix d'un agent de la circulation du département du shérif de Cabot Cove résonner dans le microphone fixé sur l'épaule de Mortimer.

— Vous m'entendez shérif ?

— Cinq sur cinq.

— Vous devez vous rendre à la filature textile, sur la Route 1. Votre adjoint, Jenks, vient juste d'appeler. Il y a découvert un véhicule abandonné.

— Pourquoi a-t-il besoin de moi pour un véhicule abandonné ?

— Parce qu'il y a un cadavre à l'intérieur…

Il existe une partie de Cabot Cove située aux limites de la ville dont personne ne parle, ou presque. Ce quartier fait partie de notre héritage et de notre passé, et remonte à une époque bien antérieure à la popularité de notre petite cité balnéaire, qui est longtemps restée pittoresque et isolée. Il s'agit d'un quartier de manufactures, constitué essentiellement de filatures créées au cours de la révolution industrielle. La plus importante de ces filatures, la Cabot Manufacturing Company, était depuis longtemps fermée et en ruines. Elle n'avait pas été démolie pour la simple raison que notre société d'histoire locale l'avait déclarée monument protégé. Elle s'était donc vu apposer une plaque qu'il avait fallu coller au-dessus de l'entrée, l'usage de clous risquant d'entraîner l'effritement de la façade délabrée.

J'accompagnai Mortimer. Une berline de couleur foncée était garée dans le parking couvert de graviers, à l'ombre du bâtiment encore imposant, qui semblait à chaque bourrasque se délester d'un nouveau fragment de sa structure.

— Merci d'avoir fait le trajet avec moi, madame F. ! s'exclama Mortimer tout en garant le SUV qui faisait partie de la flotte du département du shérif près de la voiture de patrouille de ses agents. Ces derniers avaient découvert la voiture au cours d'une inspection de routine du quartier.

— … même si ce n'est pas notre secteur, avaient-ils précisé.

— Allons voir tout cela de plus près, *ayuh* ! s'exclama Seth, assis sur la banquette arrière. Depuis combien de temps n'y a-t-il pas eu de décès normal, qui ne soit pas un meurtre, dans notre chère petite ville ?

— Eh bien il y a eu Gladys McCrady, la semaine dernière, répondit Mortimer tout en ouvrant sa portière.

— Elle avait cent un ans, lui rappela Seth. Elle me disait régulièrement lors de ses consultations qu'elle aimait déguster un doigt de gin chaque jour depuis qu'elle avait cinquante ans, et que c'était pour cette raison qu'elle avait vécu aussi longtemps.

Mortimer se tourna vers moi avant de descendre du SUV.

— Je crois que cette ville suffit à pousser quiconque à boire, et il n'y a pas besoin de justifier cela par des raisons médicales…

Je m'apprêtai à descendre du siège passager et acceptai l'aide de Seth, qui me tendit la main. Il nous avait accompagnés parce que le département du shérif ne disposant pas d'un médecin légiste à plein temps, il occupait ce rôle depuis longtemps. Il avait d'ailleurs acquis une expérience considérable en matière de médecine légale au fil des ans, à la fois lorsque Amos Tupper était shérif, puis lorsque

Mortimer Metzger l'était devenu à son tour. Depuis, Amos avait pris sa retraite et était parti vivre avec sa sœur dans le Midwest.

Au premier regard, notamment lorsque le ciel était chargé, les vestiges de la Cabot Manufacturing Company évoquaient le décor d'un roman de Stephen King. L'ossature en bois de l'édifice, malmenée par les intempéries, avait fait l'objet de tant d'extensions qu'il était difficile de dire où se trouvait l'enceinte du bâtiment initial. La filature comptait tantôt trois étages, tantôt quatre selon les ailes et les diverses extensions de l'édifice, dans lequel des centaines d'ouvriers avaient manœuvré des machines à filer, à carder et à découper pour confectionner des tonnes de vêtements haut de gamme par an. Généralement, trois équipes se relayaient pendant vingt-quatre heures au cours des années d'expansion économique que connut la guerre. Le besoin d'uniformes avait alors nettement accru la production de la filature.

Certaines ailes du bâtiment et les entrepôts d'un étage autrefois détruits par le feu s'étaient effondrés ou semblaient sur le point de s'écrouler à tout moment.

La partie centrale de l'édifice, sans doute la plus ancienne, semblait cependant encore relativement solide, en dépit du fait que les poutres avaient tellement noirci avec le temps qu'elles semblaient carbonisées. Selon les guides de la société d'histoire de Cabot Cove, il suffisait de tendre l'oreille, depuis que le bâtiment était ouvert aux visites, pour entendre encore le bruit des machines à filer. De même, selon eux, un coup d'œil suffisait à imaginer la fumée qui sortait de ses cheminées en brique. Aux endroits où l'édifice ne paraissait pas avoir brûlé, il avait été ravagé par des hivers rigoureux et par le soleil estival brûlant. Pour résumer, la Cabot Manufacturing Company était dans un tel état que Seth Hazlitt, en tant que médecin légiste attitré de notre ville, aurait pu prononcer son décès.

Tenant sa fidèle sacoche de médecin à la main, il traversait péniblement aux côtés de Mortimer le parking envahi par les mauvaises herbes. Je les suivais, et sentais la texture inégale du gravier sous mes épaisses chaussures d'hiver. Il était étonnant que Seth se munisse en permanence de cette sacoche lorsqu'il devait constater un décès, car celle-ci ne contenait que des instruments destinés aux personnes en bonne santé. En y repensant, je ne l'avais déjà vu en sortir du matériel qu'à de très rares occasions. Il se contentait parfois simplement d'un stéthoscope pour confirmer que le cœur d'une personne avait bien cessé de battre.

Il huma l'air tandis qu'il avançait dans le parking.

— Elle va être méchante, j'en suis certain, remarqua-t-il à propos de la tempête qui s'annonçait, même si les flocons n'avaient pas encore commencé à tomber. La pire que nous ayons jamais vue, telles que les choses se présentent.

— Vous voulez dire, telles que vous les *sentez*, rectifia Mortimer. C'est ce que vous étiez en train de faire – de renifler l'air…

— Je sais très bien ce que j'étais en train de faire, et je m'efforce également d'observer. Les premiers flocons sont déjà présents, si vous faites preuve d'une attention suffisante !

Je me trouvais maintenant à côté de Mortimer et nous échangeâmes un regard.

— Il n'a pas tort, Mortimer. Je crois que je les vois également…

Mortimer retira son chapeau de shérif et gratta le sommet de son crâne à travers son épaisse chevelure poivre et sel.

— Est-il trop tard pour revenir à mon ancien boulot ? maugréa-t-il.

— Vous pensez que le NYPD vous reprendrait au bout de tant d'années ?

— Oui, et avec les honneurs, grâce à toute l'expérience que j'ai acquise à Cabot Cove !

Tandis que nous nous approchions de la berline près de laquelle il était posté, Andy, l'adjoint de Mortimer, vint à notre rencontre. Les joues de son visage orné de taches de rousseur étaient rougies par le froid.

— Bonjour shérif, dit-il, avant de se tourner vers Seth et moi pour nous saluer également. Doc, madame Fletcher !

Je pus alors apercevoir un homme derrière le volant. Il était affalé en arrière sur son siège, comme s'il était en train de faire une sieste. Sa bouche était tordue, figée en une position ouverte, et son regard était vide. Je remarquai également que les graviers situés dans le prolongement du tuyau d'échappement de la voiture étaient maculés. Il s'agissait manifestement d'un empoisonnement au monoxyde de carbone. L'homme s'était peut-être suicidé, mais cela semblait improbable. Je penchai plutôt pour une mort accidentelle… Il avait dû se garer là pour se reposer, tandis que le moteur tournait encore, et que toutes ses fenêtres étaient fermées.

Accoutumée aux enquêtes, je touchai le pot d'échappement, mais celui-ci était froid, et même sec à son extrémité. Tandis que Mortimer se baissait, les mains appuyées sur les genoux pour jeter un coup d'œil dans l'habitacle, je me dirigeai vers le capot et constatai qu'il était également froid. Cela signifiait que la victime devait être décédée depuis un certain temps. La route qu'il fallait emprunter pour se rendre à la filature était très rarement fréquentée et la Route 1, la plus proche des voies de circulation principales situées à proximité, était également désertée à cette période de l'année. Cette partie de la ville à l'abandon, presque morte, contrastait étonnamment avec les quartiers prospères qui se trouvaient à proximité de la côte et du centre. J'imaginais que sur certains tronçons, les voitures qui passaient en l'espace de plusieurs jours se comptaient sur les doigts d'une main. Cela expliquait sans aucun doute pourquoi le département du shérif n'avait découvert que tardivement la présence du véhicule, et le cadavre de l'homme à l'intérieur de celle-ci. Il avait été nécessaire qu'Andy effectue l'une de ses rondes à cet endroit. Le corps de l'homme qui se trouvait au volant paraissait encore plus abandonné que tout le reste sur ce parking déserté. Et pourtant, « abandonné » était un qualificatif approprié pour qualifier la Cabot Manufacturing Company dans l'état où elle se trouvait actuellement.

Mortimer enfila des gants de perquisition en latex, identiques à ceux que Seth venait de passer pour examiner le corps de l'homme. Le shérif constata que la portière de la Ford 500 était en bon état et déverrouillée. Lorsqu'il l'ouvrit, le corps bascula sur le côté et faillit tomber à l'extérieur.

— Effectivement, annonça Seth après avoir brièvement examiné le cadavre, il s'agit très certainement d'un empoisonnement au monoxyde de carbone.

Il passa le rayon d'une lampe stylo sur le visage de l'homme pour examiner la texture et la coloration de sa peau.

— Oui, la coloration rouge cerise de la peau le confirme. Je n'ai aucun doute là-dessus, poursuivit-il.

— Accident ou suicide, doc ? lui demanda Mortimer.

— Difficile à dire pour l'instant. Les personnes qui veulent se suicider placent généralement un tuyau dans le pot d'échappement et l'insèrent dans l'habitacle de la voiture pour accélérer le processus, mais ici, il n'y a rien de tel. Cela me conduit à penser que la victime s'est garée, a laissé le moteur allumé pour ne pas avoir froid puis s'est endormie… pour ne plus se réveiller.

— Pourriez-vous me passer son portefeuille, doc ?

Seth manipula le corps et s'empara d'une main gantée du portefeuille situé dans la poche arrière de l'homme. Il le tendit à Mortimer, qui l'ouvrit. Je jetai un coup d'œil à l'intérieur. L'identité du mort figurait de manière distincte au-dessus d'un badge voyant.

— Loomis Winslow, détective privé à Boston, conclut Mortimer, en refermant d'un geste brusque le portefeuille. Il n'a pas dû remarquer le panneau « Bienvenue à Cabot Cove ». N'importe qui de sain d'esprit aurait pris une autre direction en le voyant…

— Vous devriez le dire aux estivants, shérif, nota Seth, qui poursuivait l'examen préliminaire du corps.

— Je le ferai, dès que vous m'aurez dit depuis combien de temps cet homme est mort…

— Depuis la nuit dernière ou bien très tôt ce matin, compte tenu de la lividité et de la rigidité cadavérique. Je dirais que cela fait au maximum une douzaine d'heures, et au minimum six heures.

Mortimer se tourna vers moi.

— Voici comment je vois les choses, madame F. L'homme se gare dans ce parking à l'abandon pour passer un coup de téléphone ou quelque chose dans ce genre, et s'endort en laissant le moteur allumé pour se réchauffer. Malheureusement, il y avait suffisamment d'essence dans le réservoir pour qu'il ne se réveille plus. L'affaire est close.

— Vous n'êtes pas interpellé par le fait que cet homme était un détective privé ?

— Non, pourquoi ?

— Parce que quelqu'un a dû l'engager, précisai-je. Et la tâche qui lui a été confiée devait être suffisamment importante pour qu'il se dirige vers le nord malgré le blizzard annoncé par la météo.

Seth jeta un regard dans notre direction.

— Elle marque un point, shérif !

Mortimer ôta de nouveau son chapeau et se gratta le crâne.

— Avez-vous déjà vu un cadavre sans soupçonner que celui-ci avait été assassiné, madame F. ?

Je me tournai vers le corps assis sur le siège conducteur.

— Il avait détaché sa ceinture de sécurité…

— Oui, et alors ?

— S'il s'était simplement arrêté pour passer un appel, pour vérifier sa route ou se repérer, il ne l'aurait pas détachée – du moins la plupart des personnes ne le font pas.

Mortimer leva les yeux au ciel.

— Vous m'en direz tant !

Je sentais l'arrivée du vent, dont la direction annonçait l'arrivée d'une tempête venue du nord-est.

— Réfléchissez-y, conseillai-je.

— Est-ce bien nécessaire ? demanda Mortimer en se tournant vers la voiture, comme pour m'ignorer. Y a-t-il des signes de trauma, doc ? Par exemple, quelqu'un aurait-il pu lui donner un coup sur la tête et laisser le moteur allumé pour le tuer ?

— Non, j'en suis certain, shérif, je n'ai rien décelé de tout cela. D'après ce que je vois, monsieur Winslow s'est endormi et est décédé pendant son sommeil.

— Des objections, madame F. ? me demanda Mortimer.

J'étais en train d'observer attentivement l'intérieur de la Ford 500.

— Eh bien…

— Oh oh !

— Puis-je emprunter votre lampe stylo ? demandai-je à Seth.

Ce dernier me la tendit et fit un pas de côté afin que je puisse me pencher à mon tour vers le siège avant. J'orientai le faisceau de la lampe sur la sellerie en cuir du siège conducteur, de part et d'autre de l'endroit où le corps de Loomis Winslow était appuyé. Il m'avait semblé apercevoir quelque chose lorsque le corps avait basculé vers la gauche au moment où Mortimer avait ouvert la porte.

Ce que je vis confirma mes soupçons.

2

— Avez-vous remarqué cette anomalie ? demandai-je à Mortimer, qui était penché si près de mon épaule que j'avais l'impression de disposer d'une seconde tête.

— Quoi donc ?

— Certaines zones de la sellerie cuir sont décolorées de part et d'autre du corps…

— Feriez-vous du zèle, madame F. ?

— Visiblement, Loomis Wilson entretenait avec grand soin sa voiture, qui donne l'impression de sortir de chez le concessionnaire… Il employait manifestement un lustre pour le cuir des sièges. Cependant, ces zones moins brillantes et visibles à l'œil nu montrent que quelque chose a éliminé le produit d'entretien de chaque côté du corps, à égale distance.

— Quelque chose… répéta Mortimer.

Je me retournai et m'écartai de l'habitacle. Je n'osai pas toucher quoi que ce soit sans être munie de gants en latex. De toute façon, cette tâche incombait plutôt à Mortimer.

— Regardez si vous sentez quelque chose en touchant les zones moins lustrées.

— Que pourrais-je bien sentir ?

— Si je ne me trompe pas, vous le saurez immédiatement.

Mortimer se pencha à l'endroit que j'occupais précédemment.

— Où se trouvent ces zones, au fait ?

Je pris conscience que je tenais toujours la lampe stylo et l'orientai vers l'endroit le plus accessible pour Mortimer. Je le vis effleurer le cuir avec l'extrémité de son index droit.

— Cela colle, remarqua le shérif, qui posa ensuite le doigt sur les vêtements de l'homme. Et ici également.

Je hochai la tête.

— Il s'agit de résidus d'une sorte d'adhésif…

— Attendez, Jess, intervint Seth. Êtes-vous en train de nous dire que quelqu'un a attaché ce pauvre homme au siège et l'a laissé mourir en allumant le moteur ?

— Il semble que c'est effectivement ainsi que les choses se sont passées…

— Dans ce cas, ajouta Mortimer, il est resté immobilisé assez longtemps pour mourir. Au minimum quelques heures, sans doute une durée suffisante pour venir ensuite retirer l'adhésif et faire passer le décès de cet homme pour un accident.

Seth reprit sa lampe stylo et examina de nouveau le visage de Loomis Winslow.

— Il n'y a pas de traces d'adhésif sur la bouche, en tout cas, ce qui veut dire que cet homme a pu crier et s'époumoner tant qu'il voulait, au moins avant de mourir.

— Cependant, personne n'était susceptible de l'entendre, par ici, doc, ajouta Mortimer avant de se tourner vers moi. Si notre chère amie ici présente a raison, nous avons là un décès par ruban adhésif. Je vous autorise à utiliser cette formule pour votre prochain titre de livre, madame F. Gratuitement…

— Pourquoi ne pas avoir également recouvert sa bouche ? s'étonna Seth à voix haute.

— Combien de temps vous aurait-il fallu pour détecter les traces d'adhésif sur la peau de son visage ?

— Cinq secondes, sans doute…

Il n'y avait rien à ajouter.

— Je pense que j'aurais dû vous laisser au café Mara, soupira Mortimer.

— Les techniciens de scène de crime seraient arrivés aux mêmes conclusions que moi.

— Certes, mais ils ne l'auraient fait que demain… La dernière chose dont j'ai besoin *aujourd'hui* est de me retrouver avec une affaire de meurtre sur les bras alors qu'une tempête monstrueuse se dirige droit sur nous.

Mortimer s'interrompit et me fixa. Son regard semblait à la fois s'arrêter sur moi et se perdre au-delà.

— Oh oh, vous avez ce regard, madame F.

— Quel regard ?

— Celui qui me laisse penser que vous ne m'avez pas encore tout dit…

— C'est le cas, shérif, et je ne vais pas attendre demain…

Je repris la lampe stylo des mains de Mortimer et la dirigeai sur l'espace situé sous le tableau de bord, à l'endroit où les jambes et les pieds de l'homme reposaient sur un tapis de sol sophistiqué dont j'ignorais le nom, car je ne possédais pas de voiture et n'avais pas non plus passé mon permis de conduire.

— Que voyez-vous, shérif ?

— De la saleté.

— Des graviers, le corrigeai-je.

— C'est ce que je viens de dire !

— Des graviers qui à première vue semblent correspondre à ceux que l'on trouve sur ce parking.

Mortimer lança un regard fatigué à Seth.

— De mieux en mieux, n'est-ce pas, doc ?

— C'est vous qui lui avez demandé si elle voulait ajouter quelque chose…

— Pardonnez-moi, intervins-je. Je suis encore là, vous savez ?

— Certes, répondit Mortimer, en hochant la tête à contrecœur. Loomis Winslow est donc sorti de sa voiture. Cela explique au moins pourquoi il a retiré sa ceinture de sécurité.

— Observez ses chaussures, Mortimer.

— Pourquoi ?

— Pour voir s'il y a des graviers dessous. Regardez la semelle. S'il ne s'est pas contenté de rester dehors près de sa voiture, vous le saurez rapidement.

Mortimer se pencha de nouveau vers l'habitacle de manière à pouvoir examiner les semelles des chaussures de Loomis Winslow.

— Il y a de la poussière et des graviers de chaque côté, à gauche et à droite, commenta-t-il.

— Les graviers sont-ils enfoncés profondément dans la semelle ?

Le shérif jeta un nouveau coup d'œil aux chaussures de l'homme.

— Oui, assez profondément. Vous pensez qu'il s'est déplacé ?

— Oui !

— Mais où cela, exactement ?

Je désignai les ruines de la filature à quelque distance de la Ford 500.

— À l'intérieur, selon moi.

Les anciens locaux de la filature, autrefois la plus grande usine textile de Nouvelle-Angleterre, étaient jonchés de poutres effondrées, envahis de toiles d'araignées et les tables en bois plates qui avaient autrefois supporté les machines à filer et d'autres outils étaient en train de pourrir. Le plancher encombré de débris était un véritable parcours d'obstacles entre lesquels nous nous faufilions, contournant de gros et de petits objets. Le vent de plus en plus violent soufflait en permanence, le bâtiment tremblait et craquait… Je levai les yeux vers le plafond par crainte de voir chuter des morceaux du toit. Il régnait un parfum de vieille demeure et de décomposition. Il ne s'agissait pas du genre d'endroits à laisser un souvenir impérissable… De la poussière tourbillonnait dans l'air, et je ne pus m'empêcher d'imaginer l'arrivée de la neige, qui laisserait sans doute une couche immaculée et froide partout où les brèches du toit la laisseraient pénétrer.

— Que cherchons-nous, exactement ? demanda Mortimer, en donnant des coups de pied dans des tas de bois décomposés, comme s'il voulait voir ce qu'il y avait en dessous.

— Je vous le dirai lorsque je l'aurai découvert, répondis-je, en espérant que ma recherche allait rapidement aboutir afin que nous puissions quitter cet endroit.

Certains disent que les bâtiments ont une âme, résultant des expériences accumulées de tous ceux qui ont vécu entre leurs murs qui peuvent avoir plus ou moins bien résisté au temps. Si cela est vrai, j'avais pour ma part le sentiment que l'âme de la filature s'était désagrégée tout autant que son ossature en bois, laissant derrière elle des relents de désespoir et de douleur. J'avais entendu plus d'histoires affreuses que je ne l'aurais souhaité à propos des conditions de travail de l'époque, avant la naissance des syndicats et la protection des droits des travailleurs. Je me surpris même à me demander si les taches sombres parsemant un certain nombre de tables tels des tests de Rorschach n'étaient pas des taches de sang, et non des signes d'usure et de détérioration.

Je sentais que Mortimer et Seth étaient aussi nerveux que moi de se trouver à l'intérieur d'un édifice qui semblait pouvoir s'effondrer d'un instant à l'autre. Nous n'avions pu repérer véritablement de traces de pas entre la Ford 500 de Loomis Winslow et la double porte d'entrée branlante de la filature. Cependant, coincé sous un bloc de pierre, il y avait un emballage de chewing-gum qui correspondait à un paquet que Mortimer avait découvert sur le siège passager. Cela montrait que Winslow était bel et bien entré dans le bâtiment après avoir garé sa voiture.

— J'imagine que vous pensez que ce détective avait rendez-vous avec quelqu'un, madame F., affirma Mortimer, dont la voix se répercuta en un écho métallique à travers le bâtiment.

— Pourquoi essayez-vous toujours de deviner à quoi je pense ?

— Parce que sinon, vous me le cacheriez…

— Eh bien, maintenant, je pense que la personne qu'il a rencontrée ici la nuit dernière a fini par l'attacher au siège conducteur avec du ruban adhésif et a mis en route le moteur…

— Puis elle est revenue pour enlever l'adhésif une fois sa sale besogne accomplie, compléta Mortimer, en se rapprochant de moi, Seth sur les talons. C'est-à-dire qu'elle a dû attendre un long moment dans le froid ou dans la voiture avec laquelle elle s'était rendue ici.

Parfois, dans des moments comme celui-ci, les frontières entre la réalité et la fiction se brouillent. Je commence à réfléchir davantage à la manière d'un écrivain que comme une enquêtrice, à la façon dont je relaterais le crime plutôt qu'à la façon de le résoudre. Sherlock Holmes lui-même avait dit un jour à propos du domaine des probabilités : « Nous choisissons la plus vraisemblable. Cela s'appelle appliquer l'imagination à la science. » Je suppose que j'utilise autant mon imagination lorsque j'enquête sur une affaire réelle que lorsque je conçois une œuvre de fiction. Cependant, je craignais, à ce moment précis, de faire un peu trop confiance à mon imagination, ce qui m'évoquait une autre citation de Sherlock Holmes : « Là où il n'y a pas d'imagination, il n'y a pas d'horreur. »

Comme je pressentais l'horreur de ce qui s'était déroulé au cours des heures qui avaient entraîné la mort de Loomis Winslow et ressentais la présence entre ces murs sombres et décrépis d'un meurtrier, je me pris à espérer que celui-ci était parti depuis longtemps de Cabot Cove.

Mortimer était occupé à inspecter le sol, cherchant des traces de l'endroit où Winslow avait dû rencontrer son assassin. Il donnait des coups de pied dans les débris à l'aide de ses solides chaussures, mais les repoussait délicatement lorsqu'il avait l'impression qu'ils pouvaient constituer un indice.

Pendant ce temps, Seth faisait les cent pas et ne cessait de déambuler, manifestement désireux de sortir de cet endroit et de retrouver le confort du SUV du shérif.

— Je pense que je tiens quelque chose, ici, madame F., s'exclama brusquement Mortimer. Venez jeter un coup d'œil !

Il m'appelait madame F. depuis des années, depuis qu'il avait succédé à Amos Tupper au poste de shérif de Cabot Cove, avant que je ne parvienne à le débarrasser de cette habitude afin qu'il m'appelle simplement « Jessica ».

Selon moi, lorsque l'on a résolu autant de meurtres ensemble, la moindre des choses à laquelle s'attendre est d'être appelée par son prénom. Mais depuis quelque mois, il avait recommencé à m'appeler « madame F. », sans doute pour m'ennuyer. Les vieilles habitudes ont non seulement la vie dure ; parfois, elles refont surface.

J'avais commencé à me diriger vers Mortimer lorsque Seth heurta une échelle dissimulée dans l'ombre, non loin de l'endroit où le shérif s'était accroupi au-dessus d'une tache de poussière sur le sol. L'échelle bascula, mais Seth la rattrapa de justesse, en se jetant contre elle.

— Doucement, doc, lui conseilla Mortimer. Vous n'avez sûrement pas envie de devoir vous soigner vous-même…

Seth finit par redresser l'échelle.

— Cet endroit aurait dû être condamné et rasé alors que ma mère était encore en vie, marmonna-t-il.

Je m'accroupis près de Mortimer, pour voir ce qu'il avait découvert.

— Une empreinte de pied, dis-je, devinant une très légère trace dans la poussière accumulée.

— Et devinez quoi, l'empreinte correspond aux chaussures de la victime.

Je hochai la tête, impressionnée.

— En êtes-vous certain ?

— Oui, je suis un enquêteur chevronné, vous savez ? affirma Mortimer tout en commençant à tracer des motifs en l'air au-dessus de l'empreinte. La même semelle, dont les caractéristiques se situent entre la basket et la chaussure, exactement comme ce qu'il portait. Et la même pointure, manifestement.

— C'est étrange, remarquai-je.

— Quoi donc ?

— Dites-moi ce que vous ne voyez pas, monsieur l'enquêteur chevronné…

Mortimer se frotta le menton d'un air théâtral.

— Hmm… D'autres empreintes ? Cela signifierait que ce pauvre monsieur Winslow s'est rendu ici, mais que la personne qu'il devait rencontrer n'est jamais venue.

— Oui, mais pourquoi quitter le confort de sa voiture bien chaude avant que la personne avec laquelle il avait rendez-vous ne soit arrivée ? Si Winslow avait un rendez-vous ici, il devait avoir des raisons de penser que son interlocuteur serait déjà sur place.

— Il y aurait donc eu un autre véhicule dans le parking ?

— Vous lisez dans mes pensées, Mortimer…

— Cela compense le fait qu'il ne lit pas vos livres, Jess, ne put s'empêcher de commenter Seth.

— Bref, reprit Mortimer, en se relevant tandis que ses genoux craquaient, s'il n'y a pas d'autres empreintes dans le secteur, la personne qui était au volant du second véhicule n'a pas rencontré Loomis à l'intérieur – du moins pas à cet endroit précis, à moins que vous ne puissiez m'expliquer quel genre d'homme ne laisse aucune empreinte…

— Que diriez-vous d'un fantôme ?

— Un fantôme était bien un homme auparavant. Mais effectivement, il ne laisse pas d'empreinte, puisqu'il flotte dans l'air.

— Est-ce une opinion scientifique, Mortimer ?

— Oui, à peu de chose près.

— Regardez, il y a une traînée ici, dis-je, en suivant du regard une zone du plancher étrangement propre, qui semblait se prolonger jusqu'à l'entrée. Je pense que quelqu'un a dû tirer le corps d'ici jusqu'à la voiture.

— J'ai l'impression qu'il ne s'agit que de suppositions, madame F., dit Mortimer en regardant dans la même direction que moi.

— Parfois, les opinions scientifiques et les suppositions sont une seule et même chose !

Cependant, une partie du scénario ne rentrait pas dans le cadre, selon moi. Sherlock Holmes avait dit un jour : « Il n'y a rien de plus trompeur qu'une évidence. » Et j'avais le sentiment qu'il manquait un élément, ici.

— Qu'est-ce qui vous préoccupe, madame F. ?

— Rien.

— Vous n'avez pas cette expression, quand tout va bien…

Je regardai dans la direction de l'échelle que Seth avait failli renverser.

— Qu'est-ce que cette échelle faisait là ?

— D'après mes suppositions, elle servait à grimper à l'étage, répliqua Mortimer, un sourire ironique aux lèvres.

— Alors regardez mieux. L'échelle comporte une multitude d'étiquettes de mise en garde. Quand cette filature a-t-elle fermé, Seth ?

— Oh, peu de temps après la Seconde Guerre mondiale.

— Je ne pense pas que les échelles nécessitaient des étiquettes d'avertissement, à l'époque, shérif.

Mortimer perdit son sourire.

— Alors qu'en pensez-vous ? demanda-t-il.

— Pour l'instant, rien ne me vient à l'esprit, dis-je en me tournant de nouveau vers l'échelle, qui se trouvait à environ un mètre de l'endroit où je présumais que Loomis Winslow avait été agressé. Pas encore, du moins.

Comme la tempête se rapprochait, Mortimer déposa Seth à proximité de la maison dans laquelle il résidait depuis qu'il était revenu vivre à Cabot Cove, alors fraîchement émoulu de l'école de médecine.

— Prochain arrêt, Hill House, madame F., annonça-t-il tandis que je me glissai sur le siège avant.

— Je pensais que nous allions au poste…

— Vous parlez de *mon* département du shérif ?

— Y en a-t-il un autre en ville ? J'imagine que vous allez creuser pour trouver des éléments sur Loomis Winslow et je tiens à être présente…

— Creuser et trouver sont deux choses bien différentes.

— Exactement ! C'est pourquoi, dès que nous serons arrivés, vous prendrez votre pelle, et je prendrai la mienne.

En réalité, je n'étais pas très pressée de rentrer à Hill House. Pas depuis que j'avais compris que je ne pourrais m'aventurer à l'extérieur avant quelques jours, si les prévisions relatives à la virulence de la tempête se révélaient exactes. Par ailleurs, le second étage de l'hôtel avait été entièrement loué pour un mariage. Toutes ces raisons suffisaient pour que je reste enfermée pour une durée indéterminée. Mais enfermée avec des étrangers inquiets à propos du fait que le planning de leur mariage puisse être entièrement bouleversé ? Je ne le souhaitais guère et je suppose que je repoussais cette échéance autant que possible. Je me demandais qui pouvait bien avoir eu l'idée de programmer un mariage en plein hiver, qui plus est dans le Maine, et n'avais pas particulièrement envie de l'apprendre. Cela ne serait pas plus agréable que si j'étais assise sur un vol en compagnie d'une personne au débit intarissable. Mais au moins, à Hill House, j'aurais la possibilité de me réfugier dans ma suite, alors qu'un avion n'offrait aucune échappatoire.

En raison de la tempête annoncée, les adjoints de Mortimer étaient occupés à régler les problèmes de circulation à divers endroits de la ville et tentaient d'inciter les moins autonomes de nos résidents à s'installer dans un abri aménagé dans le lycée. Il n'y avait donc personne dans le département, hormis Mortimer, le régulateur, installé dans une pièce vieillotte du sous-sol, et moi. Je m'installai dans l'un des bureaux des adjoints au rez-de-chaussée, pendant que Mortimer regagnait son propre bureau. Il commença à fermer la porte, puis me regarda avec un petit sourire, et la laissa finalement ouverte.

— Je vais voir ce que je peux découvrir à propos du cabinet de Loomis Winslow à Boston… Je pourrai peut-être apprendre ce qu'il faisait chez nous.

— Et également pour qui il travaillait…

— Cela n'est pas si facile, vous le savez, n'est-ce pas, madame F. ?

— C'est la partie la plus amusante lorsque j'écris.

— Mais vous n'êtes pas en train d'écrire !

— Non, dis-je en agitant mon iPhone. Je vais téléphoner !

Je me demandai combien de fois exactement j'avais composé le numéro new-yorkais qui était en train de sonner.

— Harry McGraw. Vos papiers, s'il vous plaît…

— C'est ainsi que vous accueillez vos clients ? demandai-je à l'enquêteur le plus efficace que j'aie connu, parmi les privés ou les enquêteurs officiels.

— Je procède à des tests. Comment se comporte la tempête dans votre région, ma chère ?

— Elle n'est pas encore arrivée. Je continue d'espérer qu'elle va nous contourner…

— Je comprends. Ce n'est pas un temps idéal pour faire du vélo…

— Hélas, ma fidèle bicyclette Pashley est remisée pour l'hiver.

— Comment vous déplacez-vous dans ce cas, en chasse-neige ?

— Sans avoir le permis de conduire ?

— Le permis de conduire est réservé aux voitures, répondit Harry. J'imaginais que vous aviez un permis professionnel, mais que vous n'en aviez rien dit…

— Vous me voyez, moi, Jessica Fletcher, en train de conduire un chasse-neige ?

— Je pensais plutôt à ces énormes semi-remorques. J'aimerais beaucoup vous voir au volant d'un de ces engins…

— Je ne pense pas que vous me verrez en train de conduire un tel camion, Harry !

— Bon, alors, de quoi avez-vous besoin, ma chère ? Je suis à votre service, à moins que vous ne vouliez que je ne déneige votre allée…

— Vous vous montrez vraiment obligeant, aujourd'hui, répondis-je.

— Cela fait partie de mon programme en quinze étapes pour devenir une meilleure personne. J'en suis au sixième point : Être utile.

— Je pensais qu'il y avait douze étapes…

— Vous confondez avec les Alcooliques anonymes, et j'ai déjà testé leur méthode. Elle n'a pas été efficace.

— Que s'est-il passé ?

— Vous avez continué à m'appeler.

Je pouvais imaginer à cet instant Harry en train de sourire à l'autre bout de la ligne.

— Bon, poursuivit-il. En tout cas, je suis supposé céder ma place à une personne plus âgée dans le métro, ou quelque chose dans ce genre, tous les jours.

— Et… vous y arrivez ?

— Pas du tout, puisque je ne prends jamais le métro. Mais je peux aussi aider mes voisins à transporter leurs sacs de courses.

— Cela me semble plus raisonnable… dis-je.

— Oui, sauf que je vis au sixième étage, je me limite donc à aider les personnes qui vivent au premier étage. Je suis également supposé pratiquer le pardon. Il s'agit du quatrième point.

— Et donc ?

— Je vous pardonne Jessica !

— Et que me pardonnez-vous ?

— Dois-je vraiment vous faire une liste ?

— Cela vous dérange-t-il, Harry, si je sollicite à mon tour votre gentillesse ?

Je l'entendis pousser un soupir.

— Pourquoi me poser la question, puisque vous allez de toute façon me demander un nouveau service ?

— Avez-vous déjà entendu parler d'un détective privé du nom de Loomis Winslow ?

— Hein ? Pensez-vous que nous nous connaissons tous ? Comme si nous assistions à la même convention annuelle, comme des clowns de cirque ?

— Je ne savais pas que les clowns assistaient à des conventions annuelles…

— Simple figure de rhétorique ! La réponse est non. Je n'ai jamais entendu parler d'un détective du nom de Loomis Winslow. Avez-vous l'intention de vous adjoindre ses services ?

— Pourquoi le ferais-je ? Puisque je vous ai sous la main !

— De qui s'agit-il, Jessica ?

— Vous devriez plutôt me demander de qui il *s'agissait*...

— Ne me dites rien... Il a été assassiné ?

— Vous m'avez demandé de ne rien vous dire...

— Vous savez, quand le téléphone sonne, je me demande quel nouveau meurtre a bien pu être commis à Cabot Cove... Je pense sérieusement à changer de numéro de téléphone. Il y aura d'autres assassinats, mais au moins, je n'en entendrai plus parler...

Comme à son habitude, Harry se montrait bourru et désinvolte. J'étais depuis longtemps accoutumée à ses extravagances et à son humour plein de malice, mais j'étais toujours surprise par sa capacité à vouloir ignorer ce que d'autres auraient été pressés d'apprendre.

— Vous devez tout de même savoir ce qui s'est passé, Harry.

— Pourquoi cela ?

— Ne serait-ce que parce qu'il était détective privé, comme vous.

— Comme moi ? Avez-vous également omis de régler ses factures, tout comme les miennes ?

— Vous devriez peut-être commencer par me les envoyer...

— Ne vous inquiétez pas Jessica. J'ai travaillé sur ma colère envers vous, car il s'agit du point trois. Et je me suis montré honnête et direct car il s'agit du point cinq. Bon, de quoi parlions-nous, au fait ? demanda-t-il, revenant heureusement à notre sujet de conversation.

— De Loomis Winslow...

— Cela pourrait être le nom de l'un de vos personnages de roman...

— Pourriez-vous vous renseigner sur lui, Harry ?

— Que dois-je chercher exactement ?

— Eh bien, qui aurait pu avoir une bonne raison de le tuer et ce qui l'a amené à Cabot Cove…

— Le point numéro treize dit « Ne vous présentez pas les mains vides », donc laissez-moi voir ce que je vais trouver…

— Il travaille à Boston. J'ai son adresse e-mail ainsi que son numéro de téléphone, qui figuraient sur une carte de visite dans son portefeuille. Je peux vous les indiquer…

— Ne prenez pas cette peine, ma chère. Je vais trouver ces informations. Nous autres détectives privés sommes très doués pour enquêter les uns sur les autres. Et je serais ravi de vous surprendre. Il s'agit du point quatorze de mon programme…

— Vous ne me faites jamais défaut, Harry ! Donc, ce ne sera pas une surprise…

— *Chhhuuut* ! pesta-t-il. Ne le dites à personne, car je voudrais également cocher cette case sur ma liste. Je n'avais jamais compris combien il était facile de devenir une meilleure personne. Si je l'avais su, j'aurais tenté l'expérience il y a des années…

— Quel est le point numéro quinze de votre programme ?

— Se complimenter. J'ai des difficultés à le faire, cependant.

Au moment où je raccrochais, je vis Mortimer jaillir de son bureau et visser son chapeau de shérif sur sa tête.

— Allons-y, madame F. !

— Où cela ?

— Devenir des témoins de l'histoire en marche.

3

Nous passâmes prendre Seth Hazlitt en nous dirigeant vers la mairie, où une réunion avait été organisée d'urgence par le maire de Cabot Cove. Le blizzard prévu, auparavant qualifié de violent, avait désormais acquis le statut « d'historique ». Les prévisions annonçaient jusqu'à quatre-vingt-dix centimètres de neige, même sur cette partie de la côte du Maine. Le gouverneur avait déclaré l'état d'urgence et incité toutes les municipalités à mettre en œuvre tous les moyens dont elles disposaient. Elles devaient faire appel à des personnalités du corps médical et à des conducteurs de chasse-neige, ainsi qu'à des mécaniciens de la voirie afin que les engins soient aptes à prendre la route dans les difficiles conditions qui s'annonçaient.

En 1978, un blizzard de ce type avait déjà frappé la région. Des chutes de neige de plus d'un mètre vingt avaient eu lieu dans de nombreuses zones de Nouvelle-Angleterre, si bien que le Rhode Island avait été isolé durant une semaine. Il y a quelques hivers de cela, lorsque les chutes de neige avaient totalisé plus de trois mètres, les rues étroites avaient été réduites à une seule voie et les embouteillages avaient été tels qu'il fallait des heures pour se rendre quelque part. Je me souvins qu'une fusillade avait éclaté lorsqu'un homme avait subtilisé la place de parking d'un voisin qui venait de passer huit heures à la déneiger.

Il n'était donc pas étonnant que le maire ait appelé à une réunion d'urgence après avoir appris que le blizzard allait être dangereux, et qu'il pourrait coûter des vies. Habituellement, les habitants du Maine ne redoutent pas plus les tempêtes de neige que s'il s'agissait de simples piqûres de moustique. Mais il arrive de temps en temps qu'ils ne puissent prendre une tempête à la légère. Et celle-ci allait manifestement être une véritable tempête du siècle. Sur le chemin de la maison de Seth, Mortimer évoqua trois phénomènes climatiques actuellement en train de rentrer en collision et dont le destin était d'exploser sous la forme d'une bombe météorologique. Les premiers flocons venaient de commencer à tomber, en laissant sur la route une couche souple qui semblait s'épaissir continuellement. Mortimer enclencha la position quatre roues motrices, ce qui nous permit de dépasser un certain nombre de voitures qui avaient déjà des difficultés à circuler sur les chaussées glissantes.

— Vous ne m'avez pas dit ce que vous aviez appris sur Loomis Winslow, Mortimer…

— C'est parce que je n'ai pas grand-chose à en dire – rien, en réalité. En composant le numéro de son bureau, je suis tombé sur son répondeur téléphonique, et je n'ai pu trouver qui que ce soit capable de me renseigner à son propos. Personne ne répond au téléphone ou aux e-mails parce que tout est fermé, ou presque. Boston va être touché.

— Avez-vous essayé Google ? demandai-je à notre estimé shérif de Cabot Cove. Le moteur de recherche répond même lorsqu'il neige…

– Flûte, pourquoi n'y ai-je pas pensé ? demanda Mortimer en me jetant un bref coup d'œil, parce qu'il devait rester concentré sur la route. Évidemment que j'ai cherché son nom sur Google !… Mais je n'ai rien obtenu de plus que l'adresse de son bureau et son numéro de téléphone. Pourtant, avec un nom aussi particulier, j'espérais trouver davantage d'informations…

– Espérons que Harry McGraw aura plus de chance. Que pourrais-je lui dire de plus, qui puisse être utile ?

– Winslow ne figure pas dans le fichier automatisé des empreintes génétiques ou digitales. J'ai même effectué des recherches sur les listes d'interdiction de vol et de surveillance des terroristes. Il ne figure sur aucune d'elles. Il n'a donc jamais été arrêté, il semble qu'il n'a jamais été marié, et n'est endetté qu'à hauteur de 700 dollars et quelques. Cela vous suffit-il ?

— Je n'avais rien demandé à propos de ses dettes, Mortimer.

— Vous auriez dû. Il s'agit de l'un des premiers éléments à vérifier à propos d'une personne, car cela affecte presque tous les aspects de son existence, de l'achat d'une maison ou d'une voiture aux assurances. Toutefois, j'étais en train de creuser davantage, mais j'ai été interrompu par ce coup de téléphone à propos de la réunion du maire.

— Et qu'en est-il du téléphone portable du détective ?

— Nous n'en avons trouvé aucun, ni sur lui, ni à l'intérieur de la voiture.

— Il est possible que l'assassin l'ait emporté pour dissimuler le fait que son numéro figurait dans la liste des appels passés, supposai-je.

— Il y avait d'ailleurs un numéro de portable sur la carte de visite de Loomis, et j'ai déjà demandé la liste de ses appels et de ses messages à son opérateur téléphonique.

— Dans combien de temps disposerez-vous de la liste, à votre avis ?

— D'ici deux jours, pas avant, car il faut attendre un jour ouvrable. Nous aurons l'information en début de semaine prochaine. Cela pourrait même être plus long, si les bureaux sont sur le trajet de la tempête…

— J'espère que Harry aura quelque chose à nous apprendre d'ici là.

— Parce qu'il est un meilleur enquêteur que moi ?

— Non ! Parce qu'il n'a pas une ville à protéger contre le blizzard !

En nous arrêtant devant la clôture de la maison de Seth, nous constatâmes qu'il nous attendait, emmitouflé dans ses vêtements, et coiffé de son éternel chapeau.

— Je me demande pourquoi ils ont besoin de moi, grommela-t-il en s'engouffrant sur la banquette arrière du SUV et en ôtant ses gants.

Mortimer régla les essuie-glaces sur la vitesse maximale.

— Parce que la réunion concerne les médecins, et parce que vous êtes une personnalité du corps médical.

— Et moi qui pensais que je n'étais qu'un simple médecin de campagne !

— Un médecin de campagne qui a accepté de faire partie de l'équipe du 911…

— À quel moment ai-je accepté cela ?

— À peu près au moment où j'ai pris mes fonctions de shérif, doc !

— Et je suis supposé m'en souvenir ?

— Non, car vous pouvez vous fier à moi !

Seth se pencha vers l'avant afin de mieux entrevoir à travers le pare-brise la tempête qui s'intensifiait.

— Je vous avais bien dit qu'elle allait être féroce, n'est-ce pas ? C'était dans l'atmosphère – et je pouvais aussi le sentir. *Ayuh*, celle-ci va rester dans les annales…

— Quelqu'un a-t-il déjà perdu la vie au cours des tempêtes historiques qui ont précédé celle-ci ? demanda Mortimer.

— Eh bien, si je me fie à ma mémoire, Whitney Londine a perdu son chien au cours de la tempête de 1979.

— Je parlais de vies *humaines*, doc !

— Nous sommes des durs, par ici, shérif. Vous vivez ici depuis un moment, je pensais que vous le saviez maintenant ! Non, il n'y a pas eu de décès liés à une tempête, affirma Seth en se tournant dans ma direction. Vous êtes-vous adressée à Harry McGraw, Jess ?

— Pourquoi me posez-vous cette question ?

— Parce que notre victime de meurtre exerçait la même profession, et je connais votre manière de fonctionner.

— Harry ne connaît pas Loomis Winslow et n'a même jamais entendu parler de lui, répondis-je. Ce n'est pas comme si tous les détectives privés appartenaient à une même confrérie…

Mortimer me jeta un bref coup d'œil.

— En revanche vous étiez bien présidente d'une sororité, à l'université, madame F. ?

— Présidente du service communautaire.

— Avez-vous déjà organisé des événements à grande échelle ?

— L'université se trouvait dans le New Hampshire. Nous aidions donc toujours nos voisins âgés à déblayer la neige de leurs allées.

— Où dois-je signer pour m'engager ? demanda Seth.

Sam Booth était maire de Cabot Cove depuis si longtemps que la plupart des résidents ne se souvenaient pas de son entrée en fonction. Le slogan de sa dernière campagne était « Le maire qui laisse faire », ce qui résumait à la perfection les difficultés de ses fonctions, en majorité honorifiques. Étant donné qu'il n'avait pas eu d'adversaire politique au cours des six dernières élections, les électeurs n'avaient pas plus d'attentes à son égard que ce qu'il avait promis.

Mais parfois, le rôle de maire est un *véritable* métier, et en ces circonstances, c'était le cas. « Le maire Sam », comme il était affectueusement surnommé, était assis au centre, devant une table surélevée où s'installaient habituellement les fonctionnaires pour régler les affaires officielles de Cabot Cove. Près de soixante chaises étaient alignées avec soin dans la salle. En dehors de rares occasions comme celle-ci, ces chaises n'étaient entièrement occupées que lors des réunions relatives au plan local d'urbanisme, où avaient lieu de véritables querelles, lorsque des groupes d'opinions différentes s'interpellaient avec hargne. Parfois, les réunions finissaient même en échauffourées.

Je m'installai sur une chaise proche du premier rang, sur le côté, tandis que Mortimer et Seth allaient occuper leurs chaises respectives sur l'estrade, autour du maire, Sam, et en compagnie du commandant des sapeurs-pompiers, Dick Mann, et du doyen de la ville, Ethan Cragg. Ce dernier, un pêcheur local, était aussi l'un de mes amis de longue date.

Le maire semblait tenter de localiser sans succès sur la longue table un marteau afin d'annoncer le début de la réunion. Pour l'occasion, il portait une chemise et une cravate, même si les médias, à savoir les représentants de la presse, de la radio et des chaînes de télévision locales, n'étaient pas très nombreux. J'aperçus cependant Evelyn Phillips, la rédactrice en chef de la *Gazette* de Cabot Cove, qui s'intéressait manifestement davantage aux personnalités présentes parmi le public qu'aux arguments de chacun.

— Parfait, annonça Sam Booth, en tant que maire de Cabot Cove, je déclare officiellement cette réunion non officielle ouverte ! Comme vous le savez tous, la tempête qui s'annonce est, selon les prévisions, une véritable bombe à retardement météorologique. Je ne sais pas exactement ce que signifie ce terme, mais je devine qu'il ne s'agit de rien de bon. Nous pensons donc tous qu'il serait judicieux de convoquer les représentants de Cabot Cove ainsi que les responsables de la sécurité publique, afin que chacun d'eux puisse vous donner les dernières informations relatives à la tempête en fonction de son domaine de spécialité. Commandant Mann, voudriez-vous commencer ?

Le commandant s'éclaircit la voix.

— J'ai fait appel à autant de nos forces volontaires que possible pour nous préparer à la tempête, et fait en sorte que nos sapeurs-pompiers permanents et nos secouristes se relaient. Nous nous efforcerons de répondre aux appels d'urgence tant que les chasse-neige seront à même de déblayer correctement les routes. Nos camions-citernes sont capables de circuler sur quarante-cinq centimètres de neige en cas d'incendie. Nous évacuerons en priorité les personnes qui se retrouvent sans électricité, ce qui est une autre éventualité à considérer. Selon mon expérience, avec une tempête de cette ampleur, il y aura des coupures d'électricité. La force du vent a été réévaluée à la hausse au cours des dernières prévisions, donc cela semble inévitable.

Evelyn Phillips leva la main.

— Maire Sam, compte tenu de ce que vient de dire le commandant Mann, avez-vous pris des dispositions pour que des équipes puissent être d'astreinte afin de rétablir l'électricité aussi rapidement que possible ?

Booth se pencha en avant, comme s'il tentait de se rapprocher d'un microphone imaginaire.

— Très franchement, Evelyn, je viens d'apprendre à l'instant l'éventualité de coupures d'électricité, comme tout le monde ici. Mais je vais faire le nécessaire, affirma-t-il, bien que l'expression de son visage me laisse penser qu'il n'avait pas la moindre idée de la manière dont il allait procéder.

Evelyn reprit la parole.

— Et qu'en est-il des évacuations, si les chasse-neige ne parviennent pas à déblayer assez rapidement pour que les véhicules d'urgence puissent emprunter les routes ? Comme vous le savez, maire Sam, les prévisions annoncent des chutes de neige de dix à treize centimètres par heure durant la nuit.

Il était manifeste, en voyant l'air surpris du maire, qu'il ignorait cela également. Heureusement, Mortimer intervint pour le sortir de ce mauvais pas.

— Le commandant Mann et moi-même coordonnons une flotte de motoneiges conduites par nos membres du personnel ainsi que des bénévoles locaux. Ces derniers se rendront disponibles s'il faut porter secours à une personne dans le besoin ou en détresse.

— Bon, eh bien tant que vous avez la parole, shérif Metzger, pourquoi ne pas la conserver ? suggéra le maire, désireux d'être le moins possible sur le devant de la scène.

— Je n'ai pas grand-chose à dire concernant le département du shérif. Nous coordonnerons l'ensemble de nos efforts en matière de secours et de services avec l'équipe du commandant Mann et les équipes de déneigement. Nous établirons un poste de commande central dans la salle de la brigade, dans laquelle sont installés les moniteurs de contrôle. Nous pouvons y superviser les conditions météorologiques, la circulation, et disposons d'une carte détaillée indiquant l'état de chacune des rues de la ville. Mes agents sont en train de mettre tout cela en service, et nous veillons également à ce que les six générateurs municipaux à propane soient fonctionnels.

Le maire hocha la tête, semblant satisfait de lui-même.

— C'était une transition parfaite pour Ethan, déclara-t-il, en se tournant vers mon ami pêcheur. Que dit le responsable de l'équipe de déneigement ?

Ethan se leva de sa chaise avant de répondre. Il connaissait sa ville mieux que quiconque et détestait les changements qui nous étaient imposés par le monde extérieur, en particulier durant les mois d'été. Sa chevelure épaisse avait progressivement grisonné, et son visage était creusé de rides et de sillons profonds, en raison de toutes les années qu'il avait passées en mer. Mais il possédait toujours une solide constitution et les mains les plus robustes que j'aie pu voir chez un homme, des mains balafrées et calleuses parce qu'elles avaient si longtemps hissé des filets de pêche hors de l'eau…

— J'assure la coordination de l'équipe avec les travaux publics, répondit Ethan, après s'être éclairci la voix, à la fois au niveau local et de l'État, pour être certain que nous n'empiétions pas sur d'autres territoires de déneigement.

Et j'ai fait en sorte que nous disposions d'une douzaine de chasse-neige supplémentaires par rapport aux deux que nous possédons déjà. Cela fait beaucoup plus de chasse-neige qu'habituellement. J'ai confiance, nous sommes bien préparés.

Le maire hocha brusquement la tête, comme à l'accoutumée, évoquant une marionnette qui serait mue par des fils.

— Ce qui nous amène à Seth Hazlitt… Qu'avez-vous à nous dire, doc ?

— Sincèrement, je ne vois même pas ce que je fais ici, répondit Seth, en avançant sa chaise sous la table, ce qui produisit un grincement désagréable. Cependant, j'ai pris contact avec l'hôpital et je peux vous assurer que tout le personnel est présent et le restera pendant toute la durée de la tempête. Je n'étais pas là lorsque le générateur de secours a été testé, mais on m'a assuré que tout fonctionnait à la perfection.

Seth jeta un regard noir à l'assemblée, ce qui me rappela son expression lorsqu'il mordait dans une part de tarte aux mûres servie accidentellement à la place de son habituelle tarte aux framboises et à la rhubarbe.

— Quant à moi, je serai à l'abri dans ma fidèle maison, et vous pourrez me joindre à tout instant par téléphone. Je pense que presque tout le monde a mon numéro, mais je l'ai ajouté à la liste d'urgence qui s'affiche directement lorsque vous cliquez sur le site internet de la ville. Je suis également chargé de l'alimentation des personnes qui répondront aux appels d'urgence, et j'ai le plaisir de vous annoncer que le café Mara est en train de nous préparer une montagne de sandwiches, de salades, et de ses fameux biscuits en ce moment même. Je me suis également arrangé pour que nous disposions à profusion de ces cartons remplis de café sur tous les sites de réunion, et vous serez heureux d'apprendre que cette fois, je n'ai pas oublié la crème et le sucre, *ayuh*.

L'assemblée des participants se mit à glousser. Seth se référait à une situation d'urgence similaire qui s'était déroulée quelques années plus tôt, lorsqu'un ouragan tardif avait frappé la côte du Maine. Les habitants n'avaient pas eu à se plaindre de la manière dont l'événement avait été géré, mais ils avaient émis des reproches sur le fait que les intervenants et les personnes qui avaient été mises à l'abri devaient se contenter de boire un café noir.

— Mais en tant que médecin qui pratique à Cabot Cove depuis près de trente-cinq ans, j'ai quelques conseils à donner à ceux d'entre vous qui ont plus de cinquante ans, ajouta Seth en repoussant sa chaise en arrière et en se penchant à travers la table, comme pour se rapprocher des auditeurs. Jetez votre pelle. Ou au moins, attachez-la au mur à l'aide d'une chaîne et d'un cadenas dont vous n'avez pas le code. Selon des études, il y a une augmentation des admissions à l'hôpital pour des problèmes cardiaques deux jours après la survenue de tempêtes bien moins graves que celle que nous allons affronter. Pourquoi deux jours après, allez-vous me demander ? Parce que les personnes touchées ne peuvent pas se rendre à l'hôpital pendant la tempête. Des questions ?

Comme personne ne levait la main, Seth s'adossa de nouveau à sa chaise et croisa les bras. Nous échangeâmes un regard et il me fit un clin d'œil. Je hochai la tête, pour lui montrer à quel point j'étais impressionnée. Le commandant Mann cessa de consulter son téléphone portable et murmura quelque chose à l'oreille du maire.

— Le chef me dit, annonça-t-il, que nous attendons près d'un mètre de neige pour commencer, et il est inutile d'espérer que la tempête va s'éloigner vers la mer. Nous resterons ici un petit moment pour répondre à toutes vos questions individuelles. Mais le plus important est que vous rentriez ensuite chez vous, que vous relisiez les procédures de sécurité et que vous fermiez soigneusement les portes et les fenêtres. Lorsque la tempête prendra de l'ampleur, plus personne ne pourra sortir pendant un certain temps, mais rassurez-vous, en cas d'urgence, nous sommes préparés à vous porter secours.

Mortimer était en train de consulter son portable à son tour. Il secouait la tête, et son expression me laissa penser que quelque chose venait de se produire. D'emblée, je m'imaginai que cela avait un rapport avec le meurtre du détective privé de Boston, Loomis Winslow. Mais lorsque je le vis descendre de l'estrade et s'approcher de moi, je compris qu'il s'agissait d'autre chose.

— Je suis appelé quelque part, madame F. Je vais vous déposer à Hill House en passant.

Je m'étais levée, mais je ne fis aucun geste pour le suivre vers la sortie du bâtiment.

— Et que veut dire ce « quelque part » ?

— Il n'y a là rien qui vous concerne, répondit Mortimer qui regardait par les fenêtres en bandeau situées le long d'un mur. La tempête s'approche. Il vaut mieux que vous soyez à l'abri pour que j'aille vérifier si Adele se tient prête avant de me barricader au poste, et peut-être de me cacher au sous-sol, comme je le faisais au Vietnam…

— Vous pouvez me déposer après être passé voir Adele, dis-je.

Adele était l'épouse de Mortimer.

— Et passez-lui le bonjour, en tout cas. Et puis, je pourrais vous tenir compagnie…

— Où cela ?

— Partout où vous irez…

— Il n'y a pas de meurtre, cette fois, madame F.

— Si cela avait été le cas, je l'aurais vu à votre expression. Mais je peux en tout cas dire qu'il se passe quelque chose qui pourrait requérir mes services. Vous me donnez un indice ?

— Que diriez-vous d'un nouvel événement qui n'a aucun sens ?

4

— Avez-vous du nouveau à propos de Loomis Winslow ? demandai-je à Mortimer, tandis que nous marchions péniblement, en raison du vent mordant et des premières traces de neige, vers son SUV de fonction.

— Rien du tout. Aucun membre du maintien de l'ordre à Boston ne songe à autre chose qu'à la tempête qui va s'abattre. Selon les prévisions, il y aura là-bas des chutes de neige de quarante-cinq à soixante centimètres.

— Nous aurons de la chance si nous n'en avons pas plus, Mortimer…

Une couche de cinq centimètres recouvrait déjà le sol, car la neige s'accumulait rapidement. Plonger son regard dans le ciel donnait l'impression de contempler un gouffre abyssal. Et cela n'était que le début, nous avait-on avertis. Les deux masses d'air qui devaient s'opposer allaient former un front violent, mais elles se trouvaient encore à distance l'une de l'autre… Nous assistions en quelque sorte à un match préliminaire avant la finale du Maine.

La neige tombait en bourrasque tandis que nous traversions la ville en direction de la route 38, à un endroit où se déversait un flot de voitures sur une voie d'accès située à peu de distance du panneau BIENVENUE À CABOT COVE. Le panneau se trouvait au bout d'une longue ligne droite. Un SUV rutilant était garé sur la bande d'arrêt d'urgence en travers, avec l'arrière débordant sur la route et les deux portières ouvertes. Un véhicule de police était garé derrière et faisait des appels de phare pour avertir les conducteurs qui circulaient dans les deux sens.

— Un automobiliste qui passait nous a prévenus, shérif, indiqua à Mortimer un agent dont j'avais oublié le nom.

Auparavant, je connaissais normalement tous les agents de police, mais Mortimer dirigeait désormais une équipe de quinze personnes, y compris durant les mois d'hiver, afin de ne pas devoir recruter trop de policiers à temps partiel en été. En effet, ceux qui cherchaient un poste durant la saison estivale étaient souvent disponibles soit parce qu'ils étaient en retraite, soit parce qu'ils manquaient d'expérience, et n'étaient pas aptes à gérer l'effervescence propre à notre petite cité balnéaire durant la belle saison.

— À quelle heure a-t-il appelé, Jack ? demanda Mortimer.

— À treize heures dix-sept précises, donc je pense que le véhicule a été abandonné quelques minutes plus tôt.

Mortimer s'approcha du SUV Lexus et examina les sièges avant à travers la portière passager ouverte.

— Oui, cela ne doit pas faire très longtemps…

Je me mis à chercher instinctivement du regard des empreintes de pas dans la neige fraîchement tombée, mais il n'y avait rien. Je tenais la capuche de ma parka au-dessus de ma tête, afin d'éviter que les rafales ne la repoussent en arrière, et me rapprochai de la bande d'arrêt d'urgence pour voir si je pouvais y repérer des traces.

— Attention, madame F., me prévint Mortimer. Je suppose que vous n'avez pas envie d'être la première victime de cette tempête.

Je revins sur mes pas, car j'avais presque aussitôt constaté qu'il n'y avait pas de traces.

— Cela doit faire trente minutes, dis-je, en me rapprochant de Mortimer et de son agent.

Affronter le vent même sur une courte distance m'avait laissée hors d'haleine. J'aurais presque eu besoin de ces cordes que certaines personnes utilisent pour progresser à l'extérieur dans les régions où les hivers sont les plus rudes. Beaucoup avaient péri en perdant de vue ces cordes, qu'ils avaient été incapables de retrouver. Le vieux cliché selon lequel il était difficile de distinguer sa propre main devant son visage au cours d'une tempête de neige était véridique.

— Pourquoi trente minutes, madame F. ?

— La neige a commencé à tomber depuis un moment, maintenant, pendant que nous étions encore à la réunion. Il y avait déjà cinq centimètres lorsque nous nous sommes dirigés par ici. Cela a suffi à recouvrir les traces qui se trouvaient là auparavant.

Mortimer jeta un coup d'œil vers la bande d'arrêt d'urgence sur laquelle je me tenais précédemment. Il observa le fossé qui descendait vers les bois bordant la route.

— Cela fait beaucoup de temps, pour qu'un véhicule abandonné de ce type ne soit signalé.

— Il y a quelques minutes encore, la neige tombait de manière trop drue pour que les conducteurs prêtent attention à autre chose en conduisant. Mais cela fait peut-être vingt-cinq minutes au lieu de trente – voire vingt minutes.

Mortimer fit un pas de côté et, d'un geste théâtral, me céda la place depuis laquelle il examinait l'intérieur du véhicule.

— Eh bien, dites-moi si vous voyez quelque chose que je ne vois pas.

Il n'y avait rien. L'intérieur du SUV sentait le propre et le neuf, et les sièges en cuir noir brillaient au point que je pensai que j'aurais presque pu y apercevoir mon reflet. N'ayant jamais conduit, je n'étais pas apte à juger des qualités respectives des véhicules, mais je suis presque certaine que les gadgets dernier cri, les commandes incompréhensibles et les écrans tactiles m'auraient rendue folle. Frank, mon époux, aujourd'hui décédé, aurait dit que l'on s'en sortait très bien sans tout cela, et selon moi, plus une voiture gère de choses à la place du conducteur, moins le conducteur prête attention à ce qu'il devrait faire.

La Lexus était équipée de tapis d'hiver sur mesure portant le nom de la marque en relief. Je tendis la main vers la place passager, puis retirai un gant pour toucher le tapis du bout du doigt. Celui-ci était mouillé, et en y regardant de plus près, j'aperçus des taches sombres d'humidité aux endroits où la neige qui devait adhérer à la semelle d'un passager s'était déposée.

Je m'apprêtais à cesser mon inspection lorsque, mue par une intuition, je me déplaçai vers la portière arrière et demandai à Mortimer de l'ouvrir parce qu'il portait des gants de perquisition, ce qui n'était pas mon cas. Le vent s'engouffra à l'intérieur et, sous sa puissance, la portière s'ouvrit en entier, tandis qu'une forte pression était exercée sur les charnières. Mortimer faillit perdre l'équilibre.

— Aviez-vous prévu ce coup de vent, Jessica ?

— Tiens, vous m'appelez Jessica désormais ?

— Oui, parce que madame F. ne ferait jamais une chose pareille.

— Dans ce cas, madame F. aimerait que vous jetiez un coup d'œil par ici.

Mortimer s'approcha de moi et lorsqu'il vit ce que je voyais, poussa un sifflement.

— Si je n'avais pas d'expérience, je dirais que vous l'avez placé intentionnellement ici pour m'énerver, commenta-t-il, en se retournant dans ma direction.

— Vous avez raison, j'ai chipé une poignée de graviers sur l'aire de parking de cette ancienne filature et je l'ai répandue sur le tapis pendant que vous regardiez ailleurs.

Nous nous trouvions devant une traînée de graviers uniquement présents du côté passager à l'arrière. Ces graviers étaient identiques à ceux qui étaient coincés dans la semelle de Loomis Winslow.

Il me sembla que la position du siège passager masquait une partie du tapis de sol, mais je n'eus pas la présence d'esprit de pousser ma réflexion plus loin.

— Dois-je vous expliquer ce que cela signifie, Mortimer ?

— Et pourquoi pas, pendant que j'essaie de comprendre pourquoi vous avez tenté de m'agresser avec cette portière de voiture ?

— Vous avez à peine été égratigné…

— Qu'alliez-vous dire à propos du gravier, madame F. ?

— Qu'une personne qui s'est rendue à l'ancienne filature se trouvait sur le siège arrière. Comme il n'y a pas trace de ces mêmes graviers sur les tapis à l'avant, il est vraisemblable que le conducteur et le passager ne s'y sont pas rendus avec elle. Et comme il n'y a ni gravier ni neige fondue derrière le siège conducteur, nous avons là un conducteur et deux passagers qui ont disparu de la circulation.

—Puisque vous êtes aussi perspicace, pourriez-vous me dire ce qu'il est advenu de ces trois personnes, ou au moins des deux passagers qui manquent à l'appel ?

Je me mis à observer la tempête, qui s'était de nouveau renforcée.

—Je n'en ai aucune idée, mais je devine votre prochaine question…

—Pourquoi deux personnes s'enfuient-elles de leur véhicule en pleine tempête de neige sans même prendre la peine de refermer les portières derrière elles ?

—Elles devaient être paniquées, suggéra l'agent que Mortimer avait appelé Jack. Elles étaient peut-être poursuivies…

—Ou bien elles suivaient des instructions, des ordres, dis-je, énonçant à voix haute ce qui m'avait traversé l'esprit.

—De la personne assise à l'arrière, ajouta Mortimer en hochant la tête.

—C'est une possibilité.

—Sauf que le gravier aurait pu se déposer à l'arrière hier, l'avant-veille ou même la semaine dernière.

—La voiture est immatriculée en Pennsylvanie, Mortimer, remarquai-je. Elle n'a donc pas fait beaucoup de route. Et les traces humides de semelle autour des graviers montrent que celui qui était assis à l'arrière se trouvait là aujourd'hui, et il n'y a pas si longtemps, d'ailleurs.

Intégrer un indice tel que celui-ci à l'un de mes livres et le découvrir dans la vie réelle présentaient des similitudes… mais aussi une différence. Cette différence résidait dans le fait que dans mes livres, je m'efforçais toujours d'avoir une longueur d'avance sur mes lecteurs, alors que dans des moments comme celui-ci, j'avais l'impression d'être perdue. Il y avait également des similitudes avec mes romans, cependant, parce que les indices qui y figuraient me permettaient de créer un schéma d'ensemble, flou au début, puis beaucoup plus précis ensuite. Et ce qui se dessinait ici était que les personnes qui se trouvaient à l'avant de la voiture avaient fui celle qui se trouvait à l'arrière. Cela expliquait sans doute pourquoi les portières étaient demeurées ouvertes. L'occupant du siège arrière les avait-il suivies dans les bois, de l'autre côté de la route, ou le long de celle-ci ? Cette partie du tableau d'ensemble demeurait encore vague.

— Il y a une chance que nous puissions fouiller les bois, Mortimer ? demandai-je.

— Demandez à la femme qui doit avoir oublié que nous sommes sur le point d'être frappés par le blizzard le plus puissant de l'histoire de l'État. « Oh, comment vais-je faire pour rassembler l'équipe de recherche ? » se demande le shérif harassé qui s'est installé dans la capitale américaine du meurtre…

— Avez-vous déjà songé à devenir écrivain, shérif ?

Mortimer adressa un clin d'œil à l'agent Jack et se retint de sourire en se retournant vers moi.

— Non, et vous ?

Je sentis à cet instant que mon téléphone vibrait dans la poche de ma parka. La sonnerie était étouffée par ses différentes couches isolantes. Les smartphones étaient devenus trop volumineux pour être manipulés facilement, même sans porter de gants. Je me réfugiai donc dans le SUV de Mortimer en espérant que l'appel provenait de Harry McGraw et qu'il aurait quelque chose à m'apprendre, notamment sur Loomis Winslow.

— La tempête ne vous malmène pas trop ? me demanda le détective en guise de préambule dès que je décrochai.

Je refermai la portière et rabattis la capuche de ma parka en arrière pour pouvoir poursuivre la conversation. La légère couche de neige qui avait recouvert ma veste avait déjà fondu, laissant de petites taches à l'avant. J'ouvris la fermeture éclair et m'installai aussi confortablement que possible sur le siège passager, tandis que Mortimer poursuivait son inspection du véhicule abandonné.

— Le pire est encore à venir, Harry, répondis-je.

— Vous paraissez hors d'haleine. Dites-moi que vous ne vous trouvez pas sur une autre scène de crime avec Mortimer.

— Je ne me trouve pas sur une autre scène de crime avec Mortimer.

— Vous mentez, Jess.

— Vous m'avez demandé de vous dire que je n'y étais pas !

Harry émit un son qui ressemblait à un grognement.

— Eh bien, j'ai des choses à vous annoncer à propos du détective privé que vous avez découvert mort. J'ai procédé à quelques vérifications, ai interrogé quelques personnes, et j'ai même étudié le site internet de cet homme. Le mien est nettement mieux…

— Vous n'en avez pas !

— Voilà pourquoi ! Bon, je suis incapable de vous dire quelle affaire a amené Winslow à Cabot Cove, mais je peux vous indiquer quel était son domaine d'expertise en matière d'investigation…

Je m'aperçus du point auquel il faisait froid à l'intérieur du SUV lorsque le chauffage ne fonctionnait pas. Mais je ne pouvais rien faire, car Mortimer avait emporté les clés.

—Je vous écoute, Harry.

—Loomis Winslow, selon mes renseignements, était plutôt un homme de l'ombre. Vous savez, une sorte d'expert judiciaire.

—Dites-m'en un peu plus…

—Les détectives privés travaillent généralement sur des affaires de divorce, enquêtent de manière détaillée sur le passé d'une personne, ou se chargent de tâches telles que la protection d'une personne ou tout ce qui touche à la sécurité des particuliers. Or Loomis Winslow ne faisait rien de tout cela. C'était le genre de détective que vous embauchez lorsque vous avez des raisons de soupçonner des malversations financières, soit dans le cadre d'une entreprise, soit dans le cadre personnel. Un proche qui vous vole, par exemple. Vous n'êtes pas certain que c'est bien le cas, et vous ne souhaitez pas dénoncer un ami ou un membre de votre famille à la police… Vous embauchez donc quelqu'un comme Winslow pour enquêter et vérifier si vos soupçons sont fondés ou non. Cela a l'air simple, mais ce type d'affaires financières ou d'escroquerie tendent à être compliquées, et à se perdre dans de multiples pistes. Vous ai-je dit que j'avais représenté quelques-unes des personnes que Bernard Madoff avait arnaquées ?

—Non…

—Évidemment, parce que vous vous figurez sans doute que vous êtes ma seule cliente. Comme vous ne payez pas vos factures, il faut bien que je vive !…

—Harry…

—Quoi qu'il en soit, mes clients m'avaient contacté avant la crise qui a mis à feu et à sang le monde de la finance. Ils avaient tous des soupçons à propos des activités de Madoff, mais ne disposaient d'aucune preuve.

Je me mis à réfléchir à propos de ce que Harry venait de me dire.

— Depuis quand êtes-vous spécialisé dans ce type d'enquêtes financières ?

— J'ai de nombreuses spécialités, vous savez ? Lorsque quelqu'un me demande si je peux prendre une affaire, ma réponse coutumière est « Oui. Mais quelle était la question, déjà ? ». Même si je ne suis pas spécialiste dans un domaine, je suis capable de l'intégrer rapidement.

Comme je l'avais vu à l'œuvre à de nombreuses reprises, il m'était impossible de le contester. Je savais depuis longtemps que Harry était capable de résoudre presque n'importe quelle affaire, et que personne ne pouvait s'informer sur un domaine aussi vite que lui. Il semblait capable de parcourir entièrement un document volumineux et d'en retenir uniquement les informations avec lesquelles il devait se familiariser. Cela donnait presque l'impression que ses yeux et son cerveau fonctionnaient sur un mode intuitif.

— Qu'avez-vous donc appris sur Loomis Winslow ? demandai-je.

— J'y viens. Mais pour ce qui est de Madoff, j'avais pu m'introduire dans le fameux étage de l'édifice auquel même ses fils ne pouvaient accéder.

— Vous vous êtes fait passer pour un représentant de la SEC, cet organisme de contrôle des marchés financiers ?

— Vous y êtes presque. Essayez le Département de la santé publique de New York…

— Pouvez-vous répéter, Harry ?

— Vous m'avez bien entendu. Je savais que la porte principale serait verrouillée, mais vous seriez surpris d'apprendre à quel point les gens sont réactifs lorsque vous arrivez par une porte de service en leur disant qu'il y a des scarabées boliviens qui percent les murs, nourrissent d'innombrables portées et sont prêts à envahir les locaux.

— Des scarabées boliviens ?

— Ils n'existent pas, en réalité. Je les ai inventés… Mais je suis venu avec des photographies d'une espèce d'insecte ravageur particulièrement terrifiant que l'on trouve en Amérique du Sud et qui évoquait un film d'horreur des années cinquante. J'avais l'équipement adéquat, un badge, une combinaison de protection et un pulvérisateur. Je n'ai jamais vu des employés s'enfuir aussi vite d'un bureau. Il y en avait trois, et l'un d'eux est parti si rapidement qu'il n'avait pas éteint son ordinateur.

— Bingo !

— Eh bien, ne vous réjouissez pas trop vite… Les contenus de l'ordinateur que j'ai copiés sur un disque dur miniature révélaient de nombreuses malversations, mais aucune n'était liée à mes clients. Avant que je ne puisse creuser davantage, les fédéraux se sont engouffrés dans l'affaire et tout a été révélé publiquement.

— Vous pensez qu'un détective comme Loomis Winslow aurait pu procéder de la même manière ?

— Non, il était plutôt du genre à bâtir une théorie. D'après ce que je sais, il travaillait seul. Il s'agissait d'un homme consciencieux. Le type de détective que l'on va voir grâce au bouche-à-oreille, mais que l'on ne trouve pas dans les pages jaunes…

— Je ne suis pas sûre que les pages jaunes existent encore, Harry…

— Ah bon ? Alors pourquoi est-ce que je mets à jour ma publicité ? Ce n'est pas étonnant que mes affaires aillent si mal… Heureusement que vous êtes là, Jess. Sans vous, je ne pourrais pas payer mes factures ! À ce propos, je suis presque à jour pour tous mes règlements – je n'ai que trois mois d'arriérés, maintenant.

—Mais à propos de Loomis Winslow, je suppose que vous ne savez pas pour quelle raison il s'est rendu à Cabot Cove ?

—Non, mais je parie qu'il s'agissait d'une affaire financière. Impliquant une personne qui volait, dissimulait, escroquait, extorquait ou trompait quelqu'un en lui prenant ce qui lui appartenait légitimement. Discrètement, pour que les choses restent en famille – ce qui est souvent le cas… Suivez cette piste.

—Est-ce tout ?

—Cela ne fait que quelques heures, Jess.

—J'attends des miracles de votre part, Harry !

—Les miracles coûtent plus cher. Je vous recontacterai lorsque j'en aurai accompli un…

La neige avait recommencé à tomber de manière plus drue lorsque je rejoignis Mortimer près du SUV Lexus. Au cours de la demi-heure qui venait de s'écouler, une seule voiture était passée, ce qui montrait que les habitants respectaient les consignes selon lesquelles il fallait éviter de s'aventurer à l'extérieur, sauf en cas d'urgence.

—La boîte à gants est vide, madame F., m'indiqua Mortimer. Quelqu'un voulait que l'on ne puisse pas identifier facilement le propriétaire de la voiture.

Il parcourut les alentours du regard et parut inspirer une bouffée d'air.

—La question est de savoir comment je dois procéder exactement avec ce véhicule, sachant qu'il s'agit d'une scène potentielle de crime, reprit-il. Il va être difficile de faire venir sur place une équipe de la police scientifique, compte tenu des conditions météorologiques.

— En fermant les portes et en faisant remorquer la voiture… Les empreintes sur le volant, les sièges, l'intérieur des portes et le tableau de bord resteront intactes, n'est-ce pas ?

— Un bon avocat pourrait avancer que la chaîne de traçabilité des preuves n'a pas été maintenue, mais nous n'en sommes pas là, tant s'en faut ! Je vais appeler une dépanneuse tout de suite et nous pourrons la suivre jusqu'à la fourrière, de manière à sécuriser la scène.

Je souris en imaginant le prédécesseur de Mortimer, Amos Tupper, confronté à une telle situation. La température était en train de chuter à l'approche de la tempête, et la morsure du vent me donnait l'impression de recevoir des giclées d'eau glacée en plein visage.

— Pourquoi n'attendriez-vous pas dans la voiture, madame F. ? proposa Mortimer, en me tendant cette fois les clés pour que je puisse allumer le moteur pour me réchauffer.

Mortimer me rejoignit à l'intérieur du SUV de fonction quelques minutes plus tard pour attendre la dépanneuse. Il mit en route l'ordinateur portable relié au tableau de bord afin d'effectuer une recherche sur les plaques d'immatriculation de la Lexus. L'ordinateur s'alluma aussitôt, mais il ne parvint pas à se connecter au site qui devait lui permettre de retrouver le propriétaire de la voiture abandonnée.

Il tapota plusieurs fois sur l'ordinateur, comme si cela allait enfin débloquer la connexion avec le site, puis finit par abandonner et s'adossa à son siège avec un soupir.

— Ce doit être à cause de la tempête, dis-je. Trop de gens sont chez eux et doivent surcharger le réseau.

— Est-il vraiment possible de surcharger le réseau ?

Je hochai la tête.

— Lorsque trop de personnes se connectent à la fois, généralement à un moment de crise, oui, tout à fait.

— Bon, quoi qu'il en soit, nous avons deux personnes, et peut-être trois, qui manquent à l'appel au beau milieu d'une tempête qui pourrait tuer tous ceux qu'elle n'a pas enfouis sous la neige. En d'autres circonstances, j'aurais fait appel à une équipe de recherche pour passer ces bois au peigne fin. Mais si je le fais, nous allons nous retrouver avec encore plus de personnes disparues… Et nous ne les retrouverons qu'au printemps, lorsque la neige fondra. Évidemment…

Mortimer fut interrompu par le crépitement de sa radio. Un agent de la circulation s'adressait à lui.

— Agent à Mortimer Metzger.

Le shérif décrocha le micro et l'approcha de sa bouche.

— Appelez-moi Mortimer…

— Shérif, une patrouille vient juste d'amener Hank Weathers au poste, parce qu'il était frigorifié par la tempête…

— Installez-le dans une cellule et laissez-le dormir.

— Il dit qu'il a été témoin d'un crime la nuit dernière, shérif. Près de l'ancienne filature…

5

Mortimer revint au poste aussi rapidement que possible, en veillant tout particulièrement à ralentir bien en amont de chaque intersection. La circulation était presque réduite à néant, et jusqu'à présent, les chasse-neige d'Ethan étaient parvenus à faire face à la tempête, qui, à un peu plus de quinze heures, avait entraîné des chutes de sept à dix centimètres de neige. Mais nous étions encore à plusieurs heures du cœur des intempéries.

— C'est bien notre veine, madame F., déclara Mortimer en garant la voiture sur sa place réservée, avant qu'elle ne patine. Nous avons un témoin qui boit du Jack Daniel's comme vous et moi buvons de l'eau.

Je descendis du SUV juste avant lui et relevai ma capuche.

— Voyons ce qu'il a à dire, Mortimer. On ne sait jamais.

— Vous avez déjà vu Hank Weathers sobre ?

— Eh bien…

— C'est ce que je voulais dire, poursuivit Mortimer en se renfrognant. Vous voyez, il s'agit d'un vétéran, qui a fait l'Irak et l'Afghanistan. Lorsque je le regarde, je pourrais avoir l'impression de me regarder moi-même…

Je hochai la tête et frissonnai. Nous pensons souvent bien connaître les gens, et ne plus pouvoir leur découvrir d'autres facettes. Mais Mortimer venait juste d'exprimer de la compassion pour cet alcoolique que personne d'autre ne prenait au sérieux. Je savais qu'il se disait que cette fois, peut-être, Hank Weathers serait sobre, ce qui pourrait même l'aider à regagner l'estime de lui-même.

Mortimer poussa la porte et la retint en raison des violentes rafales de vent qui auraient pu la repousser brutalement contre le mur, et je le suivis à l'intérieur. Hank Weathers était assis au bureau d'un agent parti patrouiller. Il était emmitouflé dans une couverture qui recouvrait ses fines épaules noueuses. Il s'agissait d'une figure connue de Cabot Cove, qui faisait de petits boulots pour joindre les deux bouts en fin de mois, même s'il avait davantage tendance à consommer de l'alcool qu'à prendre des repas corrects. Sa peau était rugueuse, son teint rougeâtre et son visage, constellé de taches tant il avait été exposé au soleil lorsqu'il avait travaillé pour des pêcheurs après avoir été démobilisé. Il buvait à petites gorgées le contenu d'un gobelet qui contenait sans aucun doute du café provenant de la machine à expresso dont Mortimer avait fait don au département lorsque Adele, son épouse, en avait acheté une nouvelle.

Au lieu d'emmener Hank dans son bureau, Mortimer s'empara d'une chaise et s'assit en face de lui. Je me tenais debout à sa droite.

— Comment est le café, Hank ?

— Qu'est-ce qu'elle fait ici ? demanda celui-ci en tournant son visage ridé dans ma direction.

— Elle se met à l'abri, tout comme vous.

— Cette femme n'a pas rémunéré mon travail. Beaucoup de gens de cette ville ne m'ont pas payé. J'ai déposé plusieurs plaintes, mais vous n'avez rien fait.

Seth m'avait avertie de me tenir à distance de Hank en raison de ses accès occasionnels de violence, résultant de son syndrome de stress post-traumatique lié à son passage dans l'armée.

— Vous cherchez du boulot, Hank ? demanda Mortimer.

— Vous embauchez ?

— Cela dépend.

— De quoi ?

— De ce que vous avez vu près de l'ancienne filature, hier soir.

— Je dors là-bas, parfois.

Mortimer hocha la tête.

— C'est ce que j'ai entendu dire…

— Il faisait froid, la nuit dernière. Je n'arrivais pas à me réchauffer. J'ai voulu essayer d'aller ailleurs. C'est à ce moment-là que je l'ai vu frapper cet homme.

— Avez-vous vu qui a frappé l'homme ?

Hank Weathers paraissait terrifié.

— Il était grand, shérif. Je veux dire, vraiment grand, ajouta-t-il en élevant une main au-dessus de sa tête. C'était un géant…

— Et vous l'avez vu agresser cet homme à l'intérieur de l'ancienne filature…

— Oui. Il l'a frappé violemment.

— Qu'avez-vous vu, exactement ?

— Je me trouvais derrière une grosse poutre quand j'ai entendu du bruit. Un homme est entré et se tenait à un endroit que j'avais nettoyé pour dormir. Puis j'ai regardé autour de moi et j'ai vu le grand homme le frapper, puis l'engloutir.

— L'engloutir ? répéta Mortimer.

— J'ai eu peur, et je suis resté caché derrière la poutre. Je n'avais pas envie qu'il me frappe aussi. Lorsque j'ai regardé de nouveau, le géant traînait le corps de l'homme sur le sol.

Je regardai Mortimer. Les indices que nous avions découverts à l'intérieur de la filature confirmaient ce récit.

— Avez-vous pu jeter un coup d'œil à ce géant ?

— Euh, non, précisa Hank. Mais je l'ai vu traîner l'homme qu'il avait frappé sur le sol. Cela ne pouvait être que lui.

Il me regarda en plissant les yeux.

— Vous avais-je déjà remerciée pour le livre, madame Fletcher ?

J'avais presque oublié que Hank s'était rendu à la dernière vente de livres que j'avais organisée en tant que présidente des Amis de la bibliothèque. Il lorgnait un beau livre volumineux recensant toutes les races de chien. Il n'avait pas d'argent, mais je lui en avais fait don.

— Oui, vous m'aviez remerciée, Hank. Que s'est-il passé, ensuite ?

— Ensuite ?

— Après que l'agresseur a traîné l'autre homme sur le sol.

— J'avais peur.

— Je vous comprends !

— Je suis sorti par l'arrière du bâtiment, par une fenêtre cassée, au cas où le géant serait toujours là. Je n'avais pas envie qu'il me frappe aussi, parce que j'ai compris qui il était.

— Qui était-ce ?

Mortimer et moi avions posé la question en même temps.

— Bigfoot, répondit Hank en chuchotant.

Mortimer me ramena à Hill House. De puissantes rafales secouèrent son SUV tout le long du trajet, menaçant son équilibre précaire sur les routes glissantes.

— Eh bien, que pensez-vous de notre témoin en chef, madame F. ?

— Qu'il a bien vu *quelque chose.*

Mortimer affichait un air moqueur.

— Mais ce n'était pas Bigfoot.

— Non, c'est certain !

Il soupira.

— J'aurais dû m'installer dans une grande ville plutôt que dans une petite ville. Je déteste les petites villes…

— Vous êtes cependant parti d'une grande ville !

— Oui, j'aurais peut-être dû rester à New York…

— Mais alors vous ne m'auriez pas rencontrée… lui rappelai-je.

Mortimer me déposa dans le virage qui passait devant Hill House et insista pour m'accompagner le long de l'allée afin de s'assurer que je ne glissais pas, avec la tempête qui commençait à s'intensifier. Le vent me faisait presque décoller, et j'étais heureuse d'avoir pensé à mettre mes bottes d'hiver lacées le matin même.

— Je retourne au poste pour enquêter encore un peu sur Loomis Winslow avant que la tempête n'empire…

Nos pas s'enfonçaient dans la neige de l'allée, et nous sentions la morsure douloureuse du vent que nous combattions pour progresser jusqu'à l'entrée de l'hôtel.

— Que dites-vous de cela, Mortimer ?

***

J'avais à peine commencé à retirer mon épaisse parka quand je vis une femme se lever de l'un des beaux fauteuils anciens du hall d'accueil.

— C'est donc vrai, dit-elle, d'un air ravi. Vous vivez réellement ici.

Je regardai autour de moi comme pour m'assurer qu'elle ne s'adressait pas à quelqu'un d'autre, puis m'efforçai de sourire. La femme affichait une élégance décontractée, était vêtue avec soin et portait des chaussures à talons à la mode malgré le mauvais temps. Je faillis même me demander si elle ne s'était pas vêtue ainsi dans l'espoir de faire ma connaissance, car lorsque je l'avais remarquée en franchissant l'entrée, elle paraissait attendre quelqu'un.

— Me dédicaceriez-vous votre livre, madame Fletcher ? demanda-t-elle en me tendant un exemplaire de mon dernier livre ainsi qu'un stylo.

Au pli qui figurait au dos de l'ouvrage, je devinai qu'elle l'avait déjà lu.

— Rien ne me fait plus plaisir que de dédicacer un livre après coup, dis-je en souriant avec sincérité.

— J'ai lu tous vos livres, sans exception. Certains deux fois, et d'autres plus encore. Lorsque nous avons organisé ce mariage à Cabot Cove, je vous assure que je ne me doutais pas que vous viviez ici. Appelons cela une heureuse coïncidence…

Le regard de la femme se perdit au-delà des fenêtres de la façade de l'hôtel.

— … même si cette tempête n'apporte rien de bon.

Je me souvins que j'avais entendu dire que l'hôtel avait été réservé pour un mariage qui devait se dérouler le samedi suivant au Country Club de Cabot Cove. Or nous étions jeudi, et étant donné la violence de la tempête, il n'était pas certain que le club puisse ouvrir ses portes d'ici quarante-huit heures. Nous autres habitants du Maine sommes des forces de la nature, mais quatre-vingt-dix centimètres de neige risquaient cependant de nous mettre à rude épreuve.

Je posai ma parka trempée sur le dos d'une chaise et me sentis aussitôt coupable de mouiller le tissu. Tout en m'emparant du stylo et du livre, je regardai la femme qui, malgré ses hauts talons, était beaucoup plus petite que moi. Je mesurais en effet près d'un mètre soixante-quinze. Elle avait l'air d'avoir environ soixante-cinq ans, mais arborait la chevelure blond platine d'une femme qui aurait pu avoir la moitié de son âge. Cependant, sa couleur avait l'air naturelle et les vêtements de couturier qu'elle portait, dont je soupçonnais qu'ils faisaient partie de ses tenues quotidiennes et qu'elle ne les portait pas pour m'impressionner, lui allaient à la perfection. Elle dégageait une impression d'aisance financière, mais son comportement était chaleureux et son sourire, agréable.

— À qui dois-je le dédicacer ? demandai-je.

— Oui, bien sûr… Je bavarde, je bavarde, car je suis si nerveuse. Constance Mulroy. Dédicacez-le à Constance, s'il vous plaît. Ou plutôt non, à Connie, car c'est ainsi que mes amis m'appellent.

Je lus à voix haute ce que j'écrivais, car ma calligraphie souffrait du fait que je me tenais debout.

— « Pour Connie – dommage que vous n'ayez pas réservé celui-ci pour cette tempête. J'espère que le temps sera plus clément lorsque mon prochain livre sortira ! Continuez de lire ! J. B. Fletcher. »

Elle arborait un large sourire lorsque je lui rendis le livre.

— Grâce à vous, tout n'est pas perdu, même si le mariage doit être reprogrammé. Il s'agit de celui de mon fils et de ma belle-fille, précisa-t-elle.

— J'ai effectivement entendu dire que l'hôtel avait été loué entièrement pour un mariage… à l'exception de ma suite, bien sûr.

— J'ai hâte de pouvoir raconter au Comité de la bibliothèque que je vous ai rencontrée dès que je rentrerai chez moi.

— J'ai l'impression que nous avons une chose en commun, madame Mulroy.

— S'il vous plaît, appelez-moi Connie.

— Eh bien, Connie, il se trouve que je suis la présidente des Amis de la bibliothèque, ici, à Cabot Cove.

Elle sourit de nouveau.

— Quant à moi, je suis la vice-présidente du Comité consultatif de la bibliothèque de l'université Brown, à Providence. Il faudra que je vérifie que vos premières éditions figurent bien dans nos collections de la bibliothèque John Hay.

Je me sentis un peu plus intimidée qu'auparavant.

— Si cela n'est pas le cas, je suis sûre que nous pourrions y remédier. Nous nous assurerons que les livres sont dédicacés, pour commencer.

— Vraiment ? Vous allez faire de moi une star !

Elle tendit la main dans ma direction et pressa mon épaule, tout en serrant mon livre contre elle de l'autre main.

— Je vous remercie, madame Fletcher.

— Appelez-moi Jessica. J'ai eu grand plaisir à vous dédicacer mon livre, croyez-moi !

— Je ne parlais pas de cela. Je parlais du fait que votre présence m'apporte un peu de réconfort après le marasme dans lequel ce mariage a plongé… J'avais dit à ces enfants de ne pas organiser la cérémonie ici en février, mais ils n'ont pas voulu m'écouter, car aucun autre lieu plus approprié n'était disponible lorsque mon fils s'est renseigné, le mois dernier. Il a même dit qu'un peu de neige égaierait l'événement.

Son regard se perdit à nouveau au-delà de la fenêtre, où la neige commençait à s'accumuler sur les bords de la vitre, puis formait des arabesques cristallines en fondant à cause de la chaleur qu'il faisait à l'intérieur.

— Cependant, je doute que cela se déroule réellement comme les futurs mariés l'avaient imaginé, poursuivit ma nouvelle amie. Me croiriez-vous si je vous disais qu'ils ne sont toujours pas arrivés pour leur propre dîner de répétition ?

— Avez-vous essayé de leur téléphoner ?

— J'ai égaré mon téléphone portable. Cela m'arrive tout le temps… J'ai essayé d'appeler depuis la ligne fixe qui se trouve dans ma chambre, mais je suis tombé sur un répondeur.

Elle baissa le regard, l'air soudain intimidée et peut-être légèrement embarrassée.

— Vous savez, madame Fletcher, je n'étais pas en train de vous guetter, dans le hall d'entrée…

— Jessica.

— Je les attendais. Je joue le rôle de la mère inquiète, si vous voyez ce que je veux dire…

Je hochai la tête poliment, même si je n'en avais pas la moindre idée, sauf pour ce qui était de l'appréhension que j'avais ressentie lors du mariage de mon neveu, Grady. Je l'avais élevé aux côtés de mon mari, Frank, pendant une grande partie de son enfance, ce qui avait été l'expérience la plus enrichissante de mon existence et la plus proche de ce que pouvait être la maternité.

— Ils vont peut-être finir par se marier ici à Hill House, avec la douzaine de personnes venues assister à la cérémonie.

— La douzaine ?

— Oui. Il s'agit des personnes invitées au mariage. Ne connaîtriez-vous pas un prêtre, un révérend, un pasteur ou un rabbin que nous pourrions recruter rapidement ?

— Non, mais vous pouvez poser la question au directeur de l'hôtel, Seamus McGilray. Les directeurs d'hôtel ont peut-être les mêmes prérogatives que les capitaines de bateau, du moins en cas de blizzard !

Elle sourit.

— Vous avez raison, Jessica. Je vais m'adresser à lui. Je pense que seuls la famille proche et deux des amis mutuels du couple seront présents. Heureusement, tous se trouvent déjà sur place et étaient prêts pour le dîner de répétition de ce soir, mais celui-ci vient d'être annulé en raison de l'état d'urgence qui vient d'être déclaré.

— Et pourquoi ne pas organiser ce dîner ici, à Hill House ? suggérai-je.

Constance Mulroy écarquilla les yeux.

— Je n'y avais pas pensé, mais il s'agit d'une merveilleuse idée. Pourriez-vous me présenter ce monsieur McGinty ?

— Son nom est McGilray. Bien sûr, je vais vous le présenter. Il possède un appartement au sous-sol, donc il est présent, j'en suis certaine. Nous verrons s'il peut nous faire bénéficier de son savoir-faire en matière de cérémonie de mariage.

Elle prit mon livre dans la main gauche et me pressa la main comme si nous étions de vieilles amies.

— À une condition, Jessica !

— Laquelle ?

— Que vous vous joigniez à nous pour le dîner.

— J'en serais ravie, Connie. Merci. Maintenant, dis-je en la prenant par le bras, que diriez-vous d'aller voir monsieur McGilray et de lui demander s'il peut organiser un dîner dès ce soir ?

Ses yeux s'humidifièrent et elle les tamponna avec un mouchoir qu'elle avait attrapé dans le sac qu'elle portait en bandoulière.

— Je ne sais comment vous remercier, Jessica… J'étais perdue. Avec tout ce qui s'est passé…

Elle laissa sa phrase en suspens et je saisis son bras entre mes mains.

— Vous aurez une merveilleuse histoire à raconter à vos petits-enfants…

— Je pourrai peut-être vous convaincre d'en faire un roman…

— Pas s'il n'y a aucun meurtre, or cela n'est pas au menu de ce soir.

Constance Mulroy me sourit et je lui souris en retour.

Si seulement nous avions su...

6

Constance et moi nous étions joyeusement dirigées vers la réception à la recherche du directeur de Hill House, dont il était aussi en partie propriétaire, lorsqu'un grand homme aux cheveux gris vêtu d'un blazer assorti d'une lavallière passa devant nous en trombe. Je crus voir ma nouvelle amie déglutir avant que l'homme ne se mette à parler d'une voix forte.

— Je suis Doyle Castavette, et je suis vraiment déçue des prestations de votre prétendu hôtel, dit-il en s'adressant sur un ton cassant à la jeune femme qui se trouvait à la réception.

Celle-ci eut un sourire contraint.

— Je suis désolée de l'apprendre. Que puis-je faire pour vous ?

Doyle Castavette sortit de sa poche un petit savon. Lorsqu'il le posa sur le comptoir, je vis que l'emballage avait été retiré.

— Ce savon est vieux et périmé. Je pensais qu'un hôtel qui prétend être un établissement de luxe, cinq étoiles, pouvait mieux faire…

Sa main, dont les doigts longs et fins m'évoquèrent ceux d'un pianiste, replongea dans sa poche et en sortit cette fois de petits flacons de shampoing et d'après-shampoing.

— Avez-vous remarqué que ces flacons étaient entamés ?

— Oui, monsieur, répondit la jeune femme, luttant manifestement pour conserver son sourire.

— Cependant, ils n'ont pas été ouverts par mes soins. Dites-moi, mademoiselle, est-ce l'habitude de cet établissement de s'attendre à ce que les résidents utilisent les restes de produits ? Dois-je inspecter les vitres pour m'assurer qu'elles ont été nettoyées ?

La jeune femme, dont le badge portait l'inscription JANEY et que je connaissais sous le nom de Janey Ryland, demeura conciliante.

— Je vais informer monsieur le directeur de tout cela et vous faire porter immédiatement des produits neufs dans votre chambre, monsieur Cassavette.

— Mon nom est Castavette, et étant donné que vous vous êtes occupée d'attribuer les chambres aux invités du mariage, j'espère que vous avez consulté le *Who's Who* pour connaître l'université dont je suis diplômé ainsi que ma biographie.

— Veuillez m'excuser une nouvelle fois, monsieur. Y a-t-il autre chose que je puisse faire pour vous ? demanda Janey, espérant visiblement que ce ne serait pas le cas.

— Pas pour l'instant, mais je suis certain que j'aurai besoin de vos services ultérieurement. Je n'ai pas encore inspecté la literie. J'ai quelques doutes à ce sujet.

— Je reste à votre service au cas où vous rencontreriez un problème avec la literie ou toute autre chose, monsieur.

Sans même prononcer un mot de remerciement, Doyle Castavette fit rageusement demi-tour pour se retrouver nez à nez avec Constance Mulroy.

— Toujours aussi agréable, à ce que je vois, Doyle ! s'exclama celle-ci, son large sourire contrastant avec le caractère acerbe de sa remarque.

— Est-ce trop demander à un établissement d'assurer le strict minimum du confort ?

— Avez-vous des nouvelles de votre fille ? demanda Connie.

— J'allais vous poser la même question au sujet de votre fils…

— Je suppose donc que non. Je commence à être inquiète… Nous n'avons pas entendu parler d'eux après l'arrivée de leur avion, et il s'agissait du dernier atterrissage avant la fermeture de l'aéroport.

— Allison a peut-être tenté de m'appeler, mais j'ai eu des difficultés à me connecter au Wi-Fi de l'hôtel, ajouta Castavette, élevant suffisamment la voix pour s'assurer que la réceptionniste, Janey, l'entende, avant que son regard ne tombe sur moi. Est-ce une autre employée de l'hôtel avec laquelle vous vous êtes liée d'amitié ?

Constance Mulroy se tourna vers moi pour me présenter.

— Pas du tout. Il s'agit de Jessica Fletcher, la célèbre auteure de romans policiers…

— Auteure de romans policiers ? répéta Castavette d'un air méprisant.

— *Célèbre* auteure de romans policiers ! rectifia Connie en brandissant son exemplaire dédicacé de mon dernier livre.

Je tendis la main.

— Ravie de vous rencontrer, monsieur Castavette. Et félicitations pour le mariage de votre fille !

— Épargnez-moi vos félicitations, répondit-il avant de se tourner vers mon amie de fraîche date. Je commence à croire qu'Allison s'est finalement ravisée et a compris qu'elle méritait beaucoup mieux que votre irresponsable de fils… Combien de fois a-t-il eu des déboires avec la justice, au fait ?

—Les contraventions peuvent difficilement être qualifiées de déboires avec la justice, Doyle !

—Mais l'une d'elles concernait une conduite en état d'ivresse, si je me souviens bien. Une chance que votre famille possède une compagnie d'assurances… Je suis certain que c'est ce qui explique pourquoi il a encore le droit de conduire après son accident, qui s'est soldé par un mort et une personne handicapée à vie.

Je vis Connie se raidir.

—Daniel a été blanchi en ce qui concerne ces accusations !

—Alors je suppose que c'est une bonne chose que la famille Mulroy entretienne une armée d'avocats, même si je soupçonne qu'ils sont tous occupés à remettre de l'ordre dans les affaires de votre mari… J'aurais aimé le jeter moi-même du pont de Brooklyn, compte tenu de la fortune qu'il m'a escroquée.

Connie se raidit de nouveau et parut embarrassée. Elle donnait l'impression d'avoir envie de se trouver à mille lieues de là – n'importe où.

—J'ai été heureux d'apprendre que les autorités ne vous considèrent plus comme une personnalité influente, reprit Castavette.

—Je vous remercie, Doyle.

—Vous savez de quelle manière vous pourriez vous rattraper, Constance ? En me versant une compensation financière raisonnable, comme vous me l'aviez promis.

Connie s'empourpra. Doyle Castavette évoquait leurs différends devant une étrangère, et lavait en quelque sorte leur linge sale en public.

— Je vous ai dit que je faisais tout ce que je pouvais, et c'est le cas, répondit-elle. J'ai même…

Elle s'interrompit brusquement, manifestement sur le point de dire quelque chose qui ne concernait personne d'autre qu'eux.

— Et disons-le tout net, Doyle, affirma-t-elle finalement. La seule différence entre l'escroquerie financière de mon époux et vos arnaques en matière immobilière réside dans le fait que Heath Mulroy a été percé à jour.

Castavette se renfrogna, semblant sur le point de répondre vertement, jusqu'à ce que son regard tombe de nouveau sur moi. Il s'éloigna d'un pas rapide, en manquant d'accrocher mon pull.

— Un homme des plus sympathiques, commentai-je à l'intention de Constance, après qu'il eut pris l'ascenseur.

— Nous ne choisissons pas notre famille, Jessica, pas plus que nous ne choisissons les personnes qui nous sont imposées par alliance. Je dois sourire et supporter cela pour mon fils. Vous avez dû entendre parler de ce scandale… ajouta-t-elle, sa voix se réduisant à un filet, sans doute sous le poids des regrets et de la tristesse. Mon époux a dépouillé des investisseurs de millions de dollars.

— Vous avez omis de dire qu'il est « prétendument » coupable de ces agissements, précisai-je.

J'avais en effet entendu parler de cette affaire, sans cependant avoir fait le lien avec le nom de Mulroy jusqu'à présent.

— Non, parce que l'escroquerie a été prouvée. Il a été déclaré coupable et n'a pas eu le courage de faire face à ses accusateurs. Il a préféré sauter du pont de Brooklyn et nous a laissés seuls – les jumeaux et moi – pour réparer ses erreurs.

J'avais également entendu parler de cette fin tragique.

— Votre fils Daniel a un jumeau ?

— Un faux jumeau. Ils sont aussi différents que vous et moi.

— Vous avez de la prestance, dis-je en souriant.

— Oh, je ne sais pas. Quant à vous, vos millions de lecteurs doivent vous trouver magnifique, affirma Constance, qui sourit en tournant le livre dans ma direction pour me montrer la photographie de moi qui figurait au dos.

— J. B. Fletcher, dis-je, en lisant le nom inscrit sous la photographie, ne vieillit pas. Par conséquent, le fait que la photo remonte à plus de dix ans lui convient parfaitement. *Jessica* Fletcher en revanche…

Je haussai les épaules sans achever ma phrase.

— Je commence à être vraiment inquiète de ne pas avoir de nouvelles de Daniel et Allison, en particulier avec la tempête qui prend de l'ampleur.

Ma nouvelle amie avait raison. Les vastes fenêtres du hall d'entrée donnaient sur un paysage entièrement baigné de blanc. À cette distance, rien ne se détachait – pas un arbre, ni un édifice, pas même une voiture. La tempête s'était abattue sur notre petite ville avec toute la virulence annoncée, reprenant sans doute des forces au-dessus de l'océan pour parvenir à satisfaire aux précipitations annoncées de quatre-vingt-dix centimètres de neige. En observant les conditions météorologiques, tandis que les dernières lueurs du jour s'évanouissaient rapidement dans le ciel, je commençai à me demander si les prévisions n'avaient pas été sous-évaluées compte tenu des vingt-cinq centimètres qui recouvraient déjà le sol.

— Pourquoi ne pas appeler le shérif pour savoir si des accrochages susceptibles d'avoir provoqué des embouteillages n'ont pas été signalés depuis l'atterrissage de leur avion ? Quand ont-ils atterri, au fait ?

Le visage de Constance Mulroy s'éclaira.

— Il y a quatre ou cinq heures.

Je me mis à chercher mon téléphone portable, puis me souvins que je l'avais laissé dans la parka que j'avais suspendue sur une chaise toute proche. Je m'avançai pour le récupérer lorsque deux femmes alertes d'un certain âge entrèrent dans le hall en se pavanant dans des survêtements assortis.

— Les sœurs Sprague, chuchota Constance, l'air un peu rebutée par leur arrivée. Des cousines germaines avec lesquelles j'ai pratiquement été élevée. Comme vous le voyez, Jessica, il y a des jumeaux dans notre famille…

— Cette fois-ci, il s'agit de véritables jumelles.

— Oui, répondit Constance en souriant.

Elle s'éclaircit la voix à l'approche des deux sœurs.

— Jessica, j'aimerais vous présenter Olivia et Beatrice Sprague. Olivia, Beatrice, voici la célèbre auteure de romans policiers Jessica Fletcher.

— Liv et Bea pour les amis, madame Fletcher. Je suis Liv.

— Et je suis Bea.

Les deux femmes étaient réellement identiques, jusqu'à la moindre boucle de cheveux et jusqu'au moindre ourlet de vêtement. Elles s'étaient approchées d'une même démarche rigide, et leurs cheveux arborant une couleur auburn uniforme auraient pu avoir été teints avec le même flacon de coloration. Chaussées de tennis, elles atteignaient à peine un mètre cinquante, et leurs larges sourires semblaient s'éclairer parfaitement à l'unisson.

— Eh bien, je suis Jessica, répondis-je, en leur serrant la main.

— Et vous écrivez des romans policiers ? demanda Bea.

— Que vient de dire Connie ? demanda Liv.

— Qu'elle est auteure de romans policiers.

— Alors pourquoi poses-tu la question ?

— Je connaissais déjà la réponse, mais c'était simplement pour…

— … alimenter la conversation, compléta Liv. Tu veux toujours faire la conversation. Peut-être devrais-tu plutôt…

— … réfléchir avant de parler, dit Bea. Tu me dis cela au moins…

— … une fois par jour. Et je continuerai jusqu'à ce que tu arrêtes. Ou bien…

— … jusqu'à notre mort. Tu me le dis également tous les jours. J'espère que je…

— Vas-y, commence. Parfois, j'aimerais que ce soit toi qui commences…

— Tiens donc…

— Tiens donc…

Les jumelles se tournèrent vers moi, comme si elles réagissaient à un signal implicite. Les écouter parler me donnait l'impression d'assister à un match de ping-pong. Je tournais la tête d'un côté puis de l'autre pour les suivre.

— Heureuses de faire votre connaissance, Jessica ! s'exclamèrent-elles à l'unisson avant de se tourner vers Constance Mulroy.

— Nous étions à la gym, ma chérie, lui annonça Bea.

— Nous avons fait du sport à l'intérieur, au lieu de notre marche habituelle, ajouta Liv.

— À cause du temps.

— C'est effrayant, là dehors…

— Des nouvelles…

— … des enfants ? acheva Liv, cette fois.

— Pas la moindre. Mais je suis certaine qu'ils ne vont pas tarder, répondit Connie, en tentant de garder contenance. Je me demande bien qui ne viendrait pas à son propre mariage ?

— À son dîner de répétition, ici, la corrigea Bea. Et nous sommes…

— … déjà affamées. Mais je me demande où nous allons…

— … dîner, étant donné que le restaurant où nous devions nous rendre est fermé pour la soirée ?

Les sœurs Sprague échangèrent un regard avant de se tourner de nouveau vers leur cousine.

— Madame Fletcher et moi sommes en train d'organiser cela.

— Nous espérons que le dîner pourra se dérouler ici à Hill House, dans la Salle du capitaine, ajoutai-je dès que Constance eut terminé.

Je m'aperçus que j'étais en train d'imiter la manière de parler de Liv et de Bea.

— Nous nous en remettons à vous, dans ce cas, affirma Bea.

— Tout à fait, confirma Liv.

— De véritables numéros, pas vrai ? souligna Constance après que les sœurs Sprague eurent pris congé, tout en continuant à bavarder et à terminer les phrases l'une de l'autre. Elles ne se sont jamais mariées et ont passé toute leur vie ensemble.

— Elles semblent heureuses, dis-je, en les regardant entrer dans l'ascenseur.

— Pourquoi ne le seraient-elles pas ? Elles qui ne se soucient de rien et qui ont plus d'argent qu'elles ne pourront jamais en dépenser… me dit Constance en me regardant d'un air grave.

— Mais au fait, il faut que j'appelle le shérif ! m'exclamai-je en extirpant finalement mon téléphone portable de l'une des poches de ma parka.

Avant que je puisse composer le numéro, cependant, Seamus McGilray émergea des bureaux situés derrière la réception avec une pelle à la main.

— Seamus ! le hélai-je.

Il s'arrêta net au milieu du hall d'entrée et se tourna dans ma direction.

— Ah, madame Fletcher, quelle affreuse tempête nous avons là !…

Je m'approchai de lui, Constance Mulroy sur les talons.

— Je me demandais s'il était possible de vous compliquer encore un peu la tâche…

Il s'inclina pour poser la pelle sur le sol du hall.

— Tout ce qui peut m'éviter de déneiger l'allée pour la première fois ce soir avant de recommencer à plusieurs reprises ne peut qu'être accepté avec joie… que cela soit complexe ou non.

— Vous connaissez Constance Mulroy, bien sûr, dis-je en m'écartant afin qu'elle puisse se tenir à côté de moi.

— Pas personnellement, mais l'hôtel Hill House est ravi de recevoir votre famille, madame, même si je dois m'excuser au nom du Maine pour ces affreuses conditions météorologiques.

— C'est à ce sujet que nous souhaitions vous parler, Seamus, dis-je, notamment à propos de la possibilité d'organiser le dîner de répétition du mariage ici, dans l'hôtel, le Country Club de Cabot Cove étant fermé.

Je m'attendais à un certain nombre de réponses de la part de Seamus, toutes trahissant de la réticence en raison du travail supplémentaire que ma requête exigerait de la part de son personnel. Mais à ma grande surprise, il arbora un large sourire et acquiesça.

— Nous serions très honorés d'être votre hôte, madame Mulroy. Madame Fletcher vous a peut-être parlé de notre somptueuse Salle du capitaine, et si nous allons devoir faire preuve de créativité avec le menu, je suis certain que nous serons à même de recevoir votre famille de manière à vous faire honneur.

Constance parut aussitôt plus joyeuse et si soulagée que j'eus l'impression qu'elle venait de se débarrasser d'un poids tout en soupirant.

— Je ne sais quoi vous dire pour vous remercier, monsieur McGilray, hormis « merci du fond du cœur ».

— Ne me remerciez pas avant que le repas ne soit prêt, madame, car comme il m'est impossible de commander de la nourriture aujourd'hui, je ne vous proposerai sans doute qu'un seul plat, vraisemblablement un mijoté de thon.

— Quoi que vous nous prépariez, je suis certaine que cela sera délicieux, monsieur !

— Combien y aura-t-il de convives ?

— Quatorze, répondit Constance. Pour l'instant, nous sommes douze, mais il y aura quatorze personnes au moment du dîner, dès que les mariés seront arrivés…

Je vis le regard de Seamus se diriger par-dessus l'épaule de Constance Mulroy vers la fenêtre. Il parut brièvement inquiet, puis balaya cette expression de son visage et eut un sourire enjoué.

— Parfait, un dîner pour quatorze personnes, donc !

Constance posa une main sur mon bras.

— Je voulais dire quinze, en réalité, car madame Fletcher se joindra à nous.

— Uniquement si cela ne vous cause pas de tracas supplémentaires, Seamus…

— Bien sûr, un dîner pour quinze convives ne nous pose aucun problème, madame ! s'exclama-t-il avant que son sourire ne disparaisse de son visage au moment où il attrapa la pelle pour affronter les rigueurs de l'extérieur. Maintenant, mesdames, si vous voulez bien m'excuser, le devoir m'appelle. Je dois m'assurer que l'allée sera bien dégagée lorsque les mariés arriveront, n'est-ce pas ? Ils ne vont sans doute pas tarder, si tout se déroule comme prévu.

Je dois avouer que l'opportunité d'assister au dîner me semblait bien plus agréable que la perspective d'attendre seule dans ma chambre que la tempête prenne de l'ampleur. Je me sentis heureuse d'avoir fait la connaissance de Constance Mulroy.

— Eh bien je vais enfin passer ce coup de téléphone au shérif Metzger ! annonçai-je à ma nouvelle amie en me dirigeant vers le mur latéral du hall d'entrée afin de pouvoir observer la tempête depuis cet angle.

Dehors, le paysage était déjà revêtu d'une couche blanche à perte de vue. Le ciel libérait sans interruption de vastes rideaux de neige. Je ne voyais pas grand-chose à plus de trois mètres et ne pouvais qu'imaginer le même décor lorsque la nuit surviendrait. Tout était complètement immobile à l'exception de ce qui était agité par le vent, qui allait gagner en puissance au plus fort de la tempête, durant la nuit. Je tentai de m'interroger sur la manière dont je décrirais un tel décor dans l'un de mes livres, mais ne me sentis pas inspirée le moins du monde. J'avais l'impression que le monde qui se trouvait derrière la vitre n'existait plus, n'était pas simplement enfoui sous la neige, mais qu'il avait été véritablement englouti.

Je m'efforçai de sortir de ma rêverie et composai le numéro de Mortimer. Comme il sonnait sans succès, j'attendis quelques instants et recommençai à trois puis quatre reprises. Finalement, le shérif décrocha.

— Je suis un peu occupé, ici, madame F., répondit-il d'un ton bourru, empreint d'impatience. Au cas où vous ne le sauriez pas, nous attendons un mètre vingt de neige, désormais. Rappelez-moi pourquoi j'ai accepté ce boulot…

— Désolée d'alourdir encore votre fardeau, Mortimer, mais nous avons ici un problème lié à la tempête.

— Ici ? C'est-à-dire ?

— À Hill House. Vous ai-je parlé de cette cérémonie de mariage qui aura lieu sur place durant le week-end ?

— Non.

— Eh bien les mariés ne sont pas encore arrivés alors qu'ils ont un dîner de répétition ce soir. Selon la mère du futur marié, ils n'ont pas donné de nouvelles depuis l'atterrissage de leur avion à Portland, il y a cinq heures.

— Cela coïncide avec le début de la tempête…

— Exactement, répondis-je.

— Attendez, madame F. Vous dites qu'ils ont atterri à *Portland* ?

Je sentis mon estomac se nouer.

— Qu'y a-t-il, Mortimer ?

— Vous souvenez-vous du SUV Lexus que nous avons retrouvé abandonné ?

— Immatriculé en Pennsylvanie ? Bien sûr. Pourquoi ?

— Il s'agit d'un véhicule de location enregistré chez Hertz.

7

— Il y a une agence Hertz à l'aéroport pour jet privé de Portland, dis-je à voix basse.

— Mais elle est fermée, de même que l'aéroport, en raison de l'état d'urgence et de l'interdiction de voyager émis par le gouverneur du Maine. Je vais voir si je parviens à obtenir des renseignements en composant le numéro du service de réservation de Hertz, mais je n'ai guère d'espoir… sachant que j'en ai déjà fait l'expérience en tombant sur un technicien basé aux Philippines ou en Inde alors que la scène potentielle de crime se trouve ici.

Je jetai un coup d'œil au-delà du hall d'entrée et aperçus Constance Mulroy en train de converser avec une femme qui devait faire partie de sa famille ou de celle de la mariée. Elle me tournait le dos, ce qui lui évitait de voir l'expression inquiète que mon visage devait afficher.

Je fis mentalement quelques calculs.

— Les délais coïncident parfaitement, compte tenu de l'heure à laquelle Constance Mulroy a eu des nouvelles de son fils pour la dernière fois.

— Qui est Constance Mulroy ?

— La mère du marié.

— Cela n'est pas bon signe. Mais nous n'avons encore aucune certitude pour l'instant, madame F.

— Et que ferons-nous dans quelques heures, si le couple n'est toujours pas arrivé ?

— Je ne peux pas envoyer d'équipe fouiller les bois avec cette tempête. Je vous l'ai déjà dit.

— Que fuyaient-ils, Mortimer ? dis-je à voix haute, tant pour moi-même que pour Mortimer. Où ont-ils bien pu aller ?

— Et qui était assis à l'arrière, avec du gravier coincé dans les semelles de ses chaussures, le même gravier que celui du parking de la filature ?

— Il s'agissait peut-être d'une femme, remarquai-je.

— Peut-être bien…

— Le meurtre ne fait pas de distinction entre les genres, lui rappelai-je.

— Oui, bien sûr, et d'après Hank Weathers, nous sommes même à la recherche de Bigfoot !

Son timbre de voix était rauque, sans doute parce qu'il avait la gorge nouée, se faisant du souci pour la tempête.

— Pour l'instant, gardez ces informations pour vous, Jessica, du moins tant que nous n'en savons pas plus.

Je regardai dans la direction de Constance Mulroy. Je sentais l'air glacé qui se faufilait à travers la fenêtre jusque dans mon dos. Une brusque rafale fit osciller le chambranle et projeta une pellicule de neige fraîche sur la vitre.

— Combien de temps cela va-t-il prendre ? Le mariage est prévu pour samedi, et le dîner de répétition pour toute la famille a lieu ce soir.

— Où cela ?

— Seamus McGilray organise le dîner ici à Hill House, fort heureusement.

— Dites-moi qu'il ne manque personne…

— Tout le monde est présent, excepté les invités d'honneur.

— Je devine vos craintes, madame F., déclara Mortimer après une pause.

J'étais toujours en train de regarder Constance Mulroy, qui se tenait au-delà du hall d'entrée, en me demandant comment j'allais lui cacher cette information.

— Nous devons découvrir qui a loué ce SUV Lexus auprès de Hertz, Mortimer, dis-je, craignant qu'il ne s'agisse de Daniel Mulroy et d'Allison Castavette, les futurs mariés.

— Je crois que je parviendrais à joindre plus rapidement le président de notre pays que le président de Hertz. Je parierais que quelqu'un avait de bonnes raisons pour vider la boîte à gants, qui devait contenir le contrat de location.

— Serait-ce le même homme que celui qui a tué Loomis Winslow, Mortimer ?

— Ou la même femme, rectifia aussitôt le shérif, comme je l'aurais fait moi-même.

— Ou bien Bigfoot, si l'on en croit Hank Weathers, ajoutai-je.

— Je ne vois pas comment nous pourrions en apprendre beaucoup plus avant que la tempête ne diminue, demain. Quel que soit l'endroit où les gens se sont réfugiés, pour l'instant, ils ne vont plus bouger. C'est le cas des invités qui se trouvent ici. Je ne vois pas de raison d'effrayer davantage ces personnes qu'elles ne le sont déjà du fait de l'absence des mariés.

— Je ne sais même pas ce que je dirais aux parents…

Je m'interrompis en me rappelant les gyrophares des voitures de l'équipe éclairant la Lexus abandonnée sur le bas-côté de la route, avec ses portières avant ouvertes et le gravier étalé sur le tapis qui se trouvait à l'arrière.

— Où ont-ils bien pu aller, Mortimer ? À quoi ou à qui tentaient-ils d'échapper, au risque de s'égarer dans les bois ou d'y être bloqués pendant une tempête comme celle-ci ? repris-je.

— Nous ne sommes pas certains qu'il s'agissait d'eux, Jessica, argumenta Mortimer. Beaucoup d'autres vols ont atterri avant que l'aéroport ne ferme. N'importe lequel des autres passagers aurait également pu louer cette Lexus.

— Et combien d'entre eux avaient une raison de faire la route jusqu'à Cabot Cove avec le terrible blizzard qui s'annonçait ?

— Dois-je vous rappeler qu'il vous arrive de vous tromper, madame F. ?

— Pas dans ce genre de situation !

Craignant le pire, je me composai le meilleur visage possible avant de m'approcher de Constance Mulroy au moment où la conversation qu'elle avait avec une autre femme semblait sur le point de s'achever.

— Et à qui ai-je l'honneur ? demanda la femme, dévoilant un sourire étincelant.

— Je vous présente Jessica Fletcher, Henley, annonça ma nouvelle amie, la célèbre auteure de romans policiers. Nous lui devons la possibilité d'organiser le dîner de répétition ici, à Hill House, ce soir.

— Il faut avant tout remercier le directeur de l'hôtel Seamus McGilray, mais j'apprécie, néanmoins.

— Jessica, voici Henley Lavarnay, l'épouse de Doyle Castavette.

— Ex-épouse ! corrigea aussitôt la femme, en m'adressant un sourire chaleureux, qui contrastait avec les manières désagréables de son ex-mari. Doyle et moi sommes heureusement divorcés. Vous savez, cela ne ressemble pas à ma fille de ne pas téléphoner…

Sa voix était pleine d'appréhension.

— Constance vient juste de me dire que vous alliez vous adresser au shérif de la ville pour tenter d'avoir des nouvelles de nos enfants, ajouta-t-elle.

— Je l'ai fait, et nous ne savons rien pour l'instant. Cela vaut peut-être mieux, car comme le dit l'adage, pas de nouvelles, bonnes nouvelles… dis-je aux mères des mariés, en omettant de mentionner les faits relatifs au véhicule que le couple avait peut-être loué à l'aéroport de Portland.

— Et à quelle heure pensez-vous que notre dîner pourra être servi ?

— Je crois que le directeur a mentionné qu'il serait prêt aux alentours de huit heures, c'est-à-dire dans trois heures. Et j'espère que les mariés seront arrivés, d'ici-là.

Malheureusement, mes espoirs allaient être déçus.

Je regagnai enfin ma suite et me mis à regarder la tempête par la fenêtre tandis que la nuit descendait peu à peu sur le paysage. Les tempêtes que j'observais enfant à travers les vitres comme je le faisais en ce moment même me paraissaient alors démesurées. Cela était sans doute dû à la tendance des enfants à l'exagération, mais également à leur petite taille. Trente centimètres de neige, à l'époque, me donnaient l'impression d'une grande épaisseur.

Les éclairages extérieurs de Hill House avaient peine à éclairer le décor balayé par la neige, ce qui me fit songer au sort d'Allison Castavette et de Daniel Mulroy, les futurs mariés. Le fait qu'ils aient pris la route au moment où la tempête commençait à devenir plus violente était en soi un motif d'inquiétude. Ensuite, Mortimer avait soulevé l'hypothèse extrêmement vraisemblable qu'ils se trouvaient peut-être dans la Lexus abandonnée sur le bord de la route. Avaient-ils fui la personne qui se trouvait assise à l'arrière ? S'agissait-il du meurtrier de Loomis Winslow ? Sans compter qu'il y avait un Bigfoot dans l'histoire…

Repenser à tout cela fit émerger dans ma mémoire l'impression que quelque chose d'inhabituel avait attiré mon attention concernant la banquette arrière de la Lexus, mais je fus incapable de me rappeler ce dont il s'agissait. Je commençais à penser que la clé du mystère, notamment celle de la disparition de Daniel Mulroy et Allison Castavette, était liée aux motifs de l'enquête de Winslow et aux personnes qui l'avaient engagé. Harry McGraw n'avait pu me donner encore beaucoup de renseignements sur le détective, mais le fait que ce dernier soit spécialisé dans les enquêtes sur les malversations financières était une excellente information. Socrate n'avait-il pas dit « Quiconque n'est pas satisfait de ce qu'il a ne sera pas satisfait de ce qu'il aura » ? Selon mon expérience, la convoitise est le premier motif de crime, avant même la vengeance ou la passion, et j'étais persuadée que Winslow devait suivre une piste liée au scandale financier qui avait impliqué l'époux de Constance Mulroy et l'avait poussé au suicide.

J'allumai la télévision et consultai la chaîne météo, notant le message situé au bas de l'écran, qui annonçait UN MÈTRE VINGT DE NEIGE SUR LE MAINE ET LE NORD DE LA NOUVELLE-ANGLETERRE. Je venais de m'allonger sur le canapé pour observer la tempête à la fois par ma fenêtre et sur l'écran de télévision lorsque j'entendis trembler la porte de ma suite. J'imaginai qu'il s'agissait d'un effet du vent, mais perçus ensuite un cliquetis dans la serrure. La porte s'entrouvrit lentement.

Je bondis de mon canapé et vis un jeune homme qui devait avoir une trentaine d'années pénétrer dans ma suite. Son regard se figea lorsqu'il m'aperçut.

— Oh ! s'exclama-t-il, l'air extrêmement surpris. Ce ne doit pas être la bonne chambre…

Je regardai la carte magnétique qu'il serrait dans sa main et m'emparai de manière ostensible du téléphone de l'hôtel avec l'intention d'appeler le standard.

— Ce doit être une erreur, effectivement, dis-je, choisissant de faire profil bas plutôt que de m'énerver. La réception a récemment eu des problèmes informatiques, ajoutai-je aussi nonchalamment que possible. Des chambres déjà occupées ont été attribuées par erreur.

Le jeune homme glissa la carte magnétique dans sa poche.

— Ah, je comprends. Je suis terriblement désolé de vous avoir effrayée… Je pense que je vais aller demander des explications à la réception.

— Êtes-vous ici pour le mariage ? lui demandai-je.

— Le mariage ? demanda-t-il. Non, madame, je suis juste un voyageur égaré qui a pu se réfugier dans cet hôtel juste à temps. Il ne vaut mieux pas errer à l'extérieur avec cette tempête.

— Vous avez de la chance d'avoir pu arriver jusqu'à l'hôtel. Mais si vous n'y voyez pas d'inconvénient…

Le jeune homme s'aperçut qu'il était encore sur le seuil de ma porte.

— Oui, bien sûr. Mille pardons de nouveau, dit-il en s'inclinant légèrement. Je n'aimerais pas voir un étranger entrer dans ma propre chambre, une fois que j'aurai été enregistré correctement, ajouta-t-il.

Je lui souris, heureuse qu'il ne puisse voir mes genoux trembler. Je me précipitai vers la porte et la verrouillai dès qu'il l'eut refermée derrière lui. Mon cœur battait la chamade et j'eus brusquement l'impression d'avoir le souffle coupé. Je ne suis pas particulièrement impressionnable, mais le fait d'avoir vu un étranger manipuler ma serrure et s'introduire dans ma suite avait été pour le moins déstabilisant. Le prétexte de l'erreur de chambre aurait pu être vraisemblable s'il avait eu des bagages avec lui. Cependant, non seulement il n'en avait pas, mais il ne portait pas non plus de manteau, ce qui signifiait qu'il devait déjà résider dans l'hôtel. J'avais entendu dire que seuls les invités au mariage avaient confirmé leurs réservations, mais il était possible que quelques chambres de Hill House aient été réservées pour les personnes de passage comme ce jeune homme, compte tenu de la tempête.

Je savais que j'aurais dû rapporter immédiatement l'incident à Seamus McGilray, mais je n'osais le déranger car je savais qu'il devait être occupé à organiser à la dernière minute un dîner pour quatorze personnes – et même quinze dans la mesure du possible. Je ne désirais pas non plus ennuyer Mortimer, car il avait également plus de choses qu'il n'en fallait à gérer. En regardant à l'extérieur la neige s'accumuler rapidement sur la route qui passait devant Hill House, j'imaginais que les efforts déployés par Ethan Cragg dans le cadre de sa stratégie de déneigement ne devaient guère être payants. Aucune stratégie ne pourrait venir à bout des chutes de quatorze centimètres de neige par heure annoncées par la chaîne Weather Channel. Et je pensais avoir aperçu le météorologue qui passait actuellement à l'écran présenter une carte de Nouvelle-Angleterre sur laquelle on prévoyait des chutes de neige d'au minimum un mètre vingt, voire un mètre cinquante, sur certaines zones du Maine.

Et Cabot Cove était située au beau milieu de l'une de ces zones.

Je m'emparai de mon téléphone portable, que j'avais posé sur le bureau, et composai le numéro de Harry McGraw.

— Vous devez vous sentir seule, dit-il pour m'accueillir.

— Pourquoi dites-vous cela ?

— Sinon, pourquoi m'appelleriez-vous en plein blizzard ? J'ai entendu dire que des chutes d'un mètre cinquante avaient été annoncées.

— Êtes-vous en train de regarder Weather Channel ?

— Non, il s'agit d'une chaîne câblée. Je ne peux plus me permettre d'avoir le câble, maintenant, car trop de mes clients ne paient pas leurs factures !

— Je vous en prie, dites-moi que vous en savez un peu plus sur Loomis Winslow…

— J'en sais plus sur Loomis Winslow.

— Vraiment ?

— Non, mais vous m'avez demandé de vous le dire !… Et nous nous sommes parlé, voyons, il y a quelques heures ?

— Les choses se sont compliquées, au cours de ces quelques heures.

— Vous voulez dire, en dehors de la tempête qui vous frappe ?

En me concentrant sur la disparition possible des mariés, je résumai à Harry tout ce que j'avais appris depuis que je lui avais parlé au cours de l'après-midi, lorsque je me trouvais sur le lieu de la Lexus abandonnée.

— Hum, si j'avais su ce qu'était le mariage, ma chère, je me serais également échappé avant de dire *oui*.

— Eh bien, ici, ce sont les deux mariés qui se sont échappés.

— Mais vous n'êtes pas certaine qu'il s'agit de la voiture qu'ils ont louée, pour le moment ?

— La voiture abandonnée était une Lexus. Cela n'est pas donné à tout le monde. Et d'après ce que je sais des invités au mariage, les deux familles sont fortunées.

— Tiens, tiens, remarqua Harry. Loomis Winslow ?

— J'ai l'impression qu'il pourrait y avoir un lien, qu'en pensez-vous ? Je crois que nous parvenons à lire entre les lignes, dis-je.

— Sauf que vous êtes écrivain, et que cela n'est pas mon cas. Je sais à peine lire. Je préfère visualiser les choses, les imaginer, et il me semble qu'à cet égard, nous sommes sur la même longueur d'onde.

— Il y a autre chose, Harry, ajoutai-je, avant de lui expliquer ce que j'avais pu déduire de la conversation animée qui avait eu lieu entre Constance Mulroy et Doyle Castavette, notamment le fait que le futur beau-père avait été escroqué par l'époux de la future belle-mère.

Je fis une pause et crus que la connexion avait été coupée, mais Harry reprit finalement la parole.

— Pouvez-vous me dire ce qui vous tracasse, à part cela, ma chère ? En dehors du meurtre, de la tempête et de ces combines financières, je veux dire…

— Comment savez-vous que quelque chose d'autre me tracasse ?

— Eh bien je suis détective, et mon métier consiste à deviner les choses.

Je pris une grande inspiration, surprise par les capacités intuitives de Harry, qui venaient compléter ses qualités d'enquêteur.

— Quelqu'un vient de s'introduire dans ma chambre…

— Que voulez-vous dire ?

— L'individu a utilisé une sorte de carte magnétique universelle. Il a affirmé qu'on lui avait attribué une chambre déjà occupée. Or son argument ne tient pas. Est-il possible de fabriquer une telle carte universelle ?

— Non seulement cela est possible, Jessica, mais cela devient de plus en plus courant, répondit Harry avec une assurance toute professionnelle, tranchant avec son habituel ton maussade. Des experts en cybersécurité ont récemment identifié un nouveau type de piratage qui a permis d'accéder à des millions de chambres d'hôtel dans le monde – exactement comme ce qui vous est arrivé... Saviez-vous qu'un seul fabriquant produit l'ensemble des serrures électroniques qui sécurisent l'accès de la plupart des chambres d'hôtel dans le monde, dont celles des grandes chaînes ?

— À dire vrai, je ne m'étais jamais posé la question.

— Bien sûr que non, car comme tout un chacun, vous glissez votre carte dans une fente ou un lecteur et la porte s'ouvre. Or vous ignorez qu'un voleur peut faire exactement la même chose. Cela n'est pas très difficile techniquement. Il s'agit d'un procédé assez simple consistant à trouver une carte magnétique, n'importe laquelle, de l'hôtel en question, et d'utiliser un ordinateur classique doté d'un logiciel spécifique permettant de lire la carte et d'en détecter le code passe-partout, puis d'en copier les informations sur une carte neuve ou existante. Cette carte fonctionnera pour un hôtel en particulier et permettra d'accéder à n'importe quelle chambre de l'établissement.

Je faillis intervenir, mais Harry poursuivit ses explications.

— Ces voleurs, pirates ou hackers, quelle que soit la manière dont vous les appelez, sont devenus des experts.

Ils savent exactement à quel moment ils peuvent pénétrer dans une chambre et si leur occupant est présent ou non.

— Cela n'était pas le cas de celui qui s'est introduit dans ma suite…

— Il s'agissait heureusement d'un amateur. Allez-vous avertir Mortimer de cet incident ?

— Il est très occupé pour l'instant, Harry, et je ne pense pas qu'il pourrait se rendre à Hill House depuis le département du shérif, même s'il le voulait.

— Je pourrais peut-être venir en voiture…

— Vous ne parviendriez pas à franchir la frontière du New Hampshire.

— Je finirai le trajet en ski.

— Vous ne savez pas skier, Harry, lui rappelai-je.

— Il y a un début à tout, ma chère…

***

Harry avait raison. Je l'avais appelé parce que j'étais inquiète et déstabilisée. Je suppose que je lui avais téléphoné dans l'espoir d'obtenir des informations qui m'auraient permis de ne plus penser à l'homme qui avait utilisé une carte piratée pour entrer dans ma suite. Je tentai d'imaginer comment procédaient le genre de voleurs qui ciblaient des fêtes de mariage et d'autres lieux dans lesquels des personnes étaient susceptibles de se réunir en apportant avec elles des bijoux, des cadeaux et de l'argent liquide. Ces voleurs devaient attendre que tous soient partis dîner puis s'emparer de leurs objets de valeur en leur absence. Bien sûr, ils ne pouvaient savoir qui était qui et dans quelle chambre exactement chacun résidait. Le jeune homme avait fait l'erreur de ne pas frapper pour vérifier si l'occupant de la chambre, moi en l'occurrence, était présent ou non.

Je m'aperçus qu'il était indispensable que j'appelle Seamus pour lui mentionner l'incident, compte tenu de toutes les cibles potentielles du voleur qui se trouvaient actuellement dans l'hôtel. Cependant, comme je le soupçonnais, la réceptionniste Janey m'annonça qu'il était occupé dans la cuisine à superviser la préparation du dîner et n'avait pas emporté son talkie-walkie. Je résolus donc de l'informer au moment du dîner, en espérant que le voleur, dont je me rappelais parfaitement la physionomie, n'allait pas utiliser sa carte passe-partout pour pénétrer dans d'autres chambres.

Je devais prendre une douche et me changer avant de me rendre au dîner réunissant les convives du mariage, mais ne pus me résoudre à ne pas allumer la chaîne météo, Weather Channel, pour connaître les dernières informations au sujet de la tempête. Jim Cantore, le correspondant de la chaîne, au physique caractéristique, basé lui-même au cœur des pires intempéries que le pays ait connues, présentait des brèves en direct du Maine, à environ quatre-vingts kilomètres de Cabot Cove, plus bas sur la côte. Si la tempête paraissait puissante lorsque je regardais par la fenêtre, elle paraissait encore plus violente sur le lieu où il se trouvait, et aussi inquiétante et menaçante qu'elle soit, les météorologues avaient cent pour cent raison sur un point : le pire était à venir, et le phénomène allait réellement être historique.

Je n'avais cependant pas de souci à me faire au sujet de ma maison, qui venait d'être reconstruite après un incendie qui avait failli me coûter la vie : je n'aurais pas à déneiger mon trottoir ni mon allée. Beaucoup de mes amis et de mes connaissances avaient quitté des maisons comme la mienne pour s'installer dans un appartement, et dans des circonstances comme celle-ci, je comprenais leur décision.

Alors que la nuit resserrait son emprise sur le paysage enneigé balayé par le vent, je finis par m'éloigner du téléviseur et par me préparer pour la soirée. Il était rare que je participe à des événements au cours desquels je ne connaissais que très peu de monde. C'est pourquoi j'appréciais des occasions telles que le dîner de ce soir, car je n'y serais pas l'objet de toutes les attentions, comme lorsque je dédicace un livre ou participe à une conférence ou à une œuvre de bienfaisance. J'en étais d'autant plus reconnaissante pour l'invitation de Constance Mulroy que j'avais besoin d'une pause avant les jours à venir, qui allaient être conditionnés par la tempête.

Peu avant vingt heures, j'empruntai l'escalier jusqu'au rez-de-chaussée, où se trouvait la Salle du capitaine, au-delà du hall d'entrée, à l'extrémité du couloir menant aux ascenseurs. J'espérais de tout cœur que les mariés étaient enfin arrivés. Cependant, lorsque j'entrai, en comptant rapidement les personnes réunies pour le cocktail et le buffet de hors-d'œuvre, je constatai qu'il n'y en avait qu'une dizaine. Je compris qu'ils n'étaient pas tous arrivés, et qu'il manquait en réalité deux des invités déjà prévus.

Je parcourus la salle des yeux, repérant les personnes que j'avais déjà croisées dans le hall d'entrée, et vis une personne que je reconnus pour une tout autre raison.

Il s'agissait du jeune homme qui avait utilisé sa carte magnétique pour s'introduire dans ma suite !

8

— Jessica ! entendis-je.

Je me retournai et vis Constance Mulroy s'approcher. Je détournai à contrecœur mon regard du jeune homme dont j'étais convaincue qu'il s'agissait d'un voleur.

— Connie, vous êtes absolument ravissante, parvins-je à dire.

— Eh bien, ce n'est pas mon impression, répondit-elle avec un sourire contraint. Mais j'ai de bonnes nouvelles.

— Lesquelles ?

— Mark a été contacté par Daniel !

— Mark ?

— Oui, il est vrai que vous n'avez pas encore rencontré le jumeau du marié. Le voici, dit Connie en me désignant le bar du regard.

Je me tournai dans cette direction et vis un homme aux vêtements informes, portant une barbe de deux jours, en train de tendre son verre au barman pour être servi. Son verre venait à peine d'être rempli qu'il s'en empara et le vida d'un trait. J'aperçus également les sœurs Sprague, Doyle Castavette et son ancienne épouse, Henley Lavarnay, et fis de mon mieux pour éviter le regard du voleur qui se trouvait à l'autre extrémité de la salle, et qui ne m'avait manifestement pas encore remarquée. Je connaissais donc, au moins de vue, la moitié des convives du mariage déjà présents.

— Et donc, où sont-ils ? lui demandai-je. Les futurs mariés…

— Telle est la question, Jessica. Nous n'avons plus de certitude quant à ce qui va se passer. D'après Mark, Daniel et Allison ont échoué à environ soixante-cinq kilomètres de Cabot Cove et ont pris une chambre dans un motel, au bord de la route. Voilà pour les bonnes nouvelles. En revanche, il y a une mauvaise nouvelle. Mark dit que son frère lui a avoué qu'ils n'étaient plus certains de leur choix…

— Ce qui signifie ?

— Que le mariage n'aura peut-être pas lieu, j'imagine, si l'un ou l'autre hésite.

— Bien, en tout cas, cela explique pourquoi votre fils ne vous a pas contactée et pourquoi Allison n'a pas contacté ses parents directement, dis-je, heureuse de découvrir que les deux personnes qui s'étaient enfuies de la Lexus n'étaient pas les mariés.

— J'ai fait promettre à Mark de ne rien dire à personne, confessa Connie, au moins pas avant que ces deux-là ne retrouvent la raison. Cependant, je ne peux m'empêcher de craindre le pire.

Heureusement qu'elle ne sait pas ce que le pire aurait pu signifier, pensai-je.

— Ils vont peut-être se décider finalement, dis-je, pour tenter de la consoler. Après tout, en tant que mère du marié, vous avez fait beaucoup de dépenses pour ce mariage, j'imagine…

— Pas autant que les Castavette… Ils règlent la facture du mariage en totalité, dit-elle avant de baisser la voix.

Mon mari décédé m'a laissé dans une situation difficile, Jessica, comme vous avez dû le comprendre compte tenu de ce qui s'est passé dans le hall d'entrée tout à l'heure…

— Je ne sais pas réellement ce qui s'est passé, et après tout, cela ne me regarde pas, dis-je pour la mettre plus à l'aise et la rassurer.

— Il n'y a pas grand-chose à dire de plus que ce que vous avez lu dans les journaux. Mon mari s'est suicidé en sautant du pont de Brooklyn après la révélation du rôle qu'il avait joué dans la mise en place d'une pyramide de Ponzi. Cela n'a pas été facile pour moi au cours de l'année passée, et pour ajouter la honte à la douleur, le fait que son corps n'a jamais été retrouvé n'a fait qu'empirer les choses. Les autorités sont convaincues qu'il a mis en scène sa propre mort, et qu'en réalité, il s'est enfui.

— Et vous, qu'en pensez-vous ?

— Qu'il n'était pas assez brillant ou courageux pour faire une chose pareille. Il s'est suicidé parce qu'il était faible et malhonnête. Je suppose que je le savais depuis longtemps, mais je ne l'ai jamais admis. Et vous savez ce qui a été pire ? C'est qu'il a impliqué mon fils Daniel dans son projet, même si celui-ci ne l'a pas vraiment compris. En sautant de ce pont, il a laissé son fils en porter seul la responsabilité et être confronté au FBI et à la justice, qui le menacent de poursuites à la place de Heath.

— Mark n'a pas travaillé pour lui, n'est-ce pas ?

— Il a essayé, mais cela ne lui convenait pas. Il n'est pas fait pour les calculs ou les affaires d'argent.

— Oui, commentai-je nonchalamment. Je le comprends.

— Heureusement, j'ai eu la présence d'esprit de laisser notre appartement à mon nom, car je l'ai hérité de mes parents. Et j'ai préservé leur modeste fonds fiduciaire de ses griffes. En d'autres termes, ce fonds n'est pas le produit de bénéfices acquis illégalement.

— J'en suis soulagée, Connie, dis-je en posant doucement mes mains sur ses épaules. Nous nous ressemblons. Nous ne voyons que le bien chez les autres, même si nous devons faire un très gros effort pour cela.

Constance Mulroy soupira, puis reprit contenance en inspirant longuement. Elle me regardait avec reconnaissance, d'un air chaleureux, comme si nous nous connaissions depuis bien plus longtemps que quelques heures. C'était le bon moment pour changer de sujet.

— Puis-je savoir qui est en train de s'adresser à Beatrice et Olivia ? lui demandai-je en désignant discrètement du menton le jeune homme qui était entré dans ma suite.

Celui-ci était vêtu comme un modèle de magazine et possédait la beauté virile et sauvage d'un acteur de cinéma.

— Oh, lui… Il s'agit du fils de Doyle et de Henley, le frère d'Allison.

— Votre ton me laisse penser que vous ne l'appréciez pas beaucoup, Connie.

Ses traits se durcirent.

— Il est né avec une cuillère en argent dans la bouche, mais celle-ci s'est révélée être du plaqué au lieu d'être en argent pur. Toute famille a son mouton noir, et cela est le cas de Tyler, dit Connie, en baissant la voix et en se rapprochant de moi d'un air inquiet, avec une expression que je ne parvins pas à identifier. Mais puis-je vous confier quelque chose, Jessica ?

— Bien sûr que vous le pouvez.

Elle chuchotait presque, maintenant. Elle se trouvait assez près pour que je sente qu'elle venait de boire un cocktail au gin.

— En réalité, dit-elle, j'aurais besoin d'avoir votre avis sur une affaire délicate qui implique ma famille.

— Je ne sais pas si je serai en mesure de vous conseiller, étant donné que j'ai moi-même peu de famille, en tout cas peu de parents proches.

— Je souhaiterais évoquer des secrets de famille, plus spécifiquement. Je crois que vous êtes en quelque sorte une experte, en matière de secrets.

— Les romans policiers regorgent de secrets, réels ou imaginaires. Il en va de même pour les familles, commentai-je.

Connie regarda autour d'elle, comme si elle craignait que quelqu'un ait pu entendre ma dernière remarque.

— C'est ce dont je souhaiterais vous parler, dit-elle, en continuant de chuchoter.

— Naturellement, mais je ne suis pas sûre d'être la bonne personne pour discuter de ce sujet…

— Je suis certaine que si, étant donné votre spécialité.

— L'écriture de romans policiers ?

— Je voulais plutôt parler de la résolution de mystères. Dites-moi, Jessica, avez-vous déjà résolu un crime avant qu'il ne se produise ?

— Je ne suis pas sûre de bien vous comprendre…

Son regard, brusquement empreint d'anxiété, plongea dans le mien.

— Vous savez, je crains que ma vie ne soit en…

— Tante Constance ! résonna brusquement une voix qui l'interrompit.

Je reculai tandis que Tyler Castavette enlaçait Connie de sa silhouette musclée sans renverser une seule goutte du verre qu'il tenait à la main.

— Comment se fait-il que je ne t'aie pas encore vue, aujourd'hui ?

— Cela doit être le hasard, je pense, répondit Connie avec réticence, avant de tourner son regard vers moi. Voici Jessica Fletcher, une célèbre auteure de romans policiers.

Tyler se tourna dans ma direction, ne prenant pas la peine de dissimuler qu'il m'avait reconnue.

— Nous nous sommes déjà rencontrés.

— Vraiment ? demanda Connie, l'air intriguée.

— Me croiras-tu si je te dis que la réception m'a par erreur donné la clé de la suite de madame Fletcher ? répondit-il tout en continuant de me regarder.

— Tu plaisantes ! s'exclama Connie. Jessica, pourquoi ne m'avez-vous rien dit ?

— Je m'apprêtais justement à vous en parler. Et nous ne nous sommes pas présentés, n'est-ce pas, Tyler ? dis-je, en omettant volontairement d'ajouter qu'il n'avait aucun bagage à la main lorsqu'il était entré dans ma suite.

Il me tendit la main, débordant d'un charisme qui contredisait les propos de Connie à son égard.

— Eh bien je suis ravi de faire votre connaissance, madame Fletcher. J'ignorais qu'une célébrité résidait dans l'hôtel…

— Madame Fletcher vit ici pour le moment, parce que sa maison est en train d'être rénovée. Nous avons fait connaissance dans le hall d'entrée et je lui ai proposé de se joindre à nous pour le dîner.

— Avoir de la compagnie me fera du bien, dis-je en m'efforçant de sourire, notamment au cours d'une tempête comme celle-ci.

— Qu'il faut aussi blâmer pour l'absence des mariés. Mark t'a-t-il expliqué ce qu'il en était, tante Connie ?

— Oui, bien sûr, mais j'ignorais qu'il avait mentionné à d'autres personnes que moi le coup de téléphone qu'il avait reçu de Daniel.

—Ne t'inquiète pas. Motus et bouche cousue, répondit Tyler en joignant le geste à la parole, faisant mine de refermer ses lèvres à la manière d'une fermeture à glissière.

Il s'agissait du genre de jeune homme dont je tombais toujours amoureuse à l'époque de mes études, un charmant bad boy dont l'assurance masquait la vacuité de son existence. Je me réjouissais de n'avoir pas encore informé Seamus McGilray de l'intrusion qui avait eu lieu dans ma chambre. Le fait que Tyler Castavette fasse partie des invités au mariage et qu'il soit le frère de la future mariée était suffisant pour que je décide de ne pas prendre de mesures pour l'instant, notamment en raison de ma toute nouvelle amitié avec Connie. Mais il était certain qu'il arriverait un moment où je devrais faire part de ce qui s'était passé, même si je ne savais pas encore quand.

La table des hors-d'œuvre offrait un choix somptueux de mets qui en temps habituel auraient dû nécessiter une longue préparation. J'ignorais comment Seamus et la cuisine du Hill House avaient pu venir à bout de cette tâche tout en élaborant un menu approprié au dîner de répétition. Les commis qui étaient restés pour apporter leur aide allaient sans doute devoir passer la nuit sur place, car ils étaient extrêmement loyaux envers Seamus et son établissement. En effet, le directeur de l'hôtel avait continué à les employer, sans procéder à des licenciements même au cours des périodes les plus difficiles sur le plan financier. L'hôtel conservait ses salariés toute l'année, se fiant au fort accroissement de ses revenus au cours de la saison touristique, qui compensait la baisse de fréquentation durant les mois d'hiver. Je ne savais pas si l'établissement avait réalisé un réel profit après l'été, mais Seamus aurait probablement aimé équilibrer ses comptes.

Pour ma part, je profitai du cocktail pour faire la connaissance des autres invités venus à l'avance pour participer au dîner de répétition. Au même moment, les mariés étaient sans doute en train de se concerter pour mettre fin aux festivités. Ils devaient être enfermés dans un motel quelconque, isolés par la tempête, ce qui ne devait pas les aider à analyser ce qui pouvait les éloigner. Mais qui sait ? L'inverse pouvait se produire et le fait d'être seuls et coupés de tout allait peut-être les rapprocher à nouveau.

M'apprêtant à me tordre le cou pour suivre leurs reparties, je saluai les sœurs Sprague et fis un signe à Doyle Castavette ainsi qu'à son ex-épouse, Henley Lavarnay. Je pouvais désormais rayer Tyler Castavette des personnes dont je devais encore faire la connaissance, et je me présentai moi-même au frère de Daniel, Mark. J'eus également l'occasion de rencontrer la compagne de Doyle Castavette, une femme beaucoup plus jeune que lui que je trouvai en revanche très agréable. Elle s'appelait Virginia Da Salle et elle me parut familière jusqu'à ce que j'apprenne qu'elle menait une carrière plutôt réussie d'actrice, ayant déjà joué dans plus de cent cinquante films.

— Mon nom de naissance est en réalité Desalle, en un mot, mais mon agent pensait que cette nouvelle orthographe serait bénéfique à ma carrière, avoua-t-elle.

— Et cela a-t-il fonctionné ?

— Non, jusqu'à ce que je change d'agent…

En revanche, le compagnon de Henley arriva tardivement, expliquant qu'il était en train de traiter une affaire juridique complexe à New York, où il résidait. Il se déplaçait à l'aide de béquilles et j'avais l'impression de deviner la présence d'orthèses sous son large pantalon. Henley me le présenta. Il s'appelait Harrison Bak et crut bon de devoir m'informer qu'il était un célèbre avocat traitant un grand nombre d'affaires de grande ampleur et possédant une clientèle exigeante.

— C'est un plaisir de vous rencontrer, madame Fletcher. Je regrette de n'avoir encore lu aucun de vos livres, mais il est agréable de voir un visage que je reconnais, dit-il, faisant sans doute allusion au fait que comme moi, il ne connaissait personne.

— Eh bien je serais ravie que vous vous installiez à côté de moi pendant le dîner, monsieur Bak, proposai-je.

— Avec grand plaisir. Étant donné qu'aucun de nous ne connaît bien le marié ou la mariée…

— Je ne les connais pas *du tout*, pour ma part… le corrigeai-je.

— … nous pourrons parler d'autre chose. Nos nombreuses péripéties, par exemple.

— J'ai bien peur que les miennes ne se déroulent que dans mon esprit.

— Et les miennes, répondit Harrison Bak, en baissant discrètement le regard sur ses béquilles, se limitent au tribunal. Avez-vous déjà écrit un roman en rapport avec la justice ?

— Pas spécifiquement. Mais je suis toujours à l'affût de nouvelles idées.

— Cela est parfait, donc ! dit-il en souriant. Je pourrais vous donner une idée pour le thème de votre prochain livre d'ici le début du repas.

Il ne restait que trois autres convives que je n'avais pas encore rencontrés, dont deux qui n'étaient pas arrivés. Mais avant que je ne m'approche d'une jeune femme qui ressemblait beaucoup à Constance Mulroy, mon attention fut attirée par un écran de projection sur lequel défilaient en boucle des photographies des deux mariés, Daniel Mulroy et Allison Castavette, prises depuis leur plus tendre enfance. L'un des clichés attira particulièrement mon attention. Il s'agissait d'une photographie des jumeaux, Daniel et Mark, qui se tenaient joyeusement debout dans leurs petits lits respectifs dans la chambre qu'ils devaient partager. Ils semblaient très heureux, et étaient déjà très différents.

Avant que le diaporama ne passe à la photo suivante, quelque chose attira mon attention. Il s'agissait d'une ombre située juste derrière le lit le plus éloigné, dans lequel l'enfant que j'avais identifié comme étant Mark se tenait debout, les mains agrippées aux barreaux. L'ombre paraissait située à mi-distance entre son lit et celui de son frère Daniel. Je m'avançai pour identifier ce que pouvait bien être cette ombre, mais le diaporama passa à la photo suivante, et je vis les photos des deux familles continuer à défiler.

J'aurais probablement attendu de revoir le cliché de la chambre des enfants si Seamus McGilray n'était pas entré à cet instant dans la pièce pour sonner la cloche traditionnelle annonçant le dîner.

— Le dîner est servi, annonça-t-il.

À cet instant, les membres du personnel restés sur place pour préparer et servir le repas entrèrent dans la Salle du capitaine en file indienne. Chacun d'eux portait un plateau sur lequel étaient disposées des coupelles d'une appétissante bisque de homard. Je fus étonnée de ce que Seamus était parvenu à accomplir. Je ne savais même pas s'il avait évoqué le coût du repas avec notre hôte, Constance Mulroy. Seamus traitait les résidents de l'hôtel à l'ancienne. Depuis que je m'y étais installée, un certain nombre de mois auparavant, l'atmosphère chaleureuse de Hill House me donnait l'impression d'être à la maison.

Compte tenu des circonstances, je ne pense pas avoir jamais autant apprécié un repas, et je savais que je n'oublierais pas facilement ce moment qui se déroulait en pleine tempête. Heureusement, la Salle du capitaine n'avait pas de fenêtres, ce qui nous évita d'assister au déchaînement des éléments. Elle faisait office de refuge, en particulier pour moi, qui me serais sinon retrouvée dans ma suite à regarder à la fois la tempête et Weather Channel, avec pour seule compagnie le présentateur de la chaîne, Jim Cantore.

Je parvins à m'asseoir auprès de Harrison Bak. J'appris que son ex-épouse adorait mes livres. Elle était riche au-delà de toute imagination, selon lui, mais allait toujours chercher ses livres à la bibliothèque parce qu'elle aimait fréquenter ce lieu, ce qu'elle faisait depuis son enfance. Je fis part de ma propre expérience en tant que présidente des Amis de la bibliothèque de Cabot Cove, où il promit de se rendre avec Henley l'été suivant, lorsque le temps serait plus clément.

L'été…

Il était difficile d'y songer dans les conditions où nous nous trouvions.

Je fis par ailleurs connaissance d'une dixième personne figurant sur la liste des invités. Il s'agissait de Lois Mulroy-Dodge, la nièce de l'ex-époux de Connie, dont le propre mari, Taft Dodge, avait péri à la suite d'une avarie de bateau. Les jeunes mariés s'étaient retrouvés à la mer et les gardes-côtes les avaient localisés trop tard pour sauver Taft. Connie présenta la jeune femme comme la fille qu'elle n'avait jamais eue, ce que Lois sembla apprécier. J'appris plus tard que ses deux parents étaient décédés dans un accident de voiture. Elle avait été élevée par sa tante et son oncle et été comme une sœur pour les jumeaux. J'avais rarement vu une famille frappée aussi durement par la tragédie – à l'exception de celle des Kennedy, à laquelle j'avais aussitôt pensé.

La bisque de homard, fabuleuse, fut suivie par une généreuse salade composée de feuilles mélangées, avant que ne soit servie la spécialité de Hill House, le filet mignon. Je n'avais aucune idée de la manière dont Seamus s'y était pris pour composer un menu aussi extraordinaire. Je supposai que la seule concession qu'il avait faite était de ne pas proposer d'option végétarienne. Aucun des convives ne semblait particulièrement gêné par le fait qu'il y ait deux chaises vides à l'extrémité de la table. Je supposais qu'il manquait encore les deux amis communs du marié et de la mariée que Connie avait mentionnés. Et j'avais approuvé l'esprit d'à-propos de Seamus, qui avait ôté les deux chaises supplémentaires lorsque nous avions été certains que Daniel Mulroy et Allison Castavette n'allaient pas nous rejoindre.

Juste au moment où je songeais à cela, la double porte de la Salle du capitaine s'ouvrit et un couple entra. Les deux jeunes gens étaient couverts de neige. Les cheveux du jeune homme étaient plus longs que ceux de la jeune femme, et le fait qu'ils soient mouillés, de même que leurs vêtements, indiquaient qu'ils étaient probablement sortis en pleine tempête.

— Vraiment désolés, nous sommes en retard, dit le jeune homme, dont les cheveux ondulaient à chaque pas.

— C'est magnifique, ici, ajouta la jeune femme.

— Ian et Faye, me chuchota Harrison Bak à l'oreille, d'un ton désapprobateur. Il s'agit des meilleurs amis des mariés. Ian est le garçon d'honneur et Faye, la demoiselle d'honneur.

Cela me surprit.

— Daniel n'a pas demandé à son propre frère d'être son garçon d'honneur ? demandai-je, en tournant le regard vers Mark, assis de l'autre côté de la table.

— Non, Ian est bien son garçon d'honneur, confirma Harrison Bak, sans rien ajouter.

— Des nouvelles de nos tourtereaux ? lança Ian à la tablée. Ne me dites pas qu'ils ont un doute…

Il regardait Constance Mulroy et son fils Mark, et comprit sans doute à leur expression qu'il avait touché un point sensible.

— Oh… ! Je suis sûr qu'ils vont se raviser… dit-il pour se rattraper.

— Y a-t-il un problème ? demanda Beatrice Sprague.

— Il y a toujours un problème, avec les jeunes, claironna sa jumelle Olivia.

— Comment le sais-tu, toi qui n'as jamais été…

— … jeune ? Je l'ai été. C'est toi qui es née âgée…

— Mais moi au moins, j'avais un petit ami.

— Non, tu n'en avais pas.

— Bien sûr que si !

— Alors quel était son…

— … nom ? Je ne m'en souviens pas.

— Si c'était vrai, tu t'en souviendrais… argumenta Beatrice en regardant le reste des convives pour trouver du soutien et en croisant le regard de Lois Mulroy-Dodge. Mais je suppose qu'il vaut mieux l'avoir inventé de toutes pièces que de ne pas en avoir eu !…

— Qu'en sais-tu ? la défia Olivia. Tu n'as même pas essayé.

— Allons, allons ! s'exclama l'exubérant Ian, en s'accroupissant entre les sœurs tout en faisant dégouliner de la neige fondue sur la moquette. Cela finit toujours ainsi lorsque vous avez pris un peu trop d'alcool, jeunes filles !

Mais il est certain que vous seriez de beaux partis pour un homme respectable.

— Vous le pensez vraiment ? demandèrent les deux sœurs à l'unisson.

— Si mon père était encore en vie, je vous le présenterais.

— À laquelle d'entre nous ? demanda Olivia, après avoir échangé un regard avec Beatrice.

— À chacune de vous, répondit aussitôt Ian. Pour voir combien de temps cela pourrait durer…

Il se releva et passa un bras autour de l'épaule de Faye. Tous deux se dirigèrent vers leurs chaises, à l'autre extrémité de la table.

— Merci de nous recevoir, madame Mulroy, dit Faye, en étreignant Constance.

— Je t'en prie. Mais j'aurais aimé que Daniel et Allison ne se soient pas retrouvés bloqués à des kilomètres d'ici. Tu étais la meilleure amie de mon fils lorsque vous étiez enfants, avant que vous ne partiez tous deux à l'université Brown.

— Où j'ai rencontré Ian, ajouta Faye, en passant à son tour un bras autour des épaules du jeune homme. Et où Daniel a rencontré Allison.

— Elle aurait dû aller à Harvard, murmura Doyle Castavette entre ses dents, avant de s'éclaircir la voix, prenant conscience que tous les convives l'avaient entendu.

Harrison Bak se pencha vers moi.

— Longue histoire, chuchota-t-il. Je me contenterai de dire que les Castavette pensent que les Mulroy ne sont pas assez convenables pour leur fille. À cause du scandale qui les a frappés…

— Ah oui, cette affaire financière qui a poussé l'époux de Connie à se suicider, murmurai-je.

— Quel est le début d'*Anna Karénine*, au fait ? Je crois que c'est à peu près « Toutes les familles heureuses se ressemblent ; toutes les familles malheureuses le sont à leur manière. »

— J'aurais choisi plutôt une citation d'Agatha Christie, ici : « Ah, l'argent ! Qu'on en ait ou qu'on en manque, c'est toujours lui la cause du mal. »

Harrison leva son verre de vin à mon intention.

— Voilà qui est bien dit, ajouta-t-il en trinquant avec moi. Je devrais lire l'un de vos livres, madame Fletcher. Lequel me conseilleriez-vous ?

Avant que je ne puisse répondre, un bruit de verre brisé attira l'attention de tous en direction du bar, où Mark Mulroy, le jumeau du marié, avait lâché le verre que l'on venait de lui servir. Il secoua sa main puis enroula une serviette en tissu autour, comme s'il s'était coupé, mais si c'était le cas, sa blessure devait être mineure, car il n'y avait aucune trace de sang.

— Je conseille toujours de lire mon dernier livre, dis-je en me tournant de nouveau vers Harrison Bak.

Tous les invités étant désormais présents, le plat principal, un filet mignon de porc somptueusement épicé, fut servi sous les applaudissements et englouti avec délectation. Après avoir terminé nos plats, et alors que les conversations avaient repris, Constance Mulroy, qui présidait la table, se leva et tapa contre son verre avec sa petite cuillère pour attirer l'attention de tous.

— J'aimerais lever un toast en l'honneur de la mariée et du marié, dit-elle en soulevant son verre de vin rouge. Même s'ils ont été retardés par la tempête, nous sommes réunis pour leur rendre hommage en cette merveilleuse occasion qui nous voit… qui nous voit…

La voix de Connie s'éteignit. Elle parut confuse, comme si elle cherchait ses mots, et son regard se perdit au loin puis devint vide. Elle tenta de se rasseoir, et je me rendis compte que ses yeux commençaient à se révulser. Je bondis instinctivement de ma chaise pour me rapprocher de ma nouvelle amie lorsque celle-ci retomba en avant, sa tête venant frapper la table.

9

Je me rendis compte immédiatement que Connie avait des convulsions, du type de celles que l'on observe dans les crises d'épilepsie. Autour d'elle, les verres, les assiettes et l'argenterie se mirent à tressauter dans toutes les directions, alors que d'autres invités se précipitaient à son secours avec une longueur d'avance sur moi. Tyler Castavette et son fils Mark tentèrent de la maintenir, en particulier au niveau des bras, afin qu'elle ne puisse se blesser elle-même.

Je me sentis impuissante, tandis que Connie continuait à avoir des convulsions. De l'écume se formait aux coins de sa bouche. Lorsque je compris que personne, parmi les convives, ne possédait de compétences médicales, je sortis mon téléphone portable de mon sac et appelai Seth Hazlitt.

— Comment vous portez-vous, au beau milieu de cette tempête, Jess ? demanda-t-il en décrochant au bout d'une sonnerie.

— Une personne fait une crise d'épilepsie ! Dites-moi ce que je dois faire !

— Vous voulez dire que vous faites une *crise d'épilepsie* ?

— Pas moi, quelqu'un d'autre, ici, à Hill House ! Que dois-je faire ?

— Où se trouve-t-il ?

— Pas il, elle ! Elle est à moitié allongée sur la table, a des convulsions, et ses jambes tremblent dans le vide.

Je m'apprêtais à l'entendre adopter son ton de médecin. Seth était parfois bourru, mais il s'agissait en réalité d'un excellent médecin qui se tenait parfaitement informé de toutes les dernières évolutions en matière médicale.

— Très bien, première chose, dit-il alors que je me trouvais à l'extrémité de la table, et me glissais à côté de Connie, près de son fils qui tentait de l'immobiliser, vous devez *la* stabiliser. Vous n'êtes pas seule, dites-moi, Jess ? sembla-t-il s'apercevoir. Il y a d'autres personnes avec vous, je suppose ?

— Douze, répondis-je, ayant encore le nombre de convives bien en tête. Dont onze sont encore valides. Une cérémonie de mariage…

— Une *quoi* ? Bon, peu importe. Quelqu'un s'occupe de cette femme, donc ?

— Des personnes maintiennent ses membres.

— Dites à ceux qui la tiennent de l'allonger sur le sol, en douceur, sur le côté, pour qu'elle puisse respirer plus facilement.

— Mark, Tyler ! m'exclamai-je.

Je leur fis part des instructions de Seth.

Ils aperçurent le téléphone que j'avais à la main et ne protestèrent pas, ayant bien compris que je m'adressais à une personne du corps médical. J'observai les deux jeunes hommes mettre en application les conseils de Seth, ce qui n'était pas aisé étant donné les mouvements violents de Constance Mulroy.

— Elle a toujours des convulsions, docteur, dis-je, en m'adressant à Seth en ces termes afin que tout le monde comprenne mes intentions.

— Veillez à débarrasser l'environnement des objets durs ou tranchants, sur lesquels elle pourrait se couper ou se cogner.

Il n'y avait que quelques pièces de vaisselle autour d'elle. Certaines étaient brisées et d'autres entières et je les éloignai des mains et des jambes de Connie, agitées de soubresauts.

— C'est fait, dis-je à Seth.

— Bien, maintenant, posez quelque chose de souple et plat sous sa tête, une veste repliée par exemple. Et retirez-lui ses lunettes, si elle en porte.

— Cela n'est pas le cas, dis-je.

— On ne s'ennuie jamais, avec vous, n'est-ce pas, Jess ? dit Seth, revenant à son registre habituel.

Harrison Bak devait avoir entendu les dernières instructions de Seth, car il défit sa veste et la replia, avant de me la tendre. Au lieu de la passer à quelqu'un, je la glissai moi-même sous la tête de Connie, tandis que Mark et Tyler faisaient de leur mieux pour l'immobiliser.

— Les convulsions ne sont pas terminées. Deux hommes la maintiennent encore. Qu'en pensez-vous ?

— Cela devrait passer. Veillez simplement à desserrer éventuellement ce qu'elle porte autour du cou, pour être certaine qu'elle puisse bien respirer.

— Son visage est cramoisi, Seth. Je ne suis même pas certaine qu'elle respire. Faut-il pratiquer un massage cardiaque et du bouche-à-bouche ?

— Non ! s'exclama-t-il fermement. Et ne mettez rien dans sa bouche non plus. Pas même une cuillère pour l'empêcher d'avaler sa langue. Beaucoup ne le savent pas, mais une personne qui fait une crise d'épilepsie ne peut pas avaler sa langue.

— Eh bien, tant mieux, cela me soulage. Que peut-on faire d'autre ?

— Depuis combien de temps dure la crise ?

— Depuis combien de temps nous parlons-nous ?

— Un peu plus d'une minute, dirais-je…

— Alors, la crise dure depuis environ deux minutes.

— L'étape suivante consisterait normalement à appeler le 911, mais cela va être difficile dans la situation où nous sommes, avec cette tempête…

— Alors, que pouvons-nous faire d'autre ?

Tout en attendant la réponse de Seth, je me remémorai la conversation que j'avais eue avec Connie au cours du cocktail avant le dîner.

Naturellement, mais je ne suis pas sûre d'être la bonne personne pour discuter de ce sujet...

Je suis certaine que si, étant donné votre spécialité.

— Seth, êtes-vous toujours là ?

L'écriture de romans policiers ?

Je voulais plutôt parler de la résolution de mystères. Dites-moi, Jessica, avez-vous déjà résolu un crime avant qu'il ne se produise ?

— Seth ?

Je ne suis pas sûre de bien vous comprendre...

Vous savez, je crains que ma vie ne soit en...

Je finis par percevoir de nouveau la voix de Seth.

— Je suis là, je suis là. Je réfléchissais, simplement. Je n'ai pas à m'occuper d'un patient atteint de convulsions par téléphone tous les jours…

— Que pouvons-nous faire d'autre ?

— Rien.

— *Rien ?*

— Cela devrait s'arrêter tout seul.

— Devrait ?

— Tant que cela ne dure pas plus de cinq minutes.

— Cela fait bien cinq minutes, maintenant. Son visage est presque violet, Seth. Il y a bien quelque chose à faire !…

Je me demandai à quel point mon sentiment de désespoir était lié à la culpabilité d'avoir négligé la demande de Connie au cours du cocktail, alors qu'elle pensait manifestement que sa vie était en danger. J'aurais dû insister pour en savoir plus après que nous eûmes été interrompues par Tyler Castavette, et pour qu'elle me dise ce qu'elle avait à me dire. Si je l'avais fait, elle ne serait sans doute pas aussi mal en point.

Et si elle mourait ?

Il me serait difficile d'avoir cela sur la conscience. J'appréciais beaucoup cette femme, et je me sentais démunie et inutile, sachant que je ne pouvais rien faire de plus pour elle.

— Cela continue, Seth.

— Attendez.

— Mais cela ne s'arrête pas !

— Attendez !

Et naturellement, les convulsions de Connie commencèrent à décliner, puis s'arrêtèrent à l'exception de quelques petits soubresauts des bras et des jambes, le pire étant derrière elle.

— Vous aviez raison, dis-je au médecin vedette de Cabot Cove.

— Évidemment que j'avais raison !

— Et elle respire. Un peu superficiellement et irrégulièrement, difficilement, mais elle respire.

— Est-elle consciente ?

— Non.

— Une fois que sa respiration se sera régularisée et que son rythme cardiaque ralentira, elle reprendra conscience. Sinon…

— Sinon *quoi*, Seth ?

— Des crises d'épilepsie de l'intensité que vous avez décrite peuvent entraîner un coma. Cela pourrait être le cas si elle ne se réveille pas, disons, d'ici une heure. Il n'y a pas grand-chose que nous puissions faire pour l'instant, mais les routes ne seront pas fermées pour toujours.

— Le ciel vous entende. Que devons-nous faire, maintenant ?

— Aucune ambulance ne pourra se déplacer tout de suite. Portez-la dans sa chambre, sur son lit, sans la mettre sous les couvertures, et ne la laissez pas seule tant qu'elle n'aura pas repris conscience, Jess, conseilla Seth, qui paraissait avoir terminé, mais reprit aussitôt la parole. Attendez… avez-vous dit qu'il s'agissait d'un *mariage* ?

Seamus McGilray était entré dans la salle vers la fin de ma conversation avec Seth, et avait évalué la situation avec suffisamment de précision pour se précipiter et revenir un instant plus tard en poussant un fauteuil roulant. Mark Mulroy et Tyler Castavette se positionnèrent chacun d'un côté de Constance Mulroy afin de la relever du sol en douceur et de l'installer sur le fauteuil, tout en veillant à maintenir constamment sa tête. Un gros hématome avait commencé à se former sur l'arête de son nez, du fait du choc de sa tête contre la table. J'avais omis de mentionner cela à Seth et me demandais si une commotion cérébrale aurait pu modifier ses conseils en matière de soins.

J'aurais besoin d'avoir votre avis sur une affaire délicate qui implique ma famille.

Les mots que Connie avait prononcés une heure et demie plus tôt me hantaient. Je ne pouvais les chasser de mon esprit, ni m'empêcher de songer à leur signification éventuelle.

Des secrets de famille, plus spécifiquement

De quels secrets de famille parlait-elle ? Et quels liens y avait-il entre eux et les craintes que Connie avait exprimées concernant le danger qui pesait sur son existence ?

Je demeurai un peu à l'écart tandis que les autres convives se massaient autour de son fauteuil roulant. Enfin, Mark éloigna le fauteuil soutenant la silhouette inanimée de sa mère en direction de l'ascenseur, qui se trouvait dans le hall d'entrée.

J'avais besoin d'être seule un moment pour retrouver mes esprits et me ressaisir. Je me tenais à l'endroit exact où Constance Mulroy s'était levée pour porter un toast ; j'espérai que cela m'offrirait un point de vue neuf sur ce qui s'était produit.

Son verre de vin s'était renversé lorsqu'elle était tombée en avant. Le verre était couché de telle sorte que son pied dépassait du rebord de la table. J'eus le réflexe de le redresser afin qu'il ne rejoigne pas le reste de la vaisselle brisée. C'est alors que je remarquai un fin dépôt crayeux recouvrant les parois et le fond du verre. Le dépôt n'était pas présent partout et était relativement discret, mais suffisant pour me donner une idée de ce qui avait provoqué l'attaque de Connie Mulroy : elle avait été empoisonnée.

Je me trouvais toujours dans la Salle du capitaine, qui était désormais vide, avec pour seule compagnie les photographies projetées sous forme de diaporama sur un écran accroché dans l'angle le plus éloigné de la pièce.

Avant de rejoindre les invités au mariage à l'étage, dans la chambre de Connie, je téléphonai à Mortimer Metzger.

— Comment vous en sortez-vous, madame F. ?

— Vous ne me croiriez pas si je vous le disais…

— Puis-je raccrocher afin que vous répétiez cela sur mon répondeur ? Vous êtes isolés dans un hôtel presque désert au beau milieu d'un blizzard extrêmement violent. Je ne peux pas croire une seconde que vous allez m'annoncer un meurtre.

— Eh bien…

— S'il vous plaît, dites-moi que je rêve !

— Il n'y a pas eu de meurtre, Mortimer… enfin, pas encore.

— Parlez-vous de ces jeunes mariés qui se trouvaient peut-être dans la Lexus abandonnée ?

— Non, ils ont donné de leurs nouvelles et sont installés au motel Roadrunner, à environ soixante-cinq kilomètres d'ici. Il s'agit d'autre chose. *De quelqu'un d'autre*. La mère du marié. Je pense qu'elle a été empoisonnée, Mortimer. Elle a eu une attaque au cours du dîner, il y a quelques minutes.

— Il doit s'agir du dîner dans lequel vous êtes parvenue à vous introduire…

— Je ne m'y suis pas introduite… J'y ai été invitée.

— Donc vous vous régalez malgré ce chaos, alors que moi je dois survivre avec des pizzas réchauffées et du vieux café ! De quoi vous plaignez-vous ? demanda Mortimer. Bon, quel est le pronostic pour la victime potentielle ?

— Il est trop tôt pour le dire. Seth m'a expliqué par téléphone comment stabiliser son état sans commettre d'erreur. Les membres de sa famille viennent de la remonter dans sa chambre.

— Et si elle a réellement été empoisonnée…

Je hochai la tête, devinant ce que Mortimer avait en tête.

— … les suspects ne pourront pas s'enfuir de sitôt.

— Pensez-vous que cela a un rapport avec la disparition des mariés ?

— Non, je vous ai dit que nous avions retrouvé leur trace.

— Qu'est devenue votre nature suspicieuse, madame F. ?

Il n'avait pas tort. Je n'avais pas mis en doute la parole de Mark Mulroy lorsque celui-ci avait dit avoir reçu un appel de son frère jumeau qui avait évoqué l'impossibilité de circuler et ses doutes ainsi que ceux de la future mariée. Si Mark avait une raison de mentir à propos de ce coup de téléphone, l'empoisonnement possible de Connie s'inscrirait dans une perspective tout à fait différente.

— Je suppose que j'avais simplement envie que ces enfants soient retrouvés pour rassurer Connie. Le marié est son fils.

— Qui est Connie ?

— La victime de l'empoisonnement présumé. Nous nous sommes liées d'amitié, ou du moins le pensais-je.

— Et pourquoi avez-vous changé d'avis ?

— Notre rencontre, un peu plus tôt dans la journée, n'était pas accidentelle, expliquai-je. Constance Mulroy surveillait le hall d'accueil car elle souhaitait recevoir mon aide à propos de secrets de famille. Je pense qu'elle avait des raisons de croire que sa vie était en danger.

— C'est ce qu'elle vous a dit ?

— Pas exactement en ces termes, mais à peu de chose près, oui.

— Constance Mulroy, répéta Mortimer. Pourriez-vous m'épeler son nom ?

Je m'exécutai.

— D'accord, laissez-moi regarder si la recherche de ce nom sur les bases de données apporte des résultats. Pouvez-vous également me rappeler le nom du motel dans lequel sont réfugiés les mariés ? demanda Mortimer.

— Le Roadrunner.

— Ce motel se trouve juste à côté de l'autoroute, lorsque vous prenez la sortie pour Appleton.

Je n'avais pas songé depuis longtemps à cette ville, dans laquelle Frank et moi avions passé un certain nombre d'années et élevé notre neveu Grady.

— Vous avez raison !

— L'électricité est coupée dans une grande partie de cette zone, et il sera difficile de procéder à des vérifications sur place… Je vais cependant tenter de joindre la police d'État par téléphone afin de voir si une voiture patrouille encore à cet endroit.

— Il faut aussi que nous sachions qui a engagé ce détective privé, Loomis Winslow.

— La Lexus abandonnée avec ses portières ouvertes est peut-être le seul rapport entre son décès et votre mariage. Si ces deux enfants se sont vraiment réfugiés dans un motel à cause de la tempête, il n'y a aucune raison de croire que Winslow, ou Bigfoot, aient un quelconque lien avec tout cela.

— En d'autres termes, je fais fausse route…

— Ou bien vous essayez d'en emprunter deux à la fois, madame F.

— Pas avec cette tempête, shérif !

Il y eut un silence sur la ligne, qui persista assez longtemps pour que je me demande si nous n'avions pas été coupés.

— Mortimer ?

— Je suis toujours là. J'étais simplement en train de me dire que je ne vais pas pouvoir me rendre à Hill House pour vous aider sur cette affaire, Jessica. Vous êtes totalement livrée à vous-même…

S'il y avait un criminel dans les parages – voire un meurtrier potentiel –, je ne voulais pas courir le risque d'attirer l'attention sur moi en restant absente trop longtemps. Ma conversation avec Mortimer étant terminée, il était temps que je rejoigne les convives qui se trouvaient dans la chambre de Connie.

En sortant de la Salle du capitaine, cependant, je ne pus m'empêcher de m'arrêter devant l'écran de projection qui se trouvait sur le mur opposé et de laisser défiler les photographies jusqu'à celle de la chambre des jumeaux qui avait attiré mon attention un peu plus tôt.

J'étais intriguée par cette ombre qui se trouvait à l'arrière-plan.

Bien sûr, ce n'était peut-être rien. Je ne pouvais expliquer ce qui avait attiré mon attention ni ce que cela pouvait signifier. Mais cette fois-ci, lorsque la photographie réapparut, j'appuyai sur la barre d'espace de l'ordinateur portable pour interrompre le défilement. J'étudiai les silhouettes joyeuses et pleines d'entrain des jumeaux, Daniel et Mark. La photographie devait avoir été prise depuis la porte de la pièce ou juste au-delà, de biais, pour que les deux lits soient au premier plan.

Comme j'avais tout mon temps et que j'étais seule, je m'intéressai tout particulièrement à une portion de la photographie éclairée depuis l'arrière, par un luminaire qui se trouvait près des petits lits. L'ombre qui avait attiré mon attention semblait ne rien avoir de particulier, finalement, et je me dis qu'il ne s'agissait de rien de plus que d'un effet de lumière. Je reculai alors pour avoir une vue d'ensemble de la chambre et de ses deux lits. C'est alors que je constatai que ce que j'avais pris pour une ombre à l'arrière-plan de la photographie était en réalité un objet.

Et je ne comprenais absolument pas ce qu'il pouvait bien faire là.

10

Je me dirigeai vers la chambre de Constance Mulroy avec une énergie nouvelle et davantage d'entrain, même si j'éprouvais une certaine appréhension. Si je ne me trompais pas concernant l'objet que j'avais repéré sur cette innocente photo de chambre d'enfant, une nouvelle pièce venait d'être ajoutée au puzzle.

Tout d'abord, le détective privé Loomis Winslow avait été trouvé mort et son décès aurait pu facilement passer pour un tragique accident.

Ensuite, il y avait eu la découverte de cette Lexus abandonnée dont les occupants des sièges avant avaient disparu, et dont le passager arrière était lié à l'assassinat du détective par le gravier qui s'était déposé sur le tapis de sol de la voiture.

Et maintenant, Constance Mulroy était inconsciente après avoir fait une attaque qui était peut-être due à une drogue mélangée subrepticement à son vin.

J'avais réellement le sentiment que tous ces événements étaient étroitement liés. Et je soupçonnais que la situation allait me réserver des surprises au-delà de ce que j'imaginais pour l'instant. Les invités au mariage formaient un groupe bien étrange et je me doutais que Tyler Castavette était loin d'être le seul à avoir des cadavres dans le placard ou des choses à se reprocher.

Avec tout cela en tête, je gravis l'escalier avec la ferme intention d'avoir une discussion avec Mark Mulroy. J'avais besoin d'en savoir plus sur ce prétendu coup de téléphone de son frère à propos de la décision du couple de se réfugier au motel Roadrunner à plus de soixante kilomètres de là. Sa mère n'étant pour l'instant pas en mesure de me répondre, Mark était également la seule personne capable de confirmer ou non ce que j'avais décelé sur cette photographie du diaporama.

En me dirigeant vers les ascenseurs du hall d'entrée, je passai devant une rangée de fenêtres à travers lesquelles je pus découvrir la tempête dans toute son intensité. J'eus l'impression qu'il était tombé vingt-cinq centimètres de neige supplémentaire depuis que j'avais quitté ma suite pour me rendre au dîner. La couche devait désormais mesurer quarante-cinq centimètres alors que le blizzard commençait tout juste à atteindre le maximum de sa puissance. Je me demandais ce que l'on pourrait voir le lendemain matin, car la neige commençait à s'accumuler contre la vitre à une cadence impressionnante et les vents tourbillonnants s'évertuaient à rendre indistinct le paysage. J'aurais dû me sentir rassurée par le fait d'être en sécurité et au chaud dans les locaux de Hill House, un édifice qui avait déjà essuyé bien des tempêtes et y avait remarquablement résisté.

Il existait une légende à propos de l'hôtel. La veille de son inauguration en 1888, le bâtiment avait été béni par un prêtre de la région très respecté par les habitants de la ville en raison de sa piété. Ce prêtre avait en outre la réputation de posséder la capacité de guérir, et aujourd'hui, beaucoup de citoyens attribuaient la résistance du bâtiment à cette bénédiction initiale. Les personnes qui connaissaient bien l'histoire de la ville se plaisaient à rapporter des histoires telles que celle d'éclairs qui auraient frappé les maisons de part et d'autre de Hill House au cours d'une tempête dont l'hôtel serait sorti complètement indemne. L'édifice avait également résisté à de nombreuses extensions, pour voir sa surface multipliée par quatre au cours des vingt dernières années. Mais Hill House avait aussi survécu à chacune des faillites qui avaient entraîné un changement de propriétaire, sans que le charme du lieu en soit affecté.

À cet instant, même si je me sentais protégée contre la tempête par ses murs, mon esprit était cependant en ébullition. En effet, l'empoisonnement de Constance Mulroy me donnait le sentiment d'une menace imminente, non seulement à cause de ce qui s'était produit, mais aussi en raison de ce qui pouvait encore arriver. Les conditions météorologiques qui empiraient régulièrement obscurcissaient la vue au-delà des fenêtres, mais ce qui se tramait à l'intérieur me paraissait également sombre et menaçant. Les étranges événements de la journée avaient laissé place aux non moins étranges événements de la soirée, notamment au fait que Constance Mulroy pensait que sa vie était menacée, manifestement en raison de « secrets de famille » dont elle m'avait fait part à voix basse.

En ce qui me concernait, j'étais certaine de deux choses : personne n'allait pouvoir quitter les lieux, et le plus inquiétant ne s'était pas encore produit.

***

Lorsque je rejoignis les autres convives à l'intérieur de la chambre de Connie, cette dernière était confortablement allongée sur le couvre-lit et une couverture dissimulait sa silhouette encore habillée. Sa respiration semblait s'être stabilisée, et elle paraissait aussi paisible que si elle était en train de faire une sieste. Je recensai mentalement les onze autres personnes présentes dans la pièce – douze, en réalité, en comptant Seamus McGilray, qui devait être resté sur place après avoir surveillé le transport de Connie jusqu'à son lit.

Je ne connaissais aucune des personnes réunies ici quelques heures auparavant, et je me sentais désormais chargée de découvrir comment une femme tombée dans le coma avait pu être empoisonnée et par qui. Compte tenu des préparatifs tardifs pour que le dîner soit organisé sur place, le verre de vin qu'elle avait bu lorsqu'elle présidait la tablée ne pouvait pas avoir été empoisonné avant que le couvert n'ait été dressé, et sans doute pas avant que le verre n'ait été rempli. En observant les personnes présentes, je songeai que l'une d'elles devait être coupable de l'empoisonnement.

— Vous êtes bien pensive, madame Fletcher, me dit Harrison Bak, le prestigieux avocat, qui s'était approché de moi et se tenait curieusement penché en avant sur ses béquilles. Seriez-vous en train d'élaborer un nouveau projet de livre ? À propos d'une douzaine de personnes réunies pour un mariage retardé par un blizzard ?

— Cela ne serait pas très original, si l'on songe aux *Dix Petits Nègres* d'Agatha Christie…

— Je dois vous avouer que je ne l'ai jamais lu. Et désormais, je préférerais attendre votre version.

— Je suppose que la seule personne que vous connaissez ici est Henley Lavarnay, remarquai-je.

— Eh bien, j'ai fait la connaissance de Tyler et de Doyle, bien entendu, mais à part cela, vous avez raison.

— Que pensez-vous de Tyler ?

— Souhaitez-vous réellement connaître le fond de ma pensée ? me demanda à voix basse Harrison Bak, même si nous nous trouvions tout au fond de la pièce, et assez près du mur pour remarquer de minuscules bulles d'air sur le papier peint.

— Bien entendu !

Harrison Bak se pencha sur ses béquilles pour se rapprocher de moi.

— Dans ce cas, je vais vous présenter les choses ainsi, madame Fletcher : lorsque je suis en compagnie de Tyler, je fais très attention à mon portefeuille. Il y a quelque chose, comment dire… de sournois, chez lui. Il est presque trop charismatique. Il s'agit du genre de jeune homme à vous prendre dans ses bras dans l'intention de fouiller votre poche.

Je hochai la tête, pour montrer que le point de vue de Bak sur Tyler Castavette était proche du mien. Il me faudrait du temps avant de me débarrasser de l'image que j'avais conservée de lui lorsqu'il était entré sans frapper dans ma suite, plus tôt dans la soirée. Curieusement, c'est au moment où je me mis à penser à cela que Tyler se détourna du lit de Constance Mulroy, croisa mon regard et fit étinceler un sourire désarmant dont j'étais certaine qu'il lui servait à travestir sa véritable personnalité.

Évidemment, cela ne faisait pas de lui un meurtrier, mais j'étais convaincue qu'il y en avait un dans la pièce.

Il fut décidé que quelqu'un devait veiller sur Connie toute la nuit au cas où son état évoluerait ou bien si elle se réveillait en étant désorientée ou en ayant besoin d'une explication sur ce qui lui arrivait.

— Pourquoi ne prendrais-je pas le premier tour de garde ? suggérai-je.

J'avais mes raisons pour le faire, et personne ne l'avait encore proposé.

— Nous avons vu madame Fletcher discuter avec Constancc… affirma Beatrice.

— … un peu plus tôt aujourd'hui, ajouta sa jumelle Olivia, complétant l'affirmation de sa sœur.

— Et elles s'entendent à merveille.

— Oui, c'est vrai !

— C'est parfait ! déclara Doyle Castavette, endossant le rôle de l'organisateur tandis que le fils de Connie, Mark, restait silencieux.

— Je prendrai le second tour de garde, madame Fletcher, dit-il enfin. Et comme nous sommes douze, nous pouvons assurer chacun une garde d'une heure. Qu'en pensez-vous ?

— Je préfère ne pas participer, si cela ne vous dérange pas, grogna Doyle Castavette.

Sa remarque me fit sourire brièvement et je me tournai vers Mark. Je songeai que je devrais attendre qu'il vienne me remplacer pour lui poser les questions que j'avais en tête.

— Je resterai jusqu'à ce que vous veniez me remplacer.

Mark contempla la silhouette toujours immobile de sa mère.

— Je pense que je vais faire un petit tour dans la salle de gym de l'hôtel. Vous savez, pour décharger mon stress… après avoir appelé mon frère pour le prévenir.

— Je vous accompagne, dit Seamus McGilray. Je veux m'assurer que tout le matériel fonctionne bien.

— Au fait, Seamus, dis-je en l'entraînant vers le couloir afin de nous isoler quelques instants, vous constaterez qu'il manque un verre de vin lorsque vous débarrasserez la table. Je vous le rendrai en temps et en heure, ajoutai-je en tapotant mon sac à main pour indiquer où celui-ci se trouvait, bien enveloppé dans une serviette.

Il me regarda attentivement.

— Quoi qu'il en soit, madame Fletcher, tenez-moi au courant.

Je posai une main sur son bras, en un geste qui se voulait rassurant.

— Je le ferai, dès que possible.

Une fois seule, je refermai la porte avec pour seule compagnie Constance Mulroy, allongée paisiblement sur son lit. J'attendis quelques instants pour m'assurer qu'aucun invité n'allait réapparaître. Supposant qu'ils étaient tous retournés dans leur chambre, je me tournai vers Connie. Elle allait peut-être se réveiller comme par miracle et finir de m'expliquer pourquoi elle craignait que sa vie ne soit menacée. Elle pourrait aussi avoir une idée de l'identité de la personne qui, parmi les invités, avait introduit du poison dans son verre. Mais elle demeura immobile, et je fus laissée livrée à une réflexion que j'avais déjà eue à de multiples reprises auparavant ; à savoir que les crimes ne se résolvaient pas aussi facilement dans la vie réelle que dans la fiction.

Je posai mon sac sur le bureau de la chambre et en sortis mon téléphone portable. Le numéro de Seth Hazlitt était le dernier que j'avais composé et je n'eus plus qu'à lancer l'appel.

— Comment va notre patiente ? demanda-t-il d'emblée.

— Elle est allongée confortablement, conformément à vos indications.

— Êtes-vous prête à prodiguer quelques soins médicaux, Jess ?

— Tant que vous ne me demandez pas de procéder à une opération chirurgicale…

— La patiente est-elle au lit ?

— Oui, elle est allongée, avec une légère couverture.

— Est-elle allongée sur le dos ?

— Oui.

— Il serait préférable qu'elle soit allongée sur le côté, au cas où elle aurait une commotion cérébrale et vomirait en se réveillant…

Je mesurai l'effort que nécessiterait pour moi le fait de tourner Connie sur le côté.

— Je n'ai pas envie de la déranger, Seth.

— C'est compréhensible. La solution alternative consiste à veiller attentivement sur elle, mais je suppose que vous y avez pensé.

— Effectivement, il y aura des tours de garde.

— Je vous propose que lorsque votre remplaçant arrivera, vous tourniez ensemble la patiente sur le côté.

— Nous le ferons.

— Maintenant, reprit Seth, rapprochez-vous d'elle. Vous allez devoir soulever l'une de ses paupières pour voir si ses pupilles réagissent à la lumière. Munissez-vous de préférence d'une lampe de poche.

— Je n'en ai pas…

— Si, vous en avez une ! Sur votre téléphone portable !

— Oui, bien sûr ! répondis-je en pensant qu'il y aurait peut-être un moyen pour que Seth puisse voir la réaction de Connie. Possédez-vous l'application FaceTime sur votre téléphone ?

— Euh… Avez-vous vu mon téléphone récemment ?

— Non…

— Je me contenterai donc de dire que je n'ai pas FaceTime. Et depuis quand êtes-vous une experte en technologie, Jessica ?

— Il n'est pas nécessaire d'être un expert pour avoir FaceTime, Seth !

— Je suppose, si vous le dites… Maintenant, dirigez le faisceau de la lampe directement dans l'un de ses yeux et dites-moi si la pupille réagit ou si elle reste fixe et dilatée.

Je soulevai délicatement la paupière de Connie et suivis les instructions de Seth à la lettre.

— La pupille est fixe, dis-je, en replaçant mon iPhone contre mon oreille après avoir désactivé la lampe de poche.

— Cela confirme le coma. J'ai cependant l'impression qu'il est modéré. Pourriez-vous prendre le pouls de cette femme, Jess ?

Je mis en route la fonction haut-parleur de mon téléphone et me mis à chercher le pouls de Connie, ce que mes personnages de roman parvenaient à faire bien plus facilement que moi.

— Il me semble régulier, dis-je. Attendez… Je pense que son rythme cardiaque est d'environ soixante-cinq pulsations, ajoutai-je au bout d'une minute.

— Je ne pense pas qu'elle soit en danger immédiat, mais elle aura besoin de soins médicaux dès que l'état des routes le permettra.

— Je crois que j'ai trouvé la raison de son attaque.

— Vraiment, *docteur* Fletcher ?

— Je pense qu'elle a été empoisonnée, Seth, affirmai-je, en lui expliquant que j'avais découvert un résidu dans son verre de vin.

— J'ai réellement l'impression que les meurtres vous poursuivent, Jess…

— Y a-t-il un moyen de déterminer de quelle substance il s'agit ?

— De quelle couleur est le résidu ? demanda Seth.

— Il est blanc jaunâtre, avec des taches rouges provenant du vin.

— Vous avez dit blanc jaunâtre ?

— Oui !

Je sentis que Seth était sur le qui-vive à l'autre bout de la ligne.

— Bien, Jess, j'aimerais que vous inspectiez la salle de bains.

— Que dois-je chercher ?

— Des flacons de médicaments…

Je me rendis dans la salle de bains, le téléphone toujours contre mon oreille.

— Je ne vois rien.

— C'est exactement ce que j'imaginais…

— Alors pourquoi m'avez-vous demandé de regarder ?

— Vous verrez. Maintenant, regardez dans le sac à main de cette femme et dites-moi si vous trouvez quelque chose !

Je découvris presque aussitôt un flacon orange sur le dessus du sac.

— J'ai trouvé un flacon !

— Lisez-moi le nom qui figure sur l'étiquette !

Je dus plisser les yeux parce que j'avais oublié mes lunettes de lecture, et même ainsi, j'eus des difficultés à déchiffrer le nom du médicament.

— Je n'arrive pas à le prononcer, Seth.

— Alors épelez-le moi !

— B-U-P-R…

— Bupropion, interrompit Seth.

— Oui, c'est bien cela. De quoi s'agit-il ?

— D'un antidépresseur, Jess. Tous les antidépresseurs accroissent le risque de crise convulsive, mais le bupropion est le plus nocif à cet égard. En réalité, selon les effets indésirables rapportés pour ce médicament, celui-ci serait le troisième facteur de convulsions causées par la drogue et par les médicaments, après la prise de cocaïne ou l'arrêt des benzodiazépines.

Je m'abstins de poser davantage de questions à ce sujet.

— Est-elle âgée ? me demanda-t-il.

— Pas plus que moi. Pourquoi me demandez-vous cela ?

— Parce que les patients âgés qui prennent ce médicament présentent un risque plus élevé d'avoir des convulsions avec une prise régulière. Savez-vous si cette femme prend d'autres traitements ?

— Je n'en ai aucune idée. Voulez-vous que je regarde à nouveau dans son sac ?

— Pas pour l'instant. Ouvrez le flacon, plutôt.

— C'est fait.

— Décrivez-moi les comprimés.

— Ils sont jaunes et brillants.

— Il s'agit d'une microencapsulation permettant au médicament d'être libéré progressivement, en l'espace de douze ou vingt-quatre heures.

— La prescription figurant sur le flacon dit de prendre un comprimé le matin au moment du repas.

— Et si les comprimés ont été écrasés de manière à se dissoudre dans le vin, leur principe actif a été aussitôt absorbé dans le sang. Le fait qu'il y ait suffisamment de résidus dans le verre pour qu'il soit visible me laisse penser que plusieurs comprimés ont été mélangés au vin, peut-être cinq ou six.

— Il me semble qu'il en reste environ une quinzaine dans le flacon.

— Quand a-t-il été rempli ?

— Il y a huit jours. Avec trente comprimés.

— Alors nous sommes sur la bonne piste.

— Cela fait sept comprimés, dis-je, effectuant mentalement le calcul. Sept comprimés dont il n'y a plus trace.

— Cela est plus que suffisant pour expliquer ce résidu crayeux. En réalité, j'irais même jusqu'à dire que cela a sauvé la vie de cette femme, du moins pour l'instant. Si la personne était parvenue à dissoudre complètement les comprimés, la dose aurait certainement été mortelle. Avez-vous un suspect en tête ?

— Je n'ai pas assez de doigts pour les compter, Seth.

— Alors vous devez vous montrer prudente, *ayuh*. Je pourrais vous rendre visite, mais la neige a déjà dépassé la hauteur des pneus de mon ancienne Volvo. Rappelez-moi de débarrasser le garage avant l'hiver prochain, voulez-vous ?

— Même si vous ne m'écoutez pas ? Même si vous me dites quelque chose comme « Nous n'aurons jamais une tempête comme celle de l'an dernier, *ayuh* » ? dis-je en imitant sa voix de mon mieux.

— Vous savez, répondit-il, ce temps doit vous être bénéfique, car votre imitation n'a jamais été meilleure. Cela dit, j'espère que vous allez tenir compte de notre conversation, Jess, car la personne qui a essayé de tuer cette femme devait savoir qu'elle prenait ce traitement et où le trouver.

— Il s'agit d'une personne proche, en d'autres termes, dis-je, exprimant à haute voix ce que pensait Seth, et la conclusion à laquelle j'étais arrivée moi-même. Vous devriez peut-être abandonner la médecine pour devenir détective.

— Oui, et laissez-moi vous dire une chose, même si vous le savez déjà : il y a un ou une meurtrière parmi vous, Jess, qui n'a peut-être pas achevé sa tâche…

11

C'était la raison pour laquelle je m'étais portée volontaire pour le premier tour de garde. Si la personne qui voulait assassiner Constance Mulroy revenait pour terminer ce qu'elle avait entrepris alors que celle-ci était encore dans le coma, elle le ferait le plus tôt possible.

Je m'assis sur la chaise de bureau que j'avais placée à son chevet et réfléchis à la manière dont son empoisonnement avait pu être organisé. Lorsque nous nous étions parlé pour la dernière fois, lorsqu'elle avait été sur le point de me dire pourquoi elle sentait que sa vie était en danger, elle tenait un verre de vin rouge à la main. Mais comme il s'était passé plus d'une heure et demie avant qu'elle ne se lève pour porter un toast, il était certain que ce verre en particulier ne contenait pas les sept comprimés de bupropion réduits en poudre.

Je me mis à penser aux différentes personnes qui composaient la tablée. Comme je bois peu, voire pas du tout, je ne remarque généralement pas la présence d'un verre de vin devant moi. Mais je savais désormais qu'au cours du dîner, le verre à vin était traditionnellement placé à gauche du verre à eau. Je me souvins également d'un serveur apportant à intervalles réguliers des bouteilles de vin rouge et de vin blanc à table. J'avais systématiquement refusé d'être servie, et la raison pour laquelle je me rappelais le serveur aussi clairement était qu'il portait une veste de cuisine de Hill House qui n'était pas tout à fait à sa taille, ce qui signifiait qu'il avait été recruté pour les besoins de la soirée en raison de la tempête.

Ce serveur avait dû remplir le verre de Connie de vin rouge à au moins une occasion, voire davantage. Cela ajoutait au mystère. Comment, en effet, la personne qui souhaitait l'assassiner était-elle parvenue à mélanger les comprimés réduits en poudre avec son verre ? Le résidu indiquait qu'elle n'avait pas eu la possibilité d'effectuer sa tâche correctement. En tous les cas, j'étais incapable d'élaborer une théorie relative à la manière dont elle avait procédé précisément.

Toute ma vie, j'ai adoré les magiciens. Aujourd'hui, je regarde à la télévision des émissions qui leur sont consacrées telles que *America's Got Talent* et je suis surprise par leur capacité à nous donner l'impression que leurs tours relèvent véritablement de la magie parce qu'il semble n'y avoir aucune autre explication. Je suis assez âgée pour me souvenir d'une époque à laquelle les critiques disaient que la magie, en tant qu'art du spectacle, ne survivrait pas à la télévision, car il est impossible de tromper une caméra. Mais de nos jours, malgré nos écrans plats et la possibilité de repasser l'enregistrement d'une émission image par image, ce que je confesse avoir fait moi-même, personne n'est jamais parvenu à découvrir comment tel ou tel magicien avait accompli l'impossible.

Or je ressentais la même chose à cet instant précis. Avec les informations dont je disposais, je ne voyais pas comment le vin de Constance Mulroy avait pu être trafiqué. Et venait s'ajouter à cela l'affaire de l'assassinat du détective privé, Loomis Winslow. Si jusqu'à présent, rien n'indiquait qu'il y avait un lien entre son meurtre et la tentative d'assassinat de Connie, je ne pouvais exclure la possibilité que l'un des invités au mariage l'avait engagé pour enquêter sur une question financière, sans doute liée aux malversations commises par l'époux de Connie, Heath Mulroy. Si le futur marié, Daniel Mulroy, n'avait pas téléphoné à son frère Mark pour lui dire qu'il se réfugiait pour la nuit avec Allison Castavette, sa future épouse, au motel Roadrunner, je considérerais les événements de la soirée sous un tout autre angle. Je pouvais même désormais supposer que la personne qui avait ramené du gravier provenant de l'ancienne filature à l'arrière de la Lexus abandonnée faisait partie des invités au mariage et était responsable du coma dans lequel Constance Mulroy était désormais plongée, voire du meurtre de Loomis Winslow.

Dès que je fus assise sur la chaise de bureau que j'avais installée près du chevet de Connie, je ressentis une intense fatigue m'envahir. Mais je m'accrochai à mes moments de lucidité afin de ne pas sombrer dans le sommeil, en veillant à rester vigilante tout en laissant libre cours à mon imagination. Aurais-je pu moi-même être empoisonnée, et sur le point de sombrer dans un coma dont je ne me réveillerais jamais ? À quel moment avais-je avalé une gorgée de quelque chose ? Qui m'avait tendu un verre ? Et qu'en était-il du verre de soda au gingembre que j'avais rempli à de multiples reprises, auprès de ce serveur portant cette veste de cuisine mal ajustée ? Je faillis appeler Seth pour lui parler des symptômes d'extrême fatigue que j'éprouvais.

Mais cette fatigue était vraisemblablement due au stress, à l'agitation et à la longueur de cette journée qui m'avait menée du café Mara à une scène de meurtre, puis, plus tard, à une autre scène potentielle de meurtre – sans compter le faux témoignage du poivrot local, Hank Weathers, qui avait mentionné la présence de Bigfoot près de l'ancienne filature dans laquelle Loomis Winslow avait été assassiné. Même en tant que médecin, Seth Hazlitt ne pourrait rien faire contre cela…

Pour me tenir éveillée aussi longtemps que possible, je m'employai à inspecter soigneusement la chambre de Constance Mulroy, pour vérifier si tout était en ordre. Rien n'avait été dissimulé dans le bureau ou les tiroirs, ni dans des endroits plus improbables, par exemple derrière la chasse d'eau des toilettes ou au dos de l'un des tableaux de la chambre. J'examinai également de fond en comble les stores, qui étaient descendus, pour voir si Connie aurait pu y cacher quelque chose. Enfin, pour faire bonne mesure, je me penchai sous le lit et vérifiai l'intérieur du réfrigérateur et du four à micro-ondes, même s'il ne s'agissait pas de cachettes habituelles.

Je suppose que l'on pourrait penser que j'étais à la recherche d'un secret, d'un élément qui aurait expliqué pourquoi quelqu'un avait voulu assassiner Connie. Cependant, la seule anomalie que je notai se trouvait dans le placard, et était bien visible. Il y avait là un ensemble de bagages assortis au sac à main de grand couturier de mon amie : Hermès, Louis Vuitton, ou une autre marque haut de gamme. Le placard contenait une grande valise et une autre de taille moyenne, indiquant que pour ce week-end dédié au mariage de son fils, Constance Mulroy n'avait rien négligé. L'anomalie résidait dans le fait qu'il y avait un espace important entre la valise moyenne et un vanity-case à l'ancienne qui était également posé sur le sol du placard. J'imaginai que l'ensemble aurait dû être assorti d'un fourre-tout souple de la même marque, qui aurait rempli l'espace vide, mais demeurait invisible. Je me mis à réfléchir à ce qu'il aurait bien pu contenir et à la raison pour laquelle un autre invité au mariage aurait pu le subtiliser.

Je posai mon téléphone portable sur mes genoux pour m'assurer que je ne manquerai aucun appel de Mortimer ou de Seth si je finissais par m'endormir durant mon tour de garde. Je songeai également à rappeler Harry McGraw lorsque le nom de celui-ci se mit subitement à clignoter sur l'écran.

— Je travaille sur quelque chose, m'annonça-t-il.

— De quoi s'agit-il ?

— Je ne vous le dirai pas !

— Alors pourquoi m'appelez-vous ?

— Pour vous dire que je travaille sur quelque chose… De surcroît, même si je le voulais, je ne pourrais vous le dire, car je risquerais de vous rendre complice d'un crime.

— De quel crime s'agirait-il, Harry ?

— Je n'ai aucune certitude. Un faux témoignage, peut-être. Ou le fait de jouer à l'enquêteur…

— Vous êtes enquêteur !

— Je parlais d'un *véritable* enquêteur.

— Vous êtes un véritable enquêteur, affirmai-je.

— Je voulais dire un enquêteur officiel. Pour la police… Or je ne le suis pas. Et sur ma carte d'identité, mon nom est Marvin Linquist, étant donné qu'il n'a ni amendes ni impôts impayés, alors que Harry McGraw en a des montagnes…

— Je suis désolée de l'apprendre, Harry.

— C'est ce qui arrive lorsque vos clients sont de mauvais payeurs, dit-il d'un ton ironique. Néanmoins, ouvrez grand l'oreille, j'ai une surprise pour vous.

— Quelle surprise ?

— Si je vous le disais, cela ne serait plus une surprise, mais je vais avoir besoin de vous pour la préparer.

Je n'avais aucune idée de ce que Harry manigançait, mais je décidai d'entrer dans son jeu.

— Que dois-je faire ?

— Une chose tellement simple que je ne me permettrai pas de vous la facturer…

— Pouvez-vous vous contenter de me dire ce dont il s'agit, Harry ?

— De me donner le nom des invités au mariage qui résident actuellement au Hill House.

— Et pourquoi cela ?

— À cause de la surprise que je suis en train de vous préparer.

— Pourriez-vous au moins me donner un indice ?

— Dans ce cas, il ne s'agira plus d'une surprise, Jessica, mais si vous y tenez… dit-il d'un ton radouci. Si j'en crois mon instinct, l'information que je suis sur le point d'obtenir nous indiquera qui a engagé ce détective, Loomis Winslow, pour une enquête qui a entraîné sa mort. Je suppose que nous devrions être reconnaissants pour une chose.

— Laquelle, Harry ?

— Pour le fait que cette personne ne m'a pas embauché moi…

J'avais à peine terminé d'envoyer un message à Harry contenant la liste de tous les invités au mariage que mon téléphone sonna de nouveau. Il s'agissait cette fois de Mortimer.

— Quelles sont les dernières nouvelles, madame F. ?

— Bonsoir à vous également, Mortimer !

— Je ne vois pas comment cette soirée pourrait être bonne… Je suis coincé au poste, en train de répondre à tous les appels d'urgence, et je viens juste d'apprendre que Dick Mann ne peut manœuvrer les camions de pompier sur une telle quantité de neige. J'ai réussi à y enfoncer une tige d'un mètre devant nos bureaux. Et je m'apprête à créer un fichier des personnes disparues. Ethan Cragg vient de ramener au hangar municipal les chasse-neige qui ne sont pas encore bloqués sur le bord de la route et Weather Channel vient de mentionner que Cabot Cove se trouvait au cœur du vortex, même si je ne vois pas bien ce que cela signifie. Mais tout est sans doute lié…

— Tout *quoi* ? demandai-je.

— Eh bien, cette ville est peut-être un point de convergence cosmique qui accroît la probabilité d'événements négatifs… À ce propos, je viens de recevoir un appel de Harry.

— J'étais au téléphone avec lui il y a à peine une minute…

— Quant à moi, j'étais en train de composer votre numéro lorsque le sien est apparu sur mon écran de téléphone. Quand alliez-vous me dire qu'il y a un lien entre Loomis Winslow et l'un des invités au mariage ?

— Je vous aurais prévenu dès que Harry me l'aurait confirmé.

— Vous jouez avec les mots…

— C'est une déformation professionnelle !

— C'est exactement ce que je veux dire. Aussi étonnant que cela puisse paraître, vous ne gagnez pas votre vie en résolvant des meurtres ! Et comme je ne peux me rendre sur place pour que vous puissiez me conseiller…

— Hill House n'est qu'à cinq kilomètres du département du shérif. Ce n'est pas comme si je me trouvais dans un autre pays…

— C’est presque le cas, ce soir, madame F. J’aurais besoin que vous restiez en contact avec moi au cours de la nuit, au cas où il se passerait autre chose. Appelez-moi alors *immédiatement*.

— Qu’est-ce qui vous fait penser qu’il va se passer *autre* chose ?

— Le fait que nous nous trouvons à Cabot Cove, au cœur du vortex.

Ma discussion avec Mortimer m’avait permis de me raccrocher à la normalité, en quelque sorte, au regard des événements de la soirée. Grâce à notre conversation, j’avais évité de me focaliser sur les événements négatifs qui pourraient encore se produire, en me concentrant plutôt sur les aspects de l’enquête, ce dont j’étais plus coutumière.

La prochaine étape consisterait à contacter moi-même le futur marié, Daniel Mulroy. Je n’avais en effet aucune preuve que Mark Mulroy avait effectivement parlé à son frère, en dehors de sa parole, et je décidai d’aborder le sujet avec lui dès qu’il viendrait me relayer pour son tour de garde. Il avait pu inventer cette histoire pour des raisons que j’ignorais. Je fis donc une recherche sur le nom du motel, ROADRUNNER MOTEL MAINE, sur la page d’accueil Google de mon téléphone, et appuyai sur le numéro de téléphone affiché sur le site.

Malheureusement, l’appel n’aboutit pas, et il n’y eut même pas de sonnerie. Je réessayai, à trois puis quatre reprises, sans succès. Cependant, ma cinquième tentative eut un résultat différent. Le téléphone ne sonna pas, mais j’entendis une voix monocorde.

« Votre appel ne peut aboutir. Veuillez rappeler ultérieurement… »

J'interrompis l'appel avant que la voix n'ait indiqué le numéro que je venais de composer. Compte tenu de la violence de la tempête, il n'était pas surprenant que les lignes téléphoniques soient hors-service ou saturées, comme c'était toujours le cas dans les situations d'urgence. Et si l'accumulation de neige ou les coups de vent avaient mis hors d'état d'usage une ou deux antennes-relais, les autres devaient être surchargées et incapables de compenser la baisse du réseau. Je me souvins des histoires terribles liées aux attentats du 11-Septembre, et eus un frisson en pensant à toutes les personnes qui avaient désespérément tenté de joindre leurs proches après l'effondrement des *Twin Towers*.

Je résolus d'appeler le motel Roadrunner régulièrement, en espaçant mes appels de quelques minutes. J'allumai également la télévision installée dans la chambre de Constance Mulroy sur la chaîne Weather Channel pour que l'animateur Jim Cantore puisse me tenir compagnie. Il se trouvait en direct d'un lieu situé non loin de Cabot Cove. Je dus m'assoupir, mais lorsqu'un coup frappé à la porte me tira du sommeil dans lequel j'avais plongé par inadvertance, Jim Cantore était toujours à l'écran.

Je m'étais éveillée en sursaut, et me tournai aussitôt vers Constance Mulroy. Elle semblait toujours profondément endormie, comme au moment où j'avais dû moi-même sombrer dans le sommeil peut-être plus d'une heure auparavant. J'éclaircis ma voix, rassemblai mon courage et me dirigeai vers la porte pour ouvrir.

— Madame Fletcher… prononça une jeune femme qui se trouvait sur le seuil de la chambre.

Pendant un instant, je n'eus aucune idée de son identité, jusqu'à ce que je me souvienne qu'elle m'avait rapidement été présentée au cours du cocktail. Il s'agissait de Lois Mulroy-Dodge, la nièce de Connie.

— Mademoiselle Dodge, je suis vraiment désolée de ne pas…

— C'est moi qui suis désolée, madame Fletcher. Je suis venue voir si Mark n'avait besoin de rien. C'est l'heure de son tour de garde, n'est-ce pas ?

En réalité, l'heure à laquelle il aurait dû arriver était dépassée d'une demi-heure, et il ne s'était toujours pas manifesté…

— Oui, en principe, affirmai-je. Il a dû être retardé…

Lois Mulroy-Dodge agita son téléphone.

— J'ai tenté de l'appeler, mais il n'a pas répondu.

Je me souvins que Mark avait mentionné qu'il irait faire un tour à la salle de gymnastique pour calmer ses nerfs.

— Cela vous ennuierait-il de rester avec votre tante pendant que je pars à sa recherche ?

— Non, mon tour de garde se situe juste après le sien, donc cela sera comme si j'étais arrivée un peu plus tôt. Je parierais qu'il s'est endormi. Du Mark tout craché…

— Vous devez avoir à peu près le même âge, n'est-ce pas ?

Elle hocha la tête.

— Nous sommes pratiquement frère et sœur.

Je me souvins qu'elle avait été élevée par sa tante et son oncle après la mort de ses parents, survenue lorsqu'elle était encore une petite fille. Compte tenu de son lien étroit avec la famille, je songeai à lui parler de l'anomalie que j'avais repérée sur la photographie de la chambre des jumeaux lorsque le diaporama défilait. Cependant, Mark Mulroy semblait plus en mesure de répondre à mes questions.

— J'ai été terriblement désolée d'apprendre ce qui était arrivé à votre époux, dis-je, me souvenant que Constance m'avait raconté que la jeune femme l'avait perdu lors d'un accident en mer.

Elle demeura imperturbable.

— Il n'était pas aussi apte à piloter un voilier qu'il le pensait, madame Fletcher. Nous n'aurions jamais dû sortir ce jour-là… mais la tempête a surgi de manière imprévue. Le mât s'est brisé et a atterri sur lui alors qu'il tentait de me protéger. Il est mort quelques heures plus tard, dans mes bras.

— Je suis vraiment désolée, Lois.

— Parfois, je me réveille la nuit, et j'ai encore l'impression de le sentir dormir à mes côtés. Est-ce normal ?

— Me demandez-vous mon avis d'écrivain ?

— D'expert dans ce genre de choses, je suppose… répondit la jeune femme en haussant les épaules.

Je m'abstins de lui demander ce qu'elle avait voulu dire et lui répondis avec franchise.

— Oui, Lois, cela est normal. Totalement normal, même. Il s'agit de ce que des personnes bien plus expertes que moi appelleraient un stress post-traumatique.

Mes paroles ne semblèrent pas la rassurer.

— Je vous remercie, madame Fletcher, dit-elle néanmoins, tandis que je faisais un pas de côté afin qu'elle puisse entrer dans la pièce. Je vais attendre ici pendant que vous partez à la recherche de Mark.

Je résidais déjà depuis plusieurs mois à Hill House, et j'avais fréquenté à maintes reprises la salle de gymnastique de l'hôtel, qui se trouvait dans une partie récemment rénovée du sous-sol incluant un centre d'affaires et deux salles de conférences. Ces transformations avaient permis à l'hôtel d'accueillir des séminaires comptant jusqu'à cinquante participants. Cela ne permettait pas d'accroître tant que cela le profit de l'établissement, mais améliorait ses revenus durant les mois d'hiver, lorsque la fréquentation diminuait.

Je faisais régulièrement de l'exercice dans la salle de gymnastique durant la saison froide, lorsque ma bicyclette était remisée au garage. J'avais une préférence pour les vélos elliptiques, mais j'appréciais également la paire de tapis de course entre lesquels était installée une télévision. Quant aux vélos elliptiques, ils comportaient chacun un écran de télévision intégré.

J'utilisai ma carte magnétique pour pénétrer dans la salle. L'une des télévisions était allumée, et réglée sur Weather Channel, mais Mark Mulroy ne semblait pas être présent. Cependant, je finis par apercevoir une silhouette allongée sur le dos sur un banc de musculation sous un support équipé de poids qui portait selon moi le nom de Smith Machine. L'appareil fonctionnait selon un système de câbles et de poulies assurant la sécurité de la personne qui l'utilisait.

— Mark ! appelai-je. Mark, c'est Jessica Fletcher. Je me demandais simplement si…

Je me figeai au milieu de la salle, m'apercevant que les bras de Mark Mulroy étaient retombés sur le côté, ses doigts touchant presque le sol. Il ne bougeait pas, ne respirait pas, et tandis que mes yeux s'habituaient à l'éclairage et commençaient à distinguer le mur du fond, équipé de miroirs, je me rendis compte que la barre d'haltères était appuyée sur son cou. Je me forçai à avancer jusqu'à ce que je sois assez près pour confirmer ce que je redoutais.

Mark Mulroy était bel et bien mort.

12

Il me fallut un petit moment pour reprendre mes esprits. Je passai alors un coup de téléphone à Seamus McGilray. Je me disais qu'en tant que propriétaire et directeur de l'hôtel, il avait le droit d'être informé le premier.

— Jessica ?

— Je suis dans la salle de gym, Seamus. Vous devriez descendre.

— Un problème ?

— C'est le moins que l'on puisse dire, oui !…

Je le vis longer le couloir du sous-sol par les parois vitrées de la salle de gymnastique moins de trois minutes plus tard. Dès qu'il passa la porte de la salle, que j'avais maintenue ouverte, son regard suivit la même trajectoire que le mien un peu plus tôt, et tomba sur la silhouette inerte de Mark Mulroy.

— Est-il…

— Oui, répondis-je.

— Oh, mon Dieu, quelle nuit affreuse, marmonna Seamus, en secouant la tête.

Il se dirigea vers le banc de musculation sur lequel Mark était allongé. En m'approchant derrière lui, je pus voir que le visage marbré de blanc et de violet du jeune homme indiquait qu'il était plutôt mort d'asphyxie et non parce que sa nuque aurait été brisée par les deux poids de vingt kilos placés de part et d'autre de la barre qui s'était écrasée sur lui.

Seamus semblait avoir lu dans mon esprit.

— Cette machine est spécifiquement conçue pour minimiser les risques pour l'utilisateur. Je l'ai choisie pour cette raison.

— Par conséquent, il est impossible que la barre d'haltères soit retombée sur son cou ?

Seamus se plaça derrière la silhouette du jeune homme, en haut du banc de musculation, et examina la barre comme s'il s'apprêtait à la soulever.

— La barre est en contact avec son cou, mais compte tenu de la conception de la machine, il est presque inconcevable qu'elle l'ait écrasé. J'ai davantage l'impression qu'une personne s'est tenue là et a appuyé sur la barre en la maintenant jusqu'à ce que le jeune homme suffoque.

— C'est monstrueux…

— En effet.

Je songeai au scénario élaboré par Seamus et me remémorai l'apparence de Mark Mulroy, ainsi que sa stature.

— Il semblait en forme et plutôt musclé. Si vous avez raison, nous sommes à la recherche d'une personne au moins aussi forte que lui, et peut-être même davantage.

— Pas nécessairement, Jessica, expliqua Seamus. La personne qui a maintenu la barre contre sa trachée n'avait pas besoin d'être si forte que cela, car elle bénéficiait de l'effet de levier, dit-il en imitant la position et le mouvement qui avaient permis de faciliter l'étranglement. L'assassin a dû se contenter de se tenir debout comme moi et d'appuyer sur la barre ici et là jusqu'à ce que Mark étouffe.

— Il s'agit donc bien d'un meurtre.

— Je dirais que oui, mais pour ma part, je ne suis pas un expert, avança Seamus, me laissant entendre qu'il considérait que j'étais quant à moi une spécialiste en la matière.

Je laissai le sujet en suspens et résolus de prendre quelques photos avec mon iPhone afin de les transmettre à Seth Hazlitt, qui pourrait confirmer les conclusions de Seamus à propos de la manière dont le décès de Mark Mulroy était survenu.

— Nous devons apposer des scellés sur cette pièce, Seamus, dis-je, d'une voix étranglée qui me sembla étrangère. Plus personne ne doit y entrer.

— Je peux déprogrammer l'accès, afin qu'aucune carte magnétique ne permette d'y accéder.

Cela me rappela l'entrée déplacée de Tyler Castavette dans ma suite. Il était indispensable que j'en informe Seamus.

— Autre chose, lui dis-je. L'un des invités possède une carte magnétique universelle.

— Vous voulez dire qu'elle donne accès à l'ensemble de l'hôtel ?

Je hochai la tête.

Seamus se renfrogna.

— Dites-moi de qui il s'agit. J'aurai une petite discussion avec cette personne…

— Je pense que cela n'est pas une bonne idée pour l'instant. Nous devrions plutôt concentrer toute notre énergie sur la résolution d'un meurtre qui a abouti et d'un second qui a échoué. Pour commencer, nous allons devoir réunir les dix invités qui restent dans le hall d'entrée pour les informer de ce qui s'est passé et mener notre enquête.

— *Notre* enquête, madame Fletcher ?

— Ne m'avez-vous pas dit que vous aviez eu une petite expérience au sein de la police dans votre Irlande natale, Seamus ?

— Comme agent dédié à la circulation, simplement. Les enquêtes sur des meurtres n'étaient pas exactement ma spécialité.

— Eh bien maintenant, elles le sont !

Avant de refermer la porte de la salle de gymnastique, Seamus et moi vérifiâmes si Mark Mulroy avait des objets personnels, qui pourraient avoir une importance dans le cadre de l'enquête sur son assassinat. J'ai appris avec l'expérience que le journal d'appel des téléphones portables peut constituer une mine d'or concernant les derniers échanges, projets et intentions d'une victime. Cependant, le téléphone de Mark ne se trouvait ni sur lui, ni à l'intérieur de la salle. De même, son portefeuille et la carte magnétique d'accès à sa chambre étaient introuvables. Il allait de soi que le meurtrier avait dû les emporter.

Pendant que Seamus remontait à l'étage pour réunir le reste des invités au mariage, je restai à proximité de la salle de gymnastique pour appeler Mortimer. Je dois avouer que me trouver seule dans l'hôtel en ces circonstances n'avait rien de rassurant. Je me plaçai donc dos au mur pour passer mon appel, en veillant à bien voir la totalité du couloir, qui s'étendait au-delà du centre d'affaires et des salles de conférences jusqu'à l'ascenseur et aux cages d'escalier.

— Du nouveau, madame F. ? répondit aussitôt Mortimer. J'allais justement vous appeler, car j'ai quelques nouvelles à vous apprendre.

—De mon côté, Mortimer, oui j'ai du nouveau, si les affaires de meurtre en font partie.

Je l'entendis soupirer à l'autre bout de la ligne.

—La femme qui a été empoisonnée est décédée ?

—Non. Il s'agit de son fils, répondis-je, en lui relatant ce que j'avais découvert dans la salle de gymnastique, et en lui faisant part également des conclusions de Seamus.

Un long silence succéda à mon récit.

—Mortimer ?

—Connaissez-vous les conditions météorologiques au cours desquelles la criminalité est au plus bas, à New York, madame F. ?

—Je parierais sur les blizzards, dis-je.

—Il s'agit de toutes les tempêtes de neige dignes de ce nom, en réalité. Le taux de criminalité chute réellement en fonction de la quantité de neige accumulée. Mais apparemment, cette règle tacite ne fonctionne pas à Cabot Cove. Aucune règle du crime n'y est applicable !

—Pas en matière de meurtre, ajoutai-je.

J'étais toujours adossée au mur près de la salle de gymnastique, en l'absence de Seamus parti réunir les dix invités restants.

Je donnai à Mortimer davantage de détails sur la mort de Mark. Il poussa un cri étouffé lorsque je lui annonçai que le meurtre était la seule explication, même si un accident lié à la machine de musculation était une infime possibilité.

—Si vous avez raison, madame F., prononça Mortimer d'une voix blanche, cela signifie qu'il y a un meurtrier au sein de l'hôtel. La bonne nouvelle, c'est qu'il ne pourra aller nulle part.

—Et la mauvaise, Mortimer ?

— C'est qu'il n'ira nulle part tant qu'il n'aura pas achevé sa tâche.

— J'ose espérer que c'est pourtant le cas, si ses cibles étaient la mère et le fils.

— Pour l'instant… Nous n'en savons rien, en réalité. Quelles sont les autres personnes de cette branche de la famille présentes, en tant que parents directs ?

— Il n'y a qu'une nièce, dis-je, en me référant à la cousine de Mark, Lois Mulroy-Dodge, la jeune femme qui veillait en ce moment même sur Constance Mulroy. Oh, et j'oubliais. Il y a aussi deux cousines jumelles : les sœurs Sprague, Beatrice et Olivia.

— Cela fait une deuxième paire de jumeaux…

— Il s'agit de l'une des caractéristiques de la famille, sans compter les tragédies.

— Et les meurtres.

— Malheureusement…

Je sentais que Mortimer réfléchissait à l'autre bout de la ligne.

— Vous ai-je dit que la ville possédait une flotte de motoneiges pour les situations d'urgence comme celles-ci ?

— Je me souviens que cela a été mentionné au cours de la réunion organisée par le maire, aujourd'hui. Était-ce la nouvelle que vous vouliez m'annoncer ?

— Non, il s'agit d'autre chose. Cependant, Dick Mann les a sorties du hangar de la caserne des pompiers, et a constaté qu'elles étaient en état de fonctionnement en essayant de les faire démarrer.

Je compris aussitôt ce qu'il sous-entendait.

— Avez-vous déjà conduit une motoneige, Mortimer ?

— Avez-vous déjà conduit à New York pour rejoindre une scène de crime à l'heure où la circulation bat son plein ?

— Je n'ai jamais conduit nulle part !

— Alors croyez-moi sur parole… Après avoir fait cela pendant douze ans, piloter une motoneige me semblera facile. Si vous pouvez simplement tenir jusqu'à ce que j'arrive, madame F.…

— Vous avez une ville entière sur laquelle veiller pendant la tempête du siècle, lui rappelai-je.

— Et maintenant, j'ai également au moins un meurtre à résoudre …

— Je vous ai dit que la première victime était en train de se reposer, confortablement installée…

— Mais il ne s'agissait pas réellement de la première victime, n'est-ce pas, madame F. ? Il y a eu ce détective privé, ce matin, et ensuite, les futurs jeunes mariés qui ont peut-être fui la Lexus abandonnée cet après-midi.

— Sauf qu'ils sont apparemment indemnes, mais qu'ils n'ont pas encore rejoint Hill House, ne l'oubliez pas ! dis-je en pensant au message que Mark Mulroy avait reçu de son frère, Daniel.

— Eh bien, finalement, il semble qu'il n'en soit rien. C'était ce dont je souhaitais vous parler, répondit Mortimer. J'ai enfin réussi à joindre le propriétaire du Roadrunner. Il s'avère qu'il a fermé l'établissement à midi, et qu'il n'y a personne dans l'hôtel.

Apprendre cela me fit envisager les événements de cette soirée sous un jour entièrement nouveau. J'avais souhaité me trouver dans le hall d'accueil avant l'arrivée des invités au mariage, afin d'étudier leur réaction lorsqu'ils sortiraient de l'ascenseur. Mais il me fallait auparavant réfléchir à ce que venait de m'annoncer Mortimer.

Je devais d'abord faire le lien entre cette nouvelle et la Lexus abandonnée sur la chaussée, les portes grandes ouvertes, ce qui renforçait mes craintes initiales. Mortimer n'avait toujours pas eu la confirmation que la voiture avait bien été louée à l'aéroport pour jet privé de Portland, mais il était difficile de ne pas envisager cette hypothèse. Et si celle-ci était avérée, il était possible que le gravier qui se trouvait sur le sol de la Lexus à l'arrière ait un lien avec le meurtre de Loomis Winslow. Je ne pouvais qu'envisager le pire des scénarios, et pourtant le plus vraisemblable.

Tout cela avait commencé par l'assassinat du détective privé, mais le coupable n'était certainement pas Bigfoot, comme notre unique témoin l'avait affirmé…

Il y avait ensuite eu l'épisode de la Lexus dont le conducteur et le passager avaient fui, alors que la présence de gravier à l'arrière indiquait que nous avions peut-être affaire au même tueur.

Et enfin, Constance Mulroy avait été empoisonnée au cours du dîner, puis son fils Mark avait été retrouvé assassiné dans la salle de gymnastique de l'hôtel.

De plus, cela soulevait la question de savoir pourquoi Mark avait menti à propos de son frère. J'avais envie de croire qu'il l'avait fait pour apaiser les craintes de sa mère, pour qu'elle ait une raison de moins de se faire du souci – de même que les autres invités – étant donné la perspective de la tempête dévastatrice annoncée. Mais ne devais-je pas envisager que ses intentions aient été plus pernicieuses ? Ces intentions expliquaient-elles pourquoi son téléphone portable avait disparu de la salle de gymnastique ? J'imaginais qu'il l'avait sans doute emporté, étant donné ce qui venait de se produire. Cependant, si nous ne retrouvions pas le téléphone, il serait impossible de s'assurer qu'il avait réellement parlé à son frère Daniel ou de découvrir avec quelles personnes il avait été en contact récemment.

Je me souvins alors que, lorsque je me trouvais dans la chambre de Constance Mulroy, en train de veiller sur elle, j'avais envoyé à Harry McGraw les noms des invités au mariage – y compris celui de Mark Mulroy. Je n'avais toujours aucune idée de l'usage qu'il allait en faire et décidai que je l'appellerais pour qu'il puisse m'en informer sitôt que la réunion organisée dans le hall d'entrée serait terminée. Seamus McGilray, ancien agent de police, allait me seconder, et je m'attendais à recevoir un appel de la part de Mortimer dès que celui-ci serait prêt à se rendre à Hill House en motoneige.

Au moment précis où je me dirigeais vers l'ascenseur, l'écran de mon téléphone afficha le nom de *SETH*.

— Vous ne m'avez pas appelé pour me le dire ! s'exclama-t-il sèchement.

— Vous dire quoi ?

— Qu'il y a eu un autre meurtre là-bas…

— La première victime est toujours vivante. L'avez-vous oublié ?

— Et quand bien même… Dois-je apprendre cela par Mortimer ?

— Il vous a téléphoné ?

— Non, c'est moi qui l'ai appelé. Au cas où vous ne vous en souviendriez pas, je suis le responsable des urgences médicales de Cabot Cove ! Je voulais simplement me tenir informé, et j'ai le malheur d'apprendre que Jessica Fletcher est coincée à l'hôtel Hill House, seule, avec un tueur !

— Je ne suis pas seule, Seth. Les invités au mariage sont également là, ainsi que Semaus McGilray.

— Peu importe. Mortimer s'est montré avare de détails.

— Je ne lui en ai pas donné beaucoup…

— Il a parlé d'une asphyxie due à ce qui aurait pu passer pour un accident lors d'une séance de lever de poids. Y a-t-il eu une fracture cervicale ?

— Non, absolument pas, affirmai-je, sans entrer dans les détails. La personne qui a tué le jeune homme a appuyé la barre d'haltères sur sa gorge et l'y a maintenue jusqu'à… Bref ! Je m'apprêtais à vous envoyer les photos que j'ai prises afin que vous puissiez confirmer le diagnostic.

— Donc vous êtes à la fois légiste *et* médecin ? Si j'étais plus soupçonneux, je songerais que vous souhaitez me remplacer. Je suis content que Mortimer vous rejoigne bientôt pour mettre de l'ordre dans tout cela…

— Va-t-il réellement se rendre jusqu'ici ? C'est ce qu'il vous a dit, Seth ?

— Oui, c'est bien ce qu'il m'a dit, *ayuh*. Il a dit qu'il allait se déplacer en motoneige, notamment. Il va se rendre jusqu'à la caserne des pompiers avec son SUV, puis il empruntera une motoneige pour rejoindre Hill House. J'ai presque été tenté de l'accompagner…

— Et pourquoi ne le faites-vous pas ?

— Je suppose qu'il s'agit d'un instinct de survie, Jess. M'avez-vous déjà vu me déplacer dans un autre véhicule que l'une de mes fidèles Volvo ?

— Non, effectivement.

— Alors pourquoi commencer maintenant ? Cependant, je me sens inquiet pour ma partenaire favorite au jeu de pinochle et ma complice en matière de dégustation de tartes chez Mara.

— Tout ira bien, Seth. Vous venez de me dire que Mortimer sera là rapidement.

— Il conduira une motoneige, répéta Seth. Il pourrait tout aussi bien venir de Boston. N'oubliez pas de m'envoyer vos photographies, afin que le véritable légiste de la ville puisse y jeter un coup d'œil.

Une fois arrivée à l'étage, dans le hall d'accueil, je décidai de laisser mon téléphone allumé au cas où Mortimer ou Harry McGraw m'appelleraient. Au moment où je fis mon entrée, la plupart des invités étaient déjà arrivés. Seamus avait réuni tout le monde et aménagé une sorte de salon improvisé qui avait nécessité de disposer une grande partie des fauteuils du hall en cercle. Il s'était assuré que l'un des membres du personnel présents malgré la tempête continue de veiller sur Constance Mulroy à l'étage et que les dix autres invités au mariage soient présents.

Or il n'y en avait que huit, et je m'aperçus rapidement que Ian et Faye, le garçon d'honneur et la demoiselle d'honneur, étaient absents.

— J'ai eu des difficultés à les réveiller, madame Fletcher, chuchota Seamus à mon intention. Ils ont dit qu'ils allaient arriver bientôt.

Je devinai aux larmes que versait la cousine de Mark, Lois Mulroy-Dodge, que Seamus avait déjà annoncé que Mark Mulroy était décédé, et qu'il avait probablement été assassiné. Le chagrin de la jeune femme n'était pas surprenant, sachant qu'elle avait été élevée avec les fils de Constance Mulroy et que Mark était comme un frère pour elle.

Il fallait néanmoins que je parle plus longuement aux invités de la tragédie qui venait de se produire. J'évoquerais le meurtre probable de Mark Mulroy, mais je ne voyais pas de raison pour l'instant de leur faire part de mes craintes relatives à ce qui avait pu arriver aux futurs mariés.

Tous les yeux étaient rivés sur moi lorsque j'approchai, alors que mon regard ne pouvait se détacher des fenêtres offrant une vue sur le paysage extérieur. Les éléments continuaient de se déchaîner. Je pensais que la tempête pourrait difficilement empirer, mais celle-ci semblait n'obéir à aucune règle. Si elle n'était pas à son apogée, cela n'allait sans doute pas tarder, car il n'y avait plus aucune visibilité à l'extérieur en raison du rideau blanc qui s'abattait continuellement et ne laissait rien transparaître au-delà des lampadaires extérieurs de l'hôtel. Il était difficile, en raison des congères formées par le vent, d'estimer précisément la hauteur de la couche de neige, mais elle devait déjà atteindre environ soixante-quinze centimètres. Or les précipitations devaient durer encore plusieurs heures, selon les dernières prévisions. J'éprouvais même quelques craintes pour le présentateur Jim Cantore, qui avait déjà affronté plusieurs tempêtes majeures dans tout le pays, mais jamais encore une de cette ampleur. Il devait sans doute maudire le jour où il avait décidé de traquer les plus grosses tempêtes. Je pensai ensuite à Mortimer Metzger qui allait tenter de parcourir près de cinq kilomètres malgré les conditions météorologiques pour me rejoindre à l'hôtel, et je l'aurais appelé pour lui demander d'y renoncer si j'avais pensé qu'il y avait la moindre chance qu'il m'écoute.

Juste au moment où je m'apprêtais à m'adresser aux personnes réunies autour de moi, mon téléphone vibra pour m'indiquer que j'avais reçu un message. J'y jetai un coup d'œil et vis que le message provenait de Harry McGraw. Je me contentai de le lire : « Il y a du nouveau. Appelez-moi ! »

Mais Harry devrait attendre un petit peu, au minimum quelques minutes.

13

— Même si deux des invités au mariage ne sont pas encore présents, dis-je, je ne vois pas de raison de ne pas vous tenir informés. Tout d'abord, je souhaite vous remercier pour votre coopération. Je devine à vos réactions, poursuivis-je en regardant Lois Mulroy-Dodge, qui était toujours en larmes, que vous venez d'apprendre le décès tragique de Mark Mulroy.

— Tiens donc ! s'exclama Doyle Castavette tout en bourrant sa pipe, c'est ainsi que vous appelez un meurtre, de nos jours ?

— Monsieur, intervint Seamus McGilray, dois-je vous rappeler que Hill House est un établissement non-fumeur ?

Castavette l'ignora et alluma sa pipe.

— J'aurais aimé que Hill House soit également un établissement non meurtrier, rétorqua-t-il en aspirant plusieurs longues bouffées qui donnèrent au tabac une teinte orange vif. Qu'allez-vous faire, me tuer ?

Seamus ignora sa remarque, ce qui était tout à son honneur.

Beatrice Sprague secouait la tête.

— Ce pauvre… commença-t-elle.

— … garçon, intervint sa sœur Olivia. Si jeune et si…

— … charmant, reprit Beatrice. Nous l'avons vu grandir, et la famille était si…

— … unie à l'époque…

Ayant terminé leur dialogue, les deux sœurs échangèrent un regard et hochèrent tristement la tête.

— Bon, eh bien, il faut peut-être en déduire, que tant que l'on n'est pas un Mulroy, il n'y a rien à craindre, intervint Doyle Castavette tout en tirant des bouffées de sa pipe. Ce qui se passe ici ne concerne probablement que les Mulroy…

— Je ne pense pas que cela soit le cas, intervins-je. Le plus souvent, un meurtre découle d'une opportunité, et il est probable que le fait que Mark se soit trouvé seul dans la salle de gymnastique explique pourquoi il a été pris pour cible.

— Et que dites-vous de sa mère ? me défia Lois Mulroy-Dodge, d'une voix empreinte d'émotion. Elle n'était pas seule. La personne qui a empoisonné son verre a pu uniquement le faire en présence d'une douzaine de témoins, et même davantage, si l'on inclut le personnel de service.

— Vous n'avez pas tort, concédai-je.

— Me permettez-vous, madame Fletcher ? commença Doyle Castavette, tandis que son fils Tyler, assis près de sa mère, levait les yeux au ciel.

— Vous permettre quoi, monsieur Castavette ?

— Me permettez-vous d'intervenir ?

— Naturellement, dis-je poliment, résistant à l'envie de lui répondre beaucoup plus sèchement.

— Pourriez-vous m'expliquer pour quelle raison vous vous arrogez le droit de vous présenter à nous comme la personne en charge de la situation, en nous donnant des ordres ? aboya-t-il d'un ton provocateur.

Sa compagne, l'actrice Virginia Da Salle, hocha la tête en signe d'approbation, mais son geste manquait de conviction.

— Effectivement, votre question est légitime, reconnus-je. Tout d'abord, je dois vous informer que le shérif de Cabot Cove, Mortimer Metzger, est actuellement en train de se diriger vers notre hôtel. Il a emprunté une motoneige. En attendant son arrivée, l'agent McGilray et moi-même gérons la situation car nous avons l'expérience de ce type de situations.

Je croisai à cet instant le regard de Seamus et faillis lui faire un clin d'œil.

— Des situations impliquant des meurtres ? demanda Tyler Castavette d'un air inquiet, comme s'il craignait que je ne rapporte aux autorités le fait qu'il était entré illégalement dans ma chambre.

— Malheureusement oui, confirmai-je.

— Des meurtres que vous avez imaginés dans vos romans ou bien des meurtres que vous avez réellement résolus ? demanda Harrison Bak.

L'une de ses béquilles était tombée par terre et je la ramassai pour lui éviter d'avoir à se pencher.

— Il est souvent difficile de les distinguer. Cependant, je ne vous ai pas réunis ici pour vous donner des ordres. Je l'ai fait pour que nous puissions discuter de la manière dont nous allons passer le reste de la nuit sans perdre d'autres invités.

C'est à ce moment précis que Faye et Ian sortirent de l'ascenseur vêtus comme s'ils allaient affronter des pistes de ski, et équipés de sacs à dos.

— Salut, tout le monde, déclara Ian. J'espère que vous ne nous en voudrez pas si nous tentons de nous extraire de ce guêpier.

— Vous êtes fous ? demanda Henley Lavarnay d'un ton railleur. Cette tempête est d'une violence inouïe…

— Et il y a aussi quelque chose d'une violence inouïe à l'intérieur de cet hôtel, rétorqua Ian. Je pense que nous allons tenter une sortie…

— Pourquoi penses-tu que Daniel t'a choisi pour être son garçon d'honneur à la place de son propre frère ? intervint Tyler Castavette d'un ton sec. Pour que tu nous fausses compagnie à la première occasion ?

— Tu lui poseras la question lorsqu'il arrivera.

— Pour constater que tu es parti…

— Penses-tu vraiment que le mariage va avoir lieu ? Sa mère est dans le coma et son frère est décédé. La fête est finie, mon gars ! Regarde la vérité en face.

— Daniel n'a jamais vraiment su choisir ses amis, répondit Tyler en secouant la tête.

— Tu sais ce que l'on dit… rétorqua Ian. On choisit ses amis, mais on ne choisit pas sa famille. Et soit dit en passant, tes invités savent-ils qu'ils ont intérêt à surveiller leurs objets de valeur lorsque tu es dans les parages ?

Tyler Castavette commença à se lever de sa chaise, mais sa mère, Henley Lavarnay, le retint d'une main ferme, lui intimant du regard de se rasseoir.

— J'espère que tu mourras gelé, lança de nouveau Tyler à Ian.

— Je préfère ça que de mourir ici ! répondit Ian en se tournant vers moi, tandis que Faye l'imitait en pivotant de la même manière. Nous avons deux personnes sur le carreau, et dix qui le seront bientôt, n'est-ce pas, madame Fletcher ? Mais si nous partons, cela ne fera plus que huit…

— Jetez un coup d'œil dehors, dis-je. Vous ne ferez pas trente mètres sans vous égarer, la visibilité est nulle…

— Nous allons tenter notre chance, n'est-ce pas, Faye ?

Sans répondre, Faye hocha la tête avec réticence.

— Bon débarras, siffla Lois Mulroy-Dodge entre ses dents.

— Hé, madame Fletcher, vous devriez garder un œil sur celle-ci, elle fait partie des suspects potentiels… à moins qu'elle ne soit la prochaine victime, cela dit, étant donné la somme dont elle héritera s'il s'avère que Daniel est mort, lui aussi.

— Comment oses-tu ? laissa échapper la jeune femme.

— Il n'y a ici qu'un ramassis de paumés qui n'étaient déjà que des criminels bien avant qu'il y ait des victimes, ce soir ! Il n'est pas étonnant que le marié et la mariée soient absents ! En y pensant, madame Fletcher, ils pourraient bien être les principaux suspects.

S'il savait, pensais-je, ayant hâte de changer de sujet.

— Si cela ne vous dérange pas, mademoiselle Dodge, intervins-je, j'aimerais savoir si je peux vous soumettre une question que j'avais souhaité poser à Mark Mulroy ?

— Bien sûr, madame Fletcher.

— Eh bien, sur le diaporama qui défilait au cours du dîner, j'ai remarqué une ombre sur l'un des clichés de la chambre d'enfant de Daniel et Mark. En y regardant de plus près, j'ai constaté que cette ombre était en réalité un troisième petit lit, dis-je, en posant enfin la question restée en suspens dans mon esprit. Mais pourquoi y avait-il trois lits, alors qu'il s'agissait de jumeaux, et non de triplés ?

— C'est une triste histoire, madame Fletcher, répondit Lois Mulroy-Dodge. Les enfants étaient des triplés, mais l'un d'eux est mort à la naissance. Ma tante et mon oncle l'ont appelé Owen et l'ont fait inhumer dans le caveau familial.

Les sœurs Sprague, qui étaient manifestement au courant de ce drame, hochaient la tête de manière parfaitement synchronisée.

— Vous avez raison, dis-je à Lois, c'est une bien triste histoire.

— Bon, les deux familles semblent très affectées par tout cela, remarqua Ian. Mais si vous le permettez…

Avant même qu'il ne fasse un pas en direction de la porte en compagnie de Faye, onze téléphones portables vibrèrent pratiquement au même moment, y compris le mien. Seul celui de Seamus resta silencieux. Comme tous les autres, je sortis mon téléphone de ma poche et découvris une rangée de trois emojis tristes surmontant deux liens internet. Je cliquai sur le premier lien, tandis que nous découvrions conjointement le gros titre d'un article :

TOUS LES PASSAGERS D'UN JET PRIVÉ
DÉCÉDÉS À L'ATTERRISSAGE
SOUPÇON D'HOMICIDE

Je ne poursuivis pas ma lecture et revins sur le message original pour cliquer sur le second lien. Certains invités m'imitèrent, tandis que d'autres poursuivaient leur lecture du premier article.

DIX PERSONNES ASSASSINÉES
DANS UN PAVILLON DE CHASSE

Seamus s'était approché de moi pour lire le contenu du message par-dessus mon épaule. Chacun parcourait les articles à son rythme, poussant de temps à autre un cri de surprise ou d'indignation.

L'auteur du message voulait manifestement nous faire comprendre qu'il avait déjà tué et avait l'intention de recommencer.

Ici même, ce soir.

***

—Quelle folie ! s'exclama Doyle Castavette, qui posa sa pipe dans un cendrier qu'il avait dû emporter.

—Qu'allons-nous faire ? gémit Virginia Da Salle. Qu'allons-nous faire ?

Je me tournai vers Seamus. Il était indispensable que nous lisions plus attentivement ces articles, qui laissaient penser que nous avions affaire à un véritable tueur en série.

—Cela doit être un jeu, pour lui, commenta Harrison Bak. Et maintenant, il joue avec nous.

—Eh bien, nous ne sommes pas obligés de jouer, quant à nous, n'est-ce pas, Faye ? demanda Ian à la jeune femme, qui se tenait à côté de lui.

—Effectivement, répondit Faye. Il vaut mieux tenter d'affronter la tempête…

—Avez-vous déjà vu une chose pareille, madame Fletcher ? me demanda Harrison Bak. Une personne qui tue purement par plaisir ?

—Non, je n'ai jamais eu directement affaire à une telle personne. Mais je pense qu'il s'agit d'une fausse piste. Comment un tueur aurait-il pu savoir que nous serions isolés ici à cause d'un blizzard ? Dans le jet et dans ce pavillon de chasse isolé, le tueur savait que ses proies, quel que soit le temps, ne pourraient sortir ou s'enfuir.

—Je crois avoir lu une histoire semblable qui s'est déroulée sur l'un de ces yachts privés que l'on peut louer et qui était en perdition, intervint Henley

Lavarnay. Il a été découvert vide. Il s'agissait d'un véritable bateau fantôme, car il n'y avait personne à bord. On soupçonne que les corps des passagers et de l'équipage ont été jetés à la mer…

— Il s'agit d'un schéma identique, nota son compagnon, Harrison Bak. Mais nous oublions quelque chose, il me semble… Ici, le tueur a dû se procurer nos numéros de téléphone portable.

— Cela n'a pas dû être très difficile, intervint Doyle Castavette, d'un ton moqueur.

— Je ne suis pas tout à fait d'accord avec vous. Cependant, expliqua Harrison Bak en levant son énorme smartphone, ce téléphone est mon téléphone professionnel, et non mon téléphone personnel. Je ne vois pas comment l'assassin aurait pu se procurer mon numéro personnel.

— Cela, c'est son affaire, ajouta Tyler Castavette, dont l'assurance s'expliquait sans doute par sa propre expérience. Ce soir, il ne fait que jouer. Il s'amusera réellement lorsqu'il commencera à nous connaître intimement, lorsqu'il saura tout de nous, de façon à jouer avec nos nerfs et à nous narguer avant de nous tuer un par un…

— J'écouterais mon fils si j'étais vous, commenta son père à notre intention. Tyler est coutumier des milieux illégaux. N'est-ce pas, Tyler, avec tous tes démêlés avec la justice ? Lorsque nous rentrerons à la maison, je te suggère de chercher un travail en dehors de l'une de nos différentes holdings. Tu n'as plus aucune chance d'y être embauché…

— *Si* nous rentrons à la maison, le corrigea Tyler. Nous n'avons aucune certitude, à présent.

— Tu ne penses pas ce que tu dis, Doyle ! intervint Virginia Da Salle, qui semblait stupéfaite et embarrassée. Tu es simplement stressé par cette réunion…

— Lorsque notre fils se montre grossier, il n'est pas difficile de voir de qui il tient ce comportement, n'est-ce pas ? commenta Henley Lavarnay en regardant Tyler. Je t'aiderai à trouver un poste qui te convient auprès de mes contacts. Ton père n'est pas mauvais. Il est simplement mal conseillé et impitoyable. Tu n'as pas plus besoin de lui que moi autrefois…

— Félicitations ! rétorqua Doyle Castavette. Si tu ne le gâtais pas autant, sa vie ne serait pas un tel désastre.

— Je crois que nous devrions clore ce sujet ici, déclara Henley Lavarnay en se détournant de son ex-époux d'un air de dégoût et en me regardant. Pourquoi nous perdre en récriminations alors que nous avons toutes les raisons de croire que nous sommes désormais les cibles d'un malade qui tue par plaisir ?

— Nous avons des raisons de le croire parce qu'il veut que nous le sachions, précisai-je.

— Je ne suis pas sûre de bien vous comprendre…

— Eh bien, madame Lavarnay, dis-je, en me rapprochant d'elle, d'après mon expérience, les meurtriers n'ont pas pour habitude d'annoncer leurs intentions. Et lorsqu'ils le font, c'est plutôt pour s'amuser qu'autre chose.

— C'est en effet très amusant ! railla Tyler Castavette.

— Enfin une parole intelligente de la part de mon bon à rien de rejeton ! claironna son père, avec des regrets dans la voix. Il paraît que si on laisse un chimpanzé suffisamment longtemps devant un clavier, il finira par taper l'œuvre complète de Shakespeare. Mon fils, je pense que tu viens de confirmer cette théorie.

Tyler Castavette, en dépit de son air bravache et de son charisme, demeura muet et se mura dans le silence, n'osant se confronter à son père, dont il devait dépendre financièrement pour compléter les revenus qu'il tirait de ses incursions dans des chambres d'hôtel.

— Allons, ne nous chamaillons pas pour des broutilles, intervins-je. L'important est de survivre à la nuit qui commence. Avec un peu de chance, le shérif sera là bientôt pour prendre les choses en main et remettre de l'ordre dans tout cela. Pendant ce temps, l'agent McGilray et moi-même allons escorter chacun de vous jusqu'à sa chambre au second étage. Nous vous laisserons entrer à l'intérieur après avoir soigneusement inspecté les lieux et attendrons que vous ayez verrouillé votre porte derrière vous avant de rejoindre la chambre suivante. Une fois que chacun sera en sécurité, je redescendrai pour attendre l'arrivée du shérif pendant que monsieur McGilray surveillera le couloir.

Doyle Castavette bouscula sa chaise en se levant. Il semblait bouillir d'impatience.

— Autre chose, madame Fletcher ?

— Oui, une seule. Pendant que je veillais sur Constance Mulroy, dis-je en m'adressant à tous, j'ai remarqué qu'il y avait un espace entre deux de ses bagages, qui font partie d'un assortiment. Il manquait semble-t-il un fourre-tout. Je pense que cela ne gênera personne si l'agent McGilray fouille chacune des chambres pour voir s'il s'y trouve.

Personne n'éleva d'objection, jusqu'à ce que Ian prenne la parole avec son tact habituel.

— Ne comptez pas sur nous. Nous sautons cette étape. Espérons que vous passerez tous la nuit…

— Vous ne partirez pas tant que nous n'aurons pas fouillé vos sacs à dos ! ordonna Seamus, qui incarnait à merveille le policier dont je lui avais suggéré de jouer le rôle.

Ian jeta le sien à terre, et Faye l'imita aussitôt.

— Très bien. Mais dépêchez-vous pour que nous puissions partir rapidement. Nous préférons affronter la tempête que de prendre des risques en restant ici avec vous, qui êtes complètement inconscients !

Seamus prit un sac dans chaque main.

— Puisque vous le prenez sur ce ton, nous fouillerons vos sacs en dernier. Retournez dans votre chambre, en attendant.

Il lança un regard sévère à Ian qui laissa le jeune homme pantois. Je commençais à me demander si Seamus n'avait pas omis de révéler certains éléments sur sa carrière d'agent de police. Ian eut un sourire contraint et se mit au garde-à-vous par dérision.

— Quoi qu'il en soit, monsieur l'agent… faites-le avant qu'il y ait une autre victime…

C'est à ce moment précis que l'horloge ancienne de Hill House sonna minuit, nous incitant à regarder dans sa direction. J'entendis quelqu'un déglutir. Puis un objet, sans doute lâché par surprise, heurta le sol.

— Oh mon… balbutia Olivia Sprague.

— … Dieu, compléta Béatrice.

Les chiffres romains indiquant une et deux heures avaient été barrés d'un trait.

14

— Il vous en a fallu, du temps… se plaignit Harry McGraw, lorsque je finis par l'appeler, comme il me l'avait demandé dans son message.

— J'étais très occupée, Harry, répondis-je, lorsque j'eus repris contenance après que les invités au mariage eurent quitté le hall d'entrée pour retourner dans leurs chambres.

Je m'étais détournée de l'horloge pour lui téléphoner, car je ne désirais pas continuer à avoir sous les yeux le signe qu'il y avait bien un meurtrier parmi nous… Un meurtrier qui n'avait aucune intention de s'arrêter tant que les douze chiffres romains n'auraient pas été rayés.

— Une autre tentative de meurtre ? demanda Harry.

— Ne m'en parlez pas…

— Je viens de le faire…

— Celle-ci a fonctionné.

Harry demeura silencieux, seul le son de sa respiration m'indiquant qu'il se trouvait toujours au bout du fil. Lorsqu'il reprit la parole, son ton était grave.

— Qu'en pense Mortimer ?

— Je n'en ai aucune idée. Il est en chemin pour venir ici.

— Comment cela, il est en chemin ? Au milieu de cette tempête ?

— Il a emprunté une motoneige.

— La connexion est-elle mauvaise, ou bien venez-vous de me dire qu'il vient à *motoneige* ?

— Que vouliez-vous me dire, Harry ?

— Vous voyez ce qui arrive lorsque je ne suis pas là pour vous protéger ? Je devrais peut-être me rendre sur place, moi aussi.

— Vous êtes à New York…

— Oui, mais j'ai toujours voulu voir ce que pouvait donner une couche d'un mètre cinquante de neige. Imaginez tous les corps que l'on pourrait y ensevelir…

— Je n'ai pas besoin de l'imaginer, répondis-je. Je suis en train de le vivre !

— Bon, eh bien je vais vous dire quelque chose qui pourra vous être utile. Ce que le détective dit à son client est-il protégé par le secret ?

— Je l'ignore…

— Eh bien si cela n'est pas le cas, nous n'avons jamais eu cette conversation, d'accord ? Car elle implique de transgresser un bon nombre de lois fédérales du secteur bancaire.

— J'ai du mal à vous suivre, Harry.

— Dans ce cas, je reprends tout depuis le début… J'ai un ami hacker spécialisé dans les comptes bancaires, les comptes de courtage et les comptes d'investissements – ce genre de choses. Il est parvenu à pirater le compte courant d'un certain détective privé du nom de Loomis Winslow.

Je me souvins que j'avais envoyé à Harry un message contenant tous les numéros de téléphone des invités au mariage et je compris enfin pourquoi il en avait eu besoin.

— Il s'avère qu'un chèque d'un confortable montant y a été déposé récemment en provenance d'un compte fiduciaire. Devinez qui est le signataire de la fiducie ?

— Dites-le-moi !

— Constance Mulroy.

Harry venait d'ajouter une nouvelle pièce à un puzzle extrêmement complexe. Dans le scénario que j'imaginais, le fait que Connie ait engagé Loomis Winslow avait un lien avec les fonds que son mari avait subtilisés à ses clients. Ses malversations avaient provoqué l'enquête qui l'avait poussé à sauter du pont de Brooklyn la veille de son arrestation. Si cela était bien le cas, je pouvais supposer que ce que Winslow avait découvert avait causé sa mort. La présence du détective à Cabot Cove n'était donc plus un mystère ; il devait être venu ici pour rencontrer sa cliente, mais s'était d'abord rendu à l'ancienne filature pour une raison ou une autre. Sa présence dans l'édifice décrépi et fragilisé indiquait qu'il avait rendez-vous avec une autre personne.

Qui n'était ni Connie, ni Bigfoot.

Mais qui devait-il donc rencontrer ? Et quel était l'objectif de ce rendez-vous ? Enfin, quel était le lien entre le meurtre de Loomis Winslow, celui de Mark Mulroy et la tentative d'assassinat de sa mère ?

Avant de raccrocher, je transmis à Harry le message contenant les liens vers des articles relatant comment de petits groupes de personnes isolés comme le nôtre avaient été sommairement éliminés. Si quelqu'un jouait avec nos nerfs, si le serial killer qui avait commis ces meurtres avait décidé d'en finir avec nous, cela modifiait la nature de ce que nous étions en train de vivre. Résoudre un mystère consiste d'abord à rechercher le motif d'un acte, mais lorsque ce motif réside dans le pur plaisir de tuer, l'enquêteur ne dispose d'aucun point de départ. Cela ne semblait pas être tout à fait le cas dans cette affaire, mais qui sait si le plaisir à ôter la vie ne faisait pas partie du *modus operandi* du meurtrier ? Les victimes de meurtriers en série avaient peut-être des liens entre elles, des secrets et des comptes à régler dont le tueur tirait parti. Si le scénario que j'élaborais s'avérait réel, j'allais affronter l'adversaire le plus dangereux de toute ma carrière.

— Il y a autre chose, dis-je à Harry, imaginant déjà qu'il allait sans doute remuer ciel et terre pour en apprendre davantage sur ces deux meurtres en série.

— Attendez une minute, j'ouvre ma caisse enregistreuse… *Ding ! Ding !*… Allez-y, je suis prêt.

— Pourriez-vous vous procurer des actes de naissance ?

— Eh bien, je préfère éviter le mien, car il me rappelle que je suis né, mais à part cela, lesquels voudriez-vous ?

— Des noms et des dates de naissance approximatives vous suffiraient-ils ?

— Et pour ce qui est de la ville et de l'hôpital de naissance ?

— Je suis désolée, dis-je.

— *Ding ! Ding !* répéta Harry. Demandez-moi une tâche difficile, il me faudra environ cinq minutes. Mais pour l'impossible, cela prendra un peu plus de temps et vous coûtera très cher !

— Mettez cela sur ma note !

— À ce jour, votre note a plus de pages que l'un de vos livres. Bon, donnez-moi les noms…

***

Il me fallait attendre que Harry en apprenne davantage à propos des autres meurtres en série, tout en me fiant pour l'instant à ma propre intuition. Et je devais attendre également que Mortimer arrive pour se charger de l'enquête.

Tout en réfléchissant, je pris l'ascenseur jusqu'au second étage pour prêter main-forte à Seamus McGilray qui allait inspecter les chambres afin d'assurer la sécurité des invités. En sortant de l'ascenseur, je me retrouvai face à un homme barbu de très grande taille que je n'avais encore jamais vu dans l'hôtel.

— Vous devez être madame Fletcher, dit l'homme, qui portait un uniforme de cuisine dont les coutures étaient étirées au maximum du fait de sa corpulence.

Bigfoot, pensai-je, au moment où Seamus arriva à notre hauteur.

— Je vois que vous avez fait la connaissance d'Eugene, dit celui-ci. Je lui ai demandé de monter la garde dans le couloir pour dissuader quiconque de quitter sa chambre.

— Est-ce que tout se passe bien, Seamus ? demandai-je, en détachant enfin mon regard du gigantesque commis de cuisine.

— Tous les invités sont en sécurité dans leur chambre, et ils savent que nous allons y effectuer des recherches pour retrouver le fourre-tout de madame Mulroy.

Nous longeâmes le couloir pour commencer la fouille des chambres.

— Dites-m'en plus sur Eugene, demandai-je à voix basse à Seamus.

— Nous l'avons recruté en tant que travailleur saisonnier pour le week-end du mariage. Comme vous le savez, nous manquons de personnel en hiver, et il était indispensable d'étoffer l'équipe pour éviter d'être dépassés par l'arrivée de nos hôtes.

Je jetai de nouveau un coup d'œil vers Eugene et comparai mentalement son apparence avec la description qu'avait faite Hank Weathers de ce Bigfoot qui aurait assassiné Loomis Winslow.

— Je suis heureuse d'apprendre que tous les invités ont coopéré, dis-je en me tournant de nouveau vers Seamus.

— Ils sont effrayés, madame Fletcher – *terrifiés* serait même un terme plus approprié. Je pense que la plupart d'entre eux vous considèrent comme leur meilleure chance de survivre à cette nuit.

— Ce message et la possibilité que nous ayons affaire à un tueur qui a déjà agi de la sorte plusieurs fois ont complètement changé la donne.

Le visage de Seamus se ferma.

— Vous pensez que c'est le meurtrier qui a envoyé ce message, n'est-ce pas ?

— Dans ce cas de figure, nous ne serions que des pièces qu'il déplacerait à sa guise sur un échiquier. Mais cela pourrait aussi être une manière de jouer, de nous montrer à l'avance ce qu'il va faire et de nous mettre sur une piste que nous ne parviendrons pas à suivre…

Avant que Seamus puisse répondre, j'aperçus la silhouette de l'actrice Virginia Da Salle jaillir d'une chambre à l'extrémité du couloir.

— Au secours ! Au secours ! s'écria-t-elle, avant de nous apercevoir Seamus et moi. Aidez-moi !

Seamus et moi nous précipitâmes le long du couloir, tandis que les portes des différentes chambres s'ouvraient au fur et à mesure.

— Doyle est enfermé dans la chambre ! hurla Virginia en enfonçant ses ongles dans mes deux bras tandis que nous entrions dans la suite. Il se passe quelque chose d'affreux, à l'intérieur, d'affreux !

Nous nous ruâmes dans la partie salon de la suite, suivis de la plupart des invités au mariage. Harrison Bak se déplaçait avec précaution derrière eux, et Henley Lavarnay lui emboîtait le pas. Un vacarme épouvantable retentissait dans la chambre.

Seamus parvint à la porte le premier et se mit à frapper.

— Monsieur Castavette, monsieur Castavette, vous m'entendez ? Monsieur Castavette, c'est l'agent McGilray ! Que se passe-t-il ? Ouvrez la porte, monsieur, ouvrez !

Le tumulte se poursuivit. Nous pouvions entendre des craquements et des coups, ainsi que le son distinct de quelque chose qui se brisait. Tout indiquait qu'une lutte était en train de se dérouler dans la pièce. Je me demandais qui pouvait bien s'en prendre à Doyle Castavette. Ian et Faye, qui s'étaient révélés de plus en plus désagréables, étaient absents, et je ne voyais pas non plus Lois Mulroy-Dodge. Mais ce fut l'absence de Tyler Castavette qui me frappa le plus, et je repensai à la manière dont son père l'avait humilié lorsque nous étions réunis dans le hall d'entrée.

Quelque chose heurta violemment la porte, faisant trembler son montant en bois épais. Par réflexe, ceux d'entre nous qui étaient regroupés dans le salon de la suite reculèrent. J'étais presque certaine que les cris et les gémissements que j'entendais étaient poussés par Doyle Castavette et non par son adversaire.

— Allez chercher Eugène, dis-je à Seamus, qui recula et se précipita à l'extérieur de la suite.

Je continuai à frapper à la porte en vain, et à appeler Doyle Castavette par son nom tandis que celui-ci continuait à gémir. Soudain, le bruit de ses cris fut couvert par des pas lourds piétinant la moquette et Eugene se glissa devant moi pour accéder à la porte. Il allait largement mériter son salaire de travailleur saisonnier !

Je m'écartai pour lui laisser suffisamment de place. Cependant, la lourde porte en bois, aussi ancienne que l'hôtel lui-même, résista au premier assaut du commis, qui avait tenté de l'enfoncer avec l'épaule, ainsi qu'à sa seconde tentative. Elle céda au troisième essai et le quatrième fit sauter le verrou. Lorsque la porte s'ouvrit enfin, nous aperçûmes Doyle Castavette assis sur le sol, adossé contre le lit, la tête inclinée vers le bas comme s'il regardait le couteau qui dépassait de sa poitrine.

Et il n'y avait pas trace du meurtrier.

Un coup porté directement au cœur avait eu raison de la victime. À en juger par le peu de sang qui s'était écoulé de sa blessure, il était mort presque instantanément. Il avait gémi, puis ses cris s'étaient brusquement éteints, et je comprenais maintenant pourquoi.

J'examinai le corps sans le toucher afin de ne pas perturber la scène de crime, d'autant que l'arrivée de Mortimer Metzger était imminente. Cependant, je ne pus m'empêcher de balayer du regard la chambre, qui était sens dessus dessous. Le matelas était à moitié en dehors du lit, et les draps étaient en lambeaux. Dans la mêlée, un secrétaire s'était renversé sur le sol, et une lampe de table ainsi qu'un lampadaire s'étaient brisés, laissant des éclats de verre et de porcelaine sur le tapis. Le grand miroir qui surmontait le bureau était fissuré et la chaise qui se trouvait devant était retournée. Il manquait un morceau à l'un de ses pieds. Les portes du placard pendaient lamentablement au bout de leurs charnières brisées, révélant un trio de valises : l'une, énorme, devait appartenir à Doyle Castavette, et les deux autres, ornées d'un motif floral, devaient être celles de sa compagne, Virginia Da Salle.

Doyle Castavette s'était certainement battu pour survivre jusqu'à ce que son assassin prenne le dessus. Mais celui-ci ne se trouvait pas dans la pièce, ce qui était en réalité inexplicable – tout comme la manière dont le vin de Constance Mulroy avait été empoisonné un peu plus tôt.

—Non ! entendis-je quelqu'un hurler depuis la porte. *Non !*

Je vis qu'il s'agissait de Tyler Castavette.

—Qui a fait cela ? siffla-t-il, autant pour lui-même que pour les autres. Où est-il passé ?

Son regard s'arrêta sur son père puis fit le tour de la pièce, et je me surpris à l'imiter. Il commença à pénétrer dans la chambre, mais je lui en bloquai l'accès.

—Agent McGilray, dis-je, en utilisant mon ton le plus autoritaire tout en regardant fixement Doyle Castavette, je souhaiterais qu'Eugene et vous procédiez à une fouille approfondie des lieux avant d'en verrouiller l'accès. Nous devons découvrir ce qu'il est advenu du meurtrier de monsieur Castavette.

Seamus approuva d'un hochement de tête. Il paraissait résolu et peut-être même heureux de se voir confier cette tâche, car il s'agissait après tout de son hôtel, et celui-ci avait été investi par un assassin. Laissant le corps exactement dans l'état où nous l'avions trouvé, je refermai la porte derrière Seamus et Eugene, afin qu'ils puissent mener à bien leur tâche sans être observé par des yeux inquisiteurs.

Tyler finit par prendre la mesure de la situation et recula à contrecœur, pour revenir dans le salon de la suite. Il respirait bruyamment et semblait trembler sous l'effet du choc. Je promenai mon regard sur les personnes qui étaient assemblées dans le salon et avaient accouru en entendant les cris de désespoir de Virginia Da Salle. Les sœurs Sprague étaient assises auprès d'elle et lui adressaient tour à tour des paroles de réconfort. Souhaitant vérifier combien de personnes étaient présentes, je regardai aussi dans la direction de Henley Lavarnay, l'ancienne épouse de Doyle Castavette, qui ne semblait pas vouloir s'embarrasser à manifester un quelconque chagrin. Son compagnon, Harrison Bak, se trouvait également dans la pièce. Nous étions donc six, et je m'aperçus que Lois Mulroy-Dodge était absente.

Mais elle entra dans la pièce à ce moment précis. Ses cheveux étaient mouillés, sans doute parce qu'elle sortait de la douche.

—Oh mon… s'interrompit-elle.

—Ce doit être elle ! s'exclama avec peine Virginia Da Salle en se levant brusquement de sa chaise, et en tendant un doigt accusateur vers la jeune femme. Elle est la seule à ne pas être venue lorsque Doyle tentait de repousser son agresseur !

—Non, elle n'est pas la seule, dis-je. Où sont Ian et Faye ?

—Qui *sont* Ian et Faye ? corrigea Tyler Castavette sur un ton de défi. Est-ce que nous connaissons leur nom de famille ? Est-ce que certains d'entre nous avaient déjà entendu parler d'eux avant ce soir ?

Sa mère, Henley Lavarnay, leva une main timidement.

—Je crois bien que oui, à une occasion. Au bal de la promotion d'Allison à l'université, il me semble.

—Êtes-vous certaine qu'il s'agit bien du même couple ? lui demandai-je.

—Pour l'instant, répondit-elle, tandis que son regard se dirigeait derrière moi, vers le corps de son ex-époux, je ne suis plus sûre de rien.

— Pourquoi ne pas aller vérifier où ils se trouvent ? suggérai-je.

— Je vais vous dire où ils se trouvent ! commenta Tyler d'un ton agressif. Ils ont quitté cet endroit pendant que nous nous précipitions ici.

— Allons tout de même voir s'ils ne sont pas dans leur chambre, proposai-je.

Les coups que je frappais à la porte de la chambre de Ian et de Faye n'obtenant aucune réponse, je me mis à frapper plus fort, puis avec le poing, si bien que je me fis presque mal. Mais mes efforts ne produisirent aucun résultat. Je n'avais donc pas le choix : il me fallait attendre que Seamus ait terminé sa fouille de la chambre de Doyle Castavette pour m'ouvrir la porte à l'aide de sa clé magnétique passe-partout.

Je le vis enfin sortir de la suite de la victime, Eugene sur ses talons, et je le guidai vers la chambre de Ian et Faye à travers le groupe des invités massés devant la porte.

— Je suppose que vous n'avez rien trouvé, dis-je à Seamus.

— En effet, madame Fletcher. Nous avons inspecté toutes les cachettes possibles dans la chambre. Nous avons regardé derrière les rideaux, sous le lit, dans le placard, derrière les vêtements de la penderie, et même dans la douche, expliqua-t-il en secouant la tête. Il n'y a pas une trace. Je me risquerais presque à dire que le meurtrier s'est évaporé dans les airs ou bien qu'il s'agit de l'homme invisible…

— Étant donné que nous pouvons d'emblée rejeter ces deux hypothèses, il doit avoir utilisé un autre accès pour s'échapper, et peut-être même pour entrer dans la chambre.

— Notre logiciel de sécurité nous permettra de savoir à quel moment la serrure de la chambre a été actionnée.

— Cependant, le meurtrier ne s'est pas enfui de cette manière, pas avec tous les témoins potentiels… En excluant la porte et toutes les cachettes possibles, que reste-t-il ?

— La fenêtre, je suppose, répondit Seamus en haussant les épaules.

— L'avez-vous examinée ?

— On n'y voyait déjà plus rien au travers, vous savez… Il s'agit d'une vieille fenêtre à battant, et étant donné le gel et la neige qui la recouvraient, je peux vous affirmer avec certitude qu'elle n'a pas été ouverte depuis le début de la tempête, dit-il en regardant les invités qui se trouvaient devant la chambre de Ian et Faye, à l'autre bout du couloir, avant de baisser la voix. Nous avons en revanche trouvé un objet qui pourra vous sembler intéressant dans le placard de monsieur Castavette, madame Fletcher.

Je me souvins que les portes du placard pendaient au bout de leurs charnières.

— Je vous écoute, Seamus.

— Je préférerais que vous y jetiez un coup d'œil par vous-même, précisa-t-il.

Je pouvais sentir sur nous les regards des invités, qui nous observaient depuis l'extrémité du couloir.

— Cela va devoir attendre. Une autre tâche requiert votre intervention. Je suppose que vous avez votre passe-partout ?

Il était déjà en train de fouiller dans sa poche à la recherche de sa carte magnétique.

Cependant, celle-ci ne fonctionna pas. Seamus tenta de l'actionner à plusieurs reprises, le système de verrouillage n'émettant qu'un signal rouge.

— C'est très curieux, remarqua-t-il, en reculant.

Il s'était démené jusqu'à présent, mais bizarrement, le fait de repasser la carte plusieurs fois l'avait davantage essoufflé que tout ce qu'il avait déjà accompli au cours de la soirée.

— Faut-il solliciter l'aide d'Eugene ? proposai-je, même si je n'étais pas convaincue que nous puissions faire confiance au géant barbu qu'un témoin ivre avait facilement pu confondre avec Bigfoot.

À cet instant, un cliquetis se fit entendre à l'intérieur et Ian ouvrit la porte.

— Qu'y a-t-il ?

— Nous vous avons crus morts, expliquai-je. Pourquoi n'avez-vous pas répondu lorsque j'ai frappé à la porte ?

— Parce que nous n'en avions pas envie, railla Ian, acerbe comme à son habitude. Il s'agit de notre chambre et c'est notre droit.

— Certainement pas ! s'indigna Lois Mulroy-Dodge, qui se tenait derrière moi. Il s'agit de la chambre de ma tante. Nous séjournons tous dans *ses* chambres, car elle les a payées. Nous sommes ses invités.

— Oh, quel dommage dans ce cas qu'elle ne soit pas en état de m'envoyer au lit sans avoir dîné, répondit Ian avec un sourire narquois.

Beatrice et Olivia Sprague secouèrent la tête à l'unisson.

— Vous êtes très mal éduqué… commença l'une d'elles.

— … jeune homme, termina l'autre.

Ian les ignora. J'aperçus Faye, une fois de plus silencieuse, dissimulée dans l'ombre de son compagnon, et presque invisible.

— L'agent McGilray et moi étions sur le point d'interroger les invités sur leurs allées et venues, annonçai-je, de manière improvisée, et sur ce qu'ils ont pu éventuellement constater à l'heure des événements tragiques de cette soirée. Je pense que nous allons commencer par vous, Ian.

— Comme vous voudrez…

— Veillez simplement à nous ouvrir la porte, la prochaine fois.

— Que vouliez-vous me montrer ? demandai-je à Seamus, une fois que tous les invités furent retournés à l'abri dans leur chambre.

Nous avions décidé qu'ils attendraient à l'intérieur leur tour d'être interrogés, à l'exception de l'actrice Virginia Da Salle, la compagne de Doyle Castavette, qui s'était réfugiée dans la chambre des sœurs Sprague.

— Deux choses, en réalité, avoua Seamus, en ouvrant la porte de la suite de Doyle Castavette avec son passe-partout tout en me regardant. Les deux méritent votre intérêt.

Nous entrâmes dans le salon de la suite, en laissant Eugene monter la garde dans le couloir pour veiller à ce que personne ne sorte avant que nous ne puissions interroger les invités. Je remarquai aussitôt qu'une partie rectangulaire du plafond, formant un léger renfoncement, avait été déplacée, révélant un espace sombre au-delà. Je me souvins que ma chambre était équipée d'un rectangle de ce type – deux, même, dans chacune des pièces composant ma suite.

— Est-ce un espace de ventilation ? demandai-je à Seamus. Je ne savais pas qu'il y en avait encore un dans l'hôtel… Je pensais qu'il avait probablement été condamné au fil des différentes rénovations.

— Nous l'utilisons comme conduit pour passer des fils électriques ou des câbles de télévision une fois qu'ils ont été raccordés à une prise murale. À part des ouvriers, et peut-être des techniciens de temps à autre, je ne pense pas que quelqu'un s'y soit introduit depuis des années. Tenez, madame Fletcher, jetez un coup d'œil par vous-même.

Il me proposa de m'aider à grimper sur une chaise qu'il avait placée immédiatement au-dessous de l'ouverture, mais j'y parvins seule. Il devait avoir pris une chaise du salon, car celle qui se trouvait devant le bureau avait été cassée au cours de la lutte entre Doyle Castavette et son meurtrier, et ne comprenait plus que trois pieds intacts. Mesurant près d'un mètre soixante-quinze, je constatai que ma taille me permettait de passer la tête à travers le panneau coulissant que Seamus avait dû déplacer pour inspecter lui-même l'espace de ventilation. Mais je n'y voyais rien.

— Prenez cela, madame Fletcher, me dit Seamus en me tendant une lampe torche.

Je levai le bras avec difficulté pour passer la main à travers l'ouverture. J'allumai la lampe et découvris un conduit qui avait à peu près les dimensions d'une ancienne trappe à linge. L'espace de ventilation n'avait rien de particulier, sauf qu'il était si étroit que j'avais du mal à imaginer qu'un technicien du câble ou de la compagnie électrique puisse s'y faufiler. En dehors de la poussière qui s'élevait dans le faisceau de ma lampe, tout ce que je vis était un entrelacs de câbles et de fils électriques fins et épais, liés ensemble, et posés sur le fond du conduit ou sur ses parois à l'aide d'attaches spécifiques. Même si je me trouvais en équilibre précaire, j'eus la présence d'esprit de me servir de la lampe torche pour examiner le fond couvert de poussière du conduit, revêtu semble-t-il de fer-blanc, afin d'y détecter d'éventuelles anomalies. La fine couche de poussière était cependant intacte, aussi loin que je pouvais voir.

— Êtes-vous certain que des ouvriers ont travaillé à l'intérieur de ce conduit ? demandai-je à Seamus.

— C'était il y a quelques années, et nous avons modifié un certain nombre de nos réseaux, depuis, avec l'arrivée du Wi-Fi. Mais effectivement, quelques ouvriers sont intervenus brièvement à l'intérieur.

— Je comprends pourquoi ils n'ont pu y rester long-temps, dis-je, ayant constaté que l'espace était étroit. Un homme ou une femme de taille moyenne serait contraint de retenir sa respiration, et même ainsi…

Je m'interrompis, ne sachant quoi ajouter. Je me rendis compte que la présence de Mortimer me manquait terriblement, et ce d'autant plus qu'il ne devait plus être loin, désormais. Je me sentis comme lorsque j'étais enfant et que je guettais l'arrivée de mon père par la fenêtre, celui-ci rentrant du travail au moment où la lumière disparaissait dans le ciel.

Mortimer, où êtes-vous ?

La poussière avait commencé à pénétrer dans mes yeux et ma bouche, et lorsque j'eus extirpé ma tête de l'espace étroit ménagé dans le plafond, Seamus m'aida à descendre de la chaise.

— Je pense que ce que je vais vous montrer maintenant va vous sembler encore plus intéressant, madame Fletcher, dit-il, en me faisant signe de le suivre à travers la pièce.

Je décidai de recouvrir la silhouette immobile de Doyle Castavette d'un drap afin que son corps ne soit pas exposé aux yeux de tous. Je détournai ensuite le regard et suivis

Seamus jusqu'à la porte brisée du placard, qu'il ouvrit complètement pour me montrer un fourre-tout qui n'était pas assorti aux autres bagages. Celui-ci était posé sur une étagère, et placé dans un renfoncement, ce qui expliquait pourquoi je ne l'avais pas vu lorsque j'avais regardé à l'intérieur pour la première fois, après la découverte du corps. Sa présence à cet endroit n'était pas anodine… parce qu'il appartenait à Constance Mulroy, et était parfaitement identique à la valise moyenne et au vanity-case que j'avais découverts dans sa chambre.

15

— Vous n'y avez pas touché, et vous ne l'avez pas déplacé, n'est-ce pas ? demandais-je à Seamus.

— Je suis agent de police, ne l'oubliez pas, répondit-il doucement en secouant la tête.

Je n'osai pas examiner le fourre-tout avant d'avoir enfilé une paire de gants en latex. J'en avais un certain nombre dans ma suite, même si j'avais oublié comment ils avaient atterri là. Parfois, j'en découvrais dans ma poche, encore inutilisés, lorsque Mortimer et moi avions été impliqués dans une affaire nécessitant leur usage. Je les rangeais dans un tiroir car je ne pouvais pas supporter de jeter un objet neuf et en parfait état. Cela était sans doute la conséquence d'avoir été élevée dans une grande famille.

Seamus demeura sur place pendant que je me précipitais vers ma suite aussi rapidement que possible, pour en revenir encore plus vite avec une paire de gants. Je m'emparai aussitôt du fourre-tout et l'emportai dans la partie salon de la suite pour éviter de me trouver en présence du corps de Doyle Castavette. Je le posai alors sur le canapé et ouvris sa fermeture éclair.

— Oh non !… s'exclama Seamus en découvrant le contenu du sac.

— Je ne veux pas y retourner ! protesta Virginia Da Salle, en se raidissant au moment où nous atteignîmes la porte ouverte de la suite de Doyle Castavette, à l'intérieur de laquelle Seamus nous attendait. Je ne veux plus jamais y entrer !

— Je vous comprends parfaitement, mademoiselle Da Salle, dis-je, tout en l'entraînant à l'intérieur. Mais nous ne serons que dans la partie salon, et nous avons refermé la porte de la chambre. Il y a quelque chose que vous devez absolument voir. Pour nous aider dans le cadre de l'enquête sur le meurtre de Doyle… ajoutai-je.

Elle hocha la tête et me laissa à contrecœur la guider dans la pièce en lui tenant le bras, qui était aussi raide qu'un morceau de bois.

Le fourre-tout appartenant à Constance Mulroy, ouvert sur le canapé, était semble-t-il rempli à ras bord de billets de banque de cinquante et de cent dollars.

— De quoi s'agit-il ? demanda Virginia Da Salle, en désignant le sac du doigt.

— Nous espérions que vous pourriez nous le dire… expliqua Seamus.

— En particulier parce qu'il correspond au fourre-tout qui manquait dans l'assortiment de bagages de madame Mulroy, ajoutai-je.

Les sœurs Sprague avaient dû déteindre sur Seamus et moi, car nous terminions désormais les phrases l'un de l'autre.

— Combien y a-t-il d'argent, là dedans ?

— Environ un demi-million de dollars, évaluai-je, en regardant Seamus, qui hocha la tête en signe d'approbation.

Virginia adopta une expression incrédule.

—Attendez… qui ?… Comment ?…

Elle laissa ses questions en suspens.

—C'est exactement ce que j'allais vous demander, mademoiselle Da Salle, dis-je, en me tournant vers le sac.

Je désignai les poignées.

—Avez-vous vu cette marque ? lui demandai-je.

—On dirait une tache, dit-elle en plissant les yeux pour mieux la voir. De peinture, ou d'autre chose.

—De vernis à ongles, peut-être ? De vernis à ongles rouge, mademoiselle Da Salle, d'une couleur étonnamment proche de celui que vous portez, précisai-je, en fixant ses mains.

L'actrice les déroba à mon regard, tentant de les dissimuler. Je vis que Seamus ouvrait la bouche, manifestement surpris parce que j'avais repéré un détail qui lui avait totalement échappé.

—Je dirais même, poursuivis-je, que lorsque je regarde vos ongles, je constate que la couleur correspond *parfaitement.* Avez-vous une explication à nous fournir, hormis le fait que vous vous êtes bel et bien emparée de ce fourre-tout ?

—Je vous assure que cela n'est pas le cas, madame Fletcher.

—Pourquoi ne pas nous asseoir ?

Le regard de Virginia se dirigea vers la chambre fermée.

—Ici ? demanda-t-elle, manifestement réticente.

—Cela ne durera que quelques minutes…

—Vous ne pensez tout de même pas que je suis responsable de la mort de Doyle ?

—Non, puisque vous étiez à mes côtés pendant qu'il luttait… L'agent McGilray et moi interrogeons tous les invités au mariage pour déterminer où ils se trouvaient à des moments clés.

— Vous parlez de ceux qui sont encore en vie – en tout cas pour l'instant, avec ce monstre en liberté dans cet horrible endroit…

Je me rendis compte que Seamus grimaçait, sans doute contrarié d'entendre parler en ces termes de son hôtel adoré.

— Vous devriez être à la recherche du meurtrier des passagers de cet avion et des hôtes de ce pavillon de chasse, madame Fletcher, poursuivit Virginia Da Salle. Comment a-t-il fait pour faire autant de victimes au même endroit ? Avez-vous pu joindre une personne chargée de l'enquête sur ces affaires ?

— Je ne suis pas allée aussi loin dans mes investigations, et au cas où vous l'auriez oublié, nous avons tous été plutôt occupés depuis que nous avons reçu ce message.

— Il savait que nous serions tous réunis ici, gémit Virgina Da Salle, qui semblait paniquée. C'est pour cette raison qu'il a envoyé ce message, pour nous faire comprendre que nous serions tous ses prochaines victimes !

— Mademoiselle Da Salle…

— Doyle était encore vivant à ce moment-là… Il ne savait pas que le prochain nom sur la liste était le sien. Il était assis près de moi, ajouta Virginia, ses yeux commençant à se remplir de larmes.

— Cela n'explique pas ce que fait votre vernis à ongles sur le fourre-tout de Constance Mulroy, dis-je.

— Ah bon ? Vous venez d'admettre que vous n'avez pas encore suivi la piste des autres meurtres, madame Fletcher. Comment pouvez-vous être aussi sûre que des choses similaires ne se sont pas produites avec ces pauvres gens ? Vous savez, éveiller de faux soupçons, brouiller les pistes…

— En tout cas, argumentai-je, il y a une chose à Hill House que les passagers de cet avion et les hôtes de ce pavillon de chasse n'avaient pas…

— De quoi s'agit-il ?

— De moi. Et de l'agent McGilray… répondis-je.

Par ma remarque, je souhaitais lui redonner un peu d'espoir, mais en réalité, le fait qu'il y ait eu des victimes à déplorer au sein d'un pavillon de chasse était déconcertant. Il aurait dû y avoir parmi elles quelques personnes aguerries, telles que des chasseurs ou des militaires, qui auraient constitué des adversaires de poids face au meurtrier, en particulier si celui-ci avait annoncé ses intentions. Si cela était le cas, un combat contre une telle personne n'aurait pas dû avoir la même issue que celui qui avait causé la mort de Doyle Castavette.

— Vous savez, je suis certaine que j'ai vu certains de vos films, mademoiselle Da Salle, déclarai-je, pour changer de sujet et la mettre un peu plus à l'aise. Mais ma mémoire me fait défaut… et ne me permet pas de me souvenir d'un titre ou du nom de l'un de vos personnages.

Virginia Da Salle sourit, l'air songeur.

— C'est compréhensible, madame Fletcher. J'ai eu une importante carrière en tant qu'actrice. Souvent les gens me reconnaissent, sans pour autant connaître mon nom. Je n'ai jamais décroché de rôle-titre, mais ce n'est pas faute d'avoir essayé. Je suppose que mon métier est proche de celui d'un écrivain. La notoriété vient avec le fait d'écrire des best-sellers… comme vous le faites…

— J'apprécie ce compliment, mademoiselle Da Salle, mais il existe un grand nombre d'auteurs qui ont autant de valeur que moi. Notre seule différence réside peut-être dans ma longévité.

— Votre premier livre a d'emblée été un best-seller.

— Oui. C'était *Le Bal du cadavre à minuit*, dis-je en hochant la tête. Je me trouvais au bon endroit au bon moment, avec une maison d'édition qui avait absolument besoin d'un succès populaire.

Elle eut un sourire triste.

— Quant à moi, j'ai manqué d'avoir le plus grand rôle de ma carrière au moment où une actrice est tombée malade juste avant le tournage. Le premier jour, je l'ai remplacée. J'avais mémorisé tout le texte de la journée, et je possédais bien le personnage.

— Que s'est-il passé ?

— Le tournage a été arrêté. Les producteurs se sont rendu compte qu'il serait moins risqué sur le plan financier de toucher l'assurance que de rencontrer un échec au box-office. Cela est dommage, car le scénario était extraordinaire. Mon rôle était celui d'une femme auteure de romans policiers, justement…

— Vous plaisantez ?

Virginia Da Salle secoua la tête en souriant.

— Si je vous avais connue à l'époque, j'aurais pu vous demander quelques conseils.

— Je ne sais pas si j'aurais pu vous être d'une grande utilité, étant donné qu'un film sur mon existence se serait avéré l'œuvre la plus ennuyeuse jamais réalisée.

— Je pense que vous ne vous accordez pas assez de valeur, madame Fletcher. Enfin, tel est l'avis d'une actrice qui n'a jamais décroché aucun rôle dont quelqu'un se souvienne réellement.

J'appréciais bien plus cette femme que je ne l'aurais cru, étant donné que je la connaissais à peine et compte tenu des circonstances dans lesquelles nous avions été réunies. Virginia Da Salle possédait une humilité paisible ; elle était confrontée aux limites qui s'imposaient à elle et persévérait malgré tout.

— Puis-je vous poser une question personnelle, mademoiselle Da Salle ?

— Uniquement si vous m'appelez Virginia…

Je me penchais légèrement vers elle.

— Comment avez-vous rencontré Doyle Castavette ?

— Il a investi dans certains des films dans lesquels j'ai tourné. Je pense que c'était pour la poudre aux yeux, qu'il s'agissait d'un prétexte pour se trouver sur le plateau et assister à des fêtes hollywoodiennes imaginaires, mais que beaucoup imaginent réelles. Cependant, à Hollywood, le sexe règne en maître.

Je soutins brièvement le regard de Virginia.

— Je suppose que cela n'était pas la raison de votre relation avec Doyle Castavette…

Elle baissa les yeux.

— Il est difficile pour moi de répondre, vous savez.

Je lui laissai le temps dont elle avait besoin. Elle avait l'air impassible et grave lorsqu'elle releva la tête.

— Une actrice de mon âge n'obtient plus que de petits rôles, dans le meilleur des cas. Monsieur Castavette semblait au courant de ma situation financière. J'imagine que c'est pour cette raison qu'il m'a approchée, madame Fletcher.

— Je vous en prie, appelez-moi Jessica. C'est affreux…

— Parce qu'il a profité de moi ? Ne le blâmez pas pour autant, Jessica. Je profitais également de lui. Un homme riche qui n'était plus amoureux de sa femme, qu'il n'avait peut-être même jamais aimée. J'en doute, car Doyle n'est pas le genre d'homme à aimer qui que ce soit. Mais cela était sans importance, car nous nous acceptions tels que nous étions. Et j'ai apprécié le fait qu'il ne m'ait pas fait miroiter un premier rôle dans le prochain film qu'il finançait. Vous seriez surprise d'apprendre combien cela se produit souvent…

— Pas vraiment. Mais je suppose que je dois me sentir reconnaissante du fait que cela n'arrive pas aux femmes qui écrivent. Vous savez, Richard Burton[1] a un jour dit que s'il devait renaître, il aimerait être romancier, parce qu'il serait alors célèbre en exprimant sa véritable personnalité.

— En ce qui vous concerne, Jessica, tout le monde vous connaît.

— Beaucoup de gens connaissent mes livres, et même mon nom – ou au moins celui de J. B. Fletcher – mais ne me connaissent pas personnellement, et les rares occasions où l'on s'adresse à moi dans la rue surviennent en été, ici à Cabot Cove, lorsque quelqu'un me demande comment se rendre à tel ou tel endroit au moment où je suis à bicyclette.

— Je vous envie… non seulement pour le fait que l'on ne vous reconnaît pas, mais pour la valeur que vous accordez à votre vie privée. Dans mon monde, ou plutôt, mon ancien monde, le succès est souvent mesuré au nombre de personnes qui vous reconnaissent dans la rue. Il y avait une époque où cela m'arrivait souvent…

— J'aimerais vous poser une autre question personnelle, Virginia… formulai-je tout en m'écartant légèrement d'elle.

— Je vous en prie.

— Monsieur Castavette vous a-t-il parlé des problèmes financiers qu'il rencontrait ?

Virginia Da Salle parut réellement surprise.

---

1. Un acteur britannique, qui fut l'époux d'Elizabeth Taylor.

— Je ne savais pas qu'il avait de telles difficultés. Si c'était le cas, il me l'a très bien caché, car il n'a jamais lésiné sur les dépenses lorsque nous étions ensemble…

— Il n'a donc jamais mentionné la somme qu'il a perdue après avoir placé de l'argent sur un fonds d'investissement appartenant à Heath Mulroy ?

— Non, il n'en a jamais parlé. Comme tout le monde, je sentais qu'il y avait des tensions entre Doyle et Constance Mulroy, mais je mettais cela sur le compte de querelles liées au futur mariage. J'ai autrefois joué dans une comédie où il se déroulait plus ou moins la même chose…

— Virginia, il me semble que ces difficultés financières, ainsi que leur cause, constituaient un excellent motif pour voler une somme importante à la famille qui lui avait coûté sa fortune. Mais bien sûr, cela soulève la question de savoir pourquoi Constance Mulroy transportait un sac rempli de billets de banque…

— Vous pensez qu'elle le lui a donné à titre de dédommagement, par exemple ?

Je soutins son regard sans ciller.

— Cela n'expliquerait pas la présence de votre vernis à ongles sur la poignée du sac, soulignai-je en pointant la petite tache du doigt.

— Je ne me l'explique pas non plus, madame Fletcher, répondit-elle, adoptant un ton plus froid.

J'avais de tout cœur envie de la croire.

— Avez-vous ce vernis à ongles sur vous, Virginia ?

— Oui, il est dans mon sac à main, répondit-elle.

Elle était déjà en train de fouiller dans son sac, où des objets s'entrechoquaient tandis qu'elle les déplaçait.

— C'est curieux, balbutia-t-elle, bredouille. Je ne le trouve plus. Mais je suis sûre qu'il se trouvait dans mon sac tout à l'heure. J'en ai la certitude. Je dois l'avoir laissé dans la salle de bains, poursuivit-elle en fixant la porte fermée séparant le salon de la chambre. Voudriez-vous y jeter un coup œil ? Je crois que j'en serais incapable…

J'acceptai et allai ouvrir la porte de la chambre, puis la refermai afin qu'elle ne puisse apercevoir la scène de crime. J'étais heureuse d'avoir recouvert le corps de Doyle Castavette d'un drap. Je découvris le petit flacon de vernis sur une simple étagère située entre le lavabo et le miroir mural. Virginia Da Salle avait dû le poser là. En levant les yeux, je découvris que la porte du placard était encore ouverte et me rapprochai pour la fermer. J'eus alors l'impression qu'il y avait quelque chose d'anormal. Je crus sur l'instant que mon imagination me jouait des tours, puis je remarquai que la grande valise du placard était ouverte. Cependant, je me souvenais qu'elle était fermée lorsque Seamus McGilray et moi avions inspecté la chambre après avoir découvert le corps de Doyle Castavette.

—Est-ce bien celui-ci ? demandai-je à Virginia en sortant de la chambre avec le petit flacon de vernis, qui avait exactement la même teinte que la tache sur la poignée du fourre-tout.

J'omis d'évoquer la valise qui avait semble-t-il été ouverte entre-temps.

Elle se leva pour prendre le flacon.

—Oui, il s'agit bien de mon vernis. Son nom est Royal Magenta. Il existe un milliard de noms pour des couleurs qui ne sont que des dérivés de rouge, finalement…

—Cela me fait penser à mes romans. Savez-vous ce qu'a dit un jour Samuel Goldwyn lorsque quelqu'un lui a demandé quel était le sujet de son prochain film ? La recette est identique, mais les ingrédients sont différents…

Cela nous fit sourire toutes deux, mais son visage redevint rapidement grave.

—Me croyez-vous ? Me croyez-vous, Jessica ?

—Oui, Virginia, dis-je, je vous crois.

Son regard passa du petit flacon de vernis à la tache marquant le fourre-tout de Constance Mulroy.

—Je me demande comment cette tache est arrivée là.

—Comme vous n'avez manifestement pas assassiné monsieur Castavette, je pense que nous ne devrions pas nous soucier de cela pour l'instant.

Il était temps d'orienter notre conversation sur un autre sujet.

—Autre chose, Virginia. Lorsque les invités ont quitté la chambre de madame Mulroy et que Mark s'est dirigé vers la salle de gymnastique, où êtes-vous allée ?

Son visage se ferma.

—Vous venez de me dire que je ne faisais pas partie des suspects…

—Effectivement. Mais l'agent McGilray et moi-même faisons notre possible pour savoir où se trouvait chacun d'entre vous lors de la tentative d'assassinat de madame Mulroy et du meurtre de son fils Mark.

—Nous étions de retour dans notre suite, où je suis restée jusqu'à ce que vous nous réunissiez dans le hall d'entrée et nous appreniez le décès – meurtre – de ce jeune homme…

—Doyle Castavette se trouvait-il avec vous ?

—Oui, en permanence. Il n'a pas dû disparaître de mon champ de vision plus de quelques minutes.

—Et pouvez-vous attester de la présence d'un autre invité entre le moment où vous avez quitté la chambre de Constance Mulroy et celui où l'agent McGilray a réuni tout le monde dans le hall d'entrée ?

— Laissez-moi réfléchir… Eh bien, je pense que j'ai entendu des pas à un moment donné, devant notre porte. Mais lorsque je l'ai ouverte, il n'y avait personne.

— Et qu'en est-il du jeune Castavette ?

— Que voulez-vous savoir ? demanda Virginia, sur la défensive.

— Vous ne l'avez pas revu avant de vous retrouver installées à côté de son père dans le hall ?

— Non, pourquoi cette question ?

— Écoutez-moi, Virginia ! poursuivis-je en durcissant quelque peu le ton. Deux personnes ont été assassinées ce soir et une troisième se trouve dans le coma. Comme je suis fermement convaincue qu'une seule et même personne en est responsable, je tente de savoir lequel parmi les douze invités au mariage a eu l'occasion de commettre ces meurtres ainsi que cette tentative d'assassinat.

Elle déglutit avec difficulté et croisa mon regard à contrecœur.

— Non, je n'ai pas vu Tyler Castavette avant que nous ne soyons réunis dans le hall d'entrée. Je suppose donc qu'il aurait pu tuer Mark Mulroy, si c'est ce que vous me demandez… Mais de là à assassiner son propre père ? Non, si j'en crois le moment où il est entré dans la suite, juste quelques secondes après que ce commis de cuisine a cassé la porte…

Je ne remis pas en cause ses propos, étant moi-même arrivée à une conclusion identique.

— Compte tenu de tout cela, j'ai une dernière question à vous poser. Vous avez dit que vous n'êtes pas retournée dans la chambre depuis le décès de monsieur Castavette, n'est-ce pas ?

— Effectivement, et je n'ai pas l'intention d'y entrer tant que… répondit-elle, avant que sa voix ne se brise. Vous voyez ce que je veux dire…

— En êtes-vous certaine ?

— De ne pas être allée dans la chambre depuis sa mort ? Absolument. Pourquoi me posez-vous cette question ?

Brusquement, mes souvenirs se brouillèrent. Je ne savais plus avec certitude si la grande valise était ouverte ou fermée lorsque j'avais initialement inspecté la chambre.

— Oubliez cela, soupirai-je.

— Vous êtes très avisée, madame Fletcher, commenta Seamus après que nous eûmes de nouveau confié Virginia Da Salle aux sœurs Sprague. Je pouvais presque voir vos neurones en action lorsqu'elle vous a demandé comment son vernis avait pu atterrir sur le sac.

— Elle ne s'adressait pas à moi, Seamus. Elle se posait simplement la question.

— Cela n'a pas d'importance. Vous auriez pu lui répondre, mais vous avez choisi de ne pas le faire.

— Cela se voyait-il tant que ça ?

— Pour moi, cela sautait aux yeux, madame Fletcher, mais après tout, j'ai lu tous vos livres. Je connais votre agilité d'esprit…

Je ne démentis pas ses propos, ne voyant aucune raison de lui cacher quoi que ce soit.

— Je pense que Doyle Castavette a étalé du vernis à ongles sur le sac fourre-tout de façon à pouvoir accuser Virginia du vol au cas où celui-ci aurait été découvert. Appelez cela un plan B.

— C'est affreux…

— Mais guère étonnant, compte tenu de ce que nous avons vu du personnage, ce soir !

Seamus fronça les sourcils.

—Je suppose. Pensez-vous que le fait que l'assassin de monsieur Castavette n'ait pas emporté l'argent ait une signification ?

—Oui, cela veut dire soit qu'il ignorait la présence de l'argent, soit qu'il s'en moquait.

Nous étions seuls dans le couloir, avec Eugene qui continuait de monter la garde.

—Un détective privé a été découvert assassiné dans sa voiture à Cabot Cove ce matin, confiai-je à Seamus. Non, c'était hier matin, en réalité, précisai-je, car il était minuit passé, et même près d'une heure du matin. J'ai appris au cours de la soirée qu'il avait été engagé par Constance Mulroy.

—Mais cela n'explique toujours pas pourquoi elle avait emporté autant d'argent liquide.

—Sauf si elle avait l'intention de le donner à quelqu'un…

Ma remarque sembla replonger Seamus dans ses réflexions.

—Vous voulez dire qu'il s'agirait d'un dessous-de-table en quelque sorte ? Suite à un chantage ou à une tentative d'extorsion ?

—Je pencherai pour cette hypothèse, approuvai-je. Cela correspondrait bien au caractère de Doyle Castavette.

—Dans ce cas, madame Fletcher, Constance Mulroy serait la principale suspecte concernant son assassinat, mais je pense que nous pouvons éliminer cette possibilité.

—Pour l'instant, Seamus, je ne veux éliminer aucun suspect potentiel.

16

Grâce à Virginia Da Salle, j’avais appris beaucoup de choses sur Doyle Castavette et avais décidé d’interroger également son ex-épouse, Henley Lavarnay, à son propos. Mais je téléphonai auparavant à Seth Hazlitt.

— Enfin, Jess ! Pourquoi n’avez-vous pas répondu à mes appels ?

— Je n’ai eu aucun appel… Mon téléphone n’a même pas sonné.

— Fichu réseau ! Je vous l’ai dit, ces objets ne valent pas le métal dont ils sont faits. J’ai dans l’idée de rendre le mien.

— Si je n’en avais pas, vous ne pourriez même pas me joindre.

— Ce que je n’ai pas pu faire de toute façon. Dites-moi simplement que vous allez bien…

— Je vais bien.

— … et qu’il n’y a pas eu d’autres meurtres.

— Cela serait un mensonge.

— Oh non… Qui était-ce, cette fois, Jess, en dehors de ce jeune homme assassiné dans la salle de musculation ?

— Avez-vous reçu les photos de la scène du crime que je vous ai envoyées ?

— C'est le sujet de mon appel. Pour ce que je peux en dire, votre diagnostic initial était correct. Le jeune homme est mort d'asphyxie, et non d'une fracture cervicale. Maintenant, parlez-moi de la dernière victime.

— Il s'agit du père de la future mariée. Il a été tué d'un coup de couteau dans la poitrine.

— Il n'y a donc aucun doute sur la cause de sa mort, ici…

— Avez-vous des nouvelles de Mortimer ? lui demandai-je, supposant que mon ami n'était peut-être pas parvenu à me joindre non plus.

— Non, pas depuis son départ pour Hill House en motoneige, il y a un bon moment de cela. Il devrait déjà être arrivé, à l'heure qu'il est.

— Il doit être très difficile de se déplacer dans ces conditions, Seth. Cela fait deux heures, au cours desquelles la tempête n'a fait qu'empirer. Il a peut-être dû faire demi-tour…

— Je pense qu'il vous aurait appelée, Jess, s'il l'avait fait.

— Je n'ai peut-être pas reçu son appel, tout comme je n'ai pas reçu les vôtres, remarquai-je, déterminée à consulter le journal des appels de mon téléphone ainsi que mon répondeur téléphonique pour m'en assurer.

J'entendis Seth soupirer à l'autre bout de la ligne.

— Je savais que cette nuit serait terrible, mais c'est encore pire que je ne l'imaginais…

Je décidai de questionner Henley Lavarnay en présence de son compagnon, Harrison Bak. D'après mon expérience, un entretien mené avec deux personnes fournit des informations plus exploitables, notamment parce que celles-ci sont bien moins sur la défensive. Cela permet également d'étudier la réaction des participants aux questions et aux commentaires de chacun – des réactions qui peuvent s'annoncer beaucoup plus intéressantes que les réponses elles-mêmes.

— Harrison, mentionnai-je à l'avocat qui était assis sur la chaise de bureau de sa chambre, les deux mains cramponnées aux poignées de ses béquilles comme s'il tentait de trouver l'équilibre, vous avez l'avantage de ne pas faire partie des suspects, car nous étions assis côte à côte au dîner, et je sais que vous n'avez absolument pas eu l'occasion d'empoisonner le verre de Constance Mulroy.

Il leva ses béquilles.

— Je leur dois beaucoup, en tout cas. Vous souhaitez peut-être savoir comment j'en suis arrivé là…

— J'avoue ma curiosité…

— J'ai eu un accident de voiture il y a une vingtaine d'années et ma moelle épinière a été atteinte. Aujourd'hui, les séquelles se font sentir…

— J'en suis désolée.

— Ne le soyez pas ! protesta Harrison Bak, dont la bouche se tordit en un rictus. Comme vous m'avez exclu de la liste des suspects, c'est bien la première fois que mon handicap m'est utile.

Il avait placé sa chaise près du fauteuil dans lequel Henley Lavarnay était assise. Pour ma part, je m'étais installée sur le canapé, et Seamus, penché en avant, était assis à ma droite, sur le bord de l'un des deux lits.

— Comment vous êtes-vous rencontrés ? demandai-je.

Henley posa une main sur celle d'Harrison.

— Il m'a représentée au cours de mon divorce avec mon ex-mari – *feu* mon ex-mari, aujourd'hui.

Harrison Bak sourit.

— Ce divorce lui a coûté un bras… C'était avant que l'affaire Heath Mulroy ne sorte au grand jour…

— Un avocat criminel de votre statut traitant une affaire de divorce ? m'étonnai-je.

Il échangea un sourire avec sa cliente avant de répondre.

— J'ai fait une exception pour cette fois, même si je me suis appuyé sur les spécialistes du droit familial de mon cabinet. Et j'ai eu beaucoup de plaisir à mettre Doyle Castavette sous pression.

— Harrison avait auparavant représenté mon ex-époux dans le cadre de plusieurs affaires, ajouta Henley en guise d'explication.

— Des affaires pénales, je suppose ?

— Comme il n'est plus de ce monde, poursuivit Harrison Bak, je peux vous révéler qu'il s'agissait de faits de conduite en état d'ivresse, qui ont dû être gérés avec discrétion, et concernant à la fois Doyle et son fils. Doyle aimait que ses « gens » – c'est ainsi qu'il nous appelait – soient disponibles à toute heure du jour ou de la nuit. Nous devions céder à ses moindres caprices, et je suppose qu'en nous payant cinq cents dollars de l'heure, il avait le droit de l'exiger…

— J'imagine que tout cela a dû se terminer par une altercation, n'est-ce pas ? questionnai-je.

— Je ne souhaitais pas être complice d'une subornation de témoin, répondit-il, sans s'expliquer davantage.

— Puis-je vous poser une question d'ordre juridique ?

— Bien sûr.

— Si feu monsieur Castavette avait récupéré des fonds pour compenser les pertes causées par l'escroquerie de monsieur Mulroy, par exemple, madame Lavarnay en aurait-elle touché la moitié ?

— Presque sans aucun doute.

Je me demandai si Doyle Castavette avait demandé à Constance Mulroy de le régler en liquide afin de dissimuler à son ex-épouse la transaction – qui était essentiellement un remboursement. Cela avait-il joué un rôle dans les faits qui se tramaient actuellement ?

— Vous devriez garder un œil sur mon fils, madame Fletcher, déclara Henley Lavarnay de manière impromptue.

— Avez-vous une raison de le soupçonner de quelque chose ?

— J'ai une raison de le soupçonner de *tout*. Il avait l'habitude de voler de l'argent dans mon sac lorsqu'il était petit, et depuis, il ne s'est pas amélioré. Nous aimons penser que nos enfants sont incapables de faire du mal, parce que sinon, nous aurions l'impression d'avoir eu une mauvaise influence sur eux. Mais Tyler est bel et bien le fils de son père. Il m'a à peine adressé la parole depuis le divorce.

Je faillis lui avouer qu'il avait pénétré dans ma suite avec une clé magnétique falsifiée, mais je décidai de m'abstenir. Après tout, lorsque nous nous trouvions dans le hall d'entrée, elle avait pris la défense de son fils, mais je suppose qu'il s'agissait davantage de prendre parti contre son ex-époux que de défendre Tyler.

— Pensez-vous que votre fils a tué son père, madame Lavarnay ?

— Il se tenait dans l'encadrement de la porte lorsque nous avons trouvé le corps de Doyle… Cela semble donc impossible, n'est-ce pas ? objecta-t-elle.

Je ne répondis pas.

— Et nous étions tous dans nos chambres lorsque Mark Mulroy a été assassiné dans la salle de gymnastique, avança Harrison Bak. En tant qu'avocat, madame Fletcher, j'irai même jusqu'à dire que tous les suspects présents ici ont un alibi pour au moins l'un des meurtres, et peut-être même les deux, ainsi que pour la tentative de meurtre sur madame Mulroy. Je peux me tromper, mais je ne pense pas que vous serez à même de dénoncer quelqu'un en particulier.

— Oui, nous n'avons pas avancé, à cet égard, pour l'instant, confirmai-je.

Je décidai ensuite d'interroger Lois Mulroy-Dodge, pensant qu'il s'agissait de la personne la plus apte à m'apporter les réponses que je cherchais, maintenant que je savais que Loomis Winslow avait été engagé par Constance Mulroy, manifestement pour enquêter sur les malversations financières qui avaient ruiné la famille. Je supposais que Winslow était sur la piste d'une somme quelconque que Heath Mulroy était parvenu à dissimuler, mais seule Connie pouvait me le confirmer, et pour l'instant, elle n'était pas en état de le faire.

De surcroît, je souhaitais également vérifier si les affaires financières de son époux avaient un lien avec la tentative de meurtre dont elle avait fait l'objet ainsi qu'avec le meurtre de son fils Mark. Je devais également déterminer si le meurtrier de Loomis Winslow était aussi responsable de la disparition de Daniel Mulroy et d'Allison Castavette, sa fiancée. J'avais le sentiment que l'assassin ne s'arrêterait pas tant qu'il n'aurait pas tué les douze invités au mariage.

Treize, avec moi.

Un chiffre censé porter bonheur…

La jeune femme ouvrit la porte après que Seamus et moi eûmes frappé une première fois, mais avait manifestement pris le temps de jeter un coup d'œil dans le judas.

— Vous voilà de retour, madame Fletcher, dit-elle. Monsieur l'agent, ajouta-t-elle pour saluer Seamus.

— Pouvons-nous avoir un petit entretien, madame ? demanda celui-ci, de plus en plus à l'aise dans son rôle d'enquêteur.

Je hochai la tête, impressionnée.

— Y a-t-il du nouveau ? S'est-il passé autre chose ?

— Non, répondis-je à mon tour. Il s'agit simplement d'un entretien nous permettant, à l'agent McGilray et moi-même, de savoir ce que faisaient les invités au moment des meurtres et de la tentative d'assassinat de madame Mulroy.

— Ne nous trouvions-nous pas tous dans sa suite lorsque Doyle Castavette a été assassiné ?

— Je vous rappelle que vous êtes arrivée plus tard, au moment où le meurtre avait déjà été commis. Par ailleurs, Ian et Faye, les amis du couple, n'étaient pas présents. L'agent et moi tentons de déterminer qui était en mesure d'empoisonner votre tante, mais également d'assassiner votre cousin ainsi que Doyle Castavette.

— La liste ne doit pas être bien longue…

— Les apparences peuvent être trompeuses, remarquai-je.

— Très bien, entrez, proposa Lois Mulroy-Dodge, en s'écartant de la porte pour nous laisser le passage.

Elle était installée dans l'une des chambres individuelles les plus petites de Hill House. Celle-ci était meublée d'un lit *king size* qui ne laissait guère d'espace pour se déplacer autour. Le reste du mobilier se composait d'un bureau et d'un fauteuil. Lois s'assit sur le bord du lit, et Seamus et moi restâmes debout. La fenêtre était couverte d'une épaisse couche de neige qui ne nous permettait pas d'entrevoir le monde extérieur. La présence de stores aurait eu le même effet… Je ne suis pas particulièrement claustrophobe, mais le fait d'être bloquée ici par une montagne de neige qui continuait de s'accumuler – atteignant désormais près d'un mètre – commençait à me peser. Je ressentais une légère pression intracrânienne, peut-être provoquée par la chute de la pression barométrique, ou tout simplement par le malaise croissant que me causait le fait d'être bloquée sur place. Et puis je m'inquiétais pour Mortimer Metzger, qui pouvait être immobilisé n'importe où entre ici et la caserne des pompiers, où il avait récupéré la motoneige, sans que personne le sache.

— Puis-je vous poser une question directe, pour commencer, mademoiselle Dodge ?

Celle-ci hocha la tête en signe d'approbation, mais son visage affichait une certaine réticence.

— Quelle était la nature de votre relation avec Mark Mulroy, votre cousin ?

— Nous étions proches.

— Pourriez-vous être plus précise ?

— Nous avons pratiquement été élevés ensemble. J'aurais pu être sa sœur et celle de Daniel.

— Et Mark et vous étiez restés proches, en tout cas.

— Oui, à la manière d'un frère et d'une sœur, comme je vous l'ai dit auparavant…

— Vous étiez donc également proche de votre tante, Constance Mulroy.

— Elle était comme ma mère. Je ne sais pas ce que j'aurais fait sans elle, après avoir perdu ma maman…

— Cette famille a été frappée à maintes reprises par des tragédies, n'est-ce pas ? Vos parents, votre mari, l'époux de Connie après la révélation de son escroquerie…

— Heath Mulroy a détruit de nombreuses vies, madame Fletcher, dont celle des membres de sa famille, approuva-t-elle, une expression douloureuse sur le visage.

— Avant de s'ôter la vie…

— En réalité… commença-t-elle, hésitante.

Je lui fis un signe d'encouragement pour qu'elle continue à parler.

— Puis-je vous avouer quelque chose que je n'ai jamais dit à personne ?

— Bien sûr.

— Je ne pense pas qu'il ait mis fin à ses jours. Je pense qu'il a mis en scène sa propre mort pour pouvoir disparaître…

Je me demandai si Lois Mulroy-Dodge avait remarqué la réaction qu'elle venait de susciter en moi.

— Qu'est-ce qui vous fait penser cela ?

— Mon oncle était un battant, madame Fletcher. Il a toujours pensé qu'il y avait une solution à tout, même lorsqu'il n'y en avait pas. Je l'ai entendu répéter cela à maintes reprises.

La jeune femme avait peut-être trouvé une explication au fait que Constance Mulroy ait engagé Loomis Winslow : trouver les millions manquants afin de rembourser les victimes de l'escroquerie avant que son mari « décédé » ne puisse mettre la main dessus.

— Je n'en ai aucune preuve, bien sûr, reprit Lois. Mais…

Elle s'interrompit.

— Continuez ! enjoignit Seamus, avant même que je ne puisse intervenir.

Lois répondit en fixant son regard sur moi.

— J'ai un doute à cause de Mark, à cause de la façon dont il s'est comporté après le suicide, après les funérailles. J'avais l'impression que quelque chose n'était pas normal…

— Cependant, vous n'avez jamais posé directement la question à Mark…

Elle secoua la tête, en baissant les yeux, comme si elle se sentait coupable.

Je décidai de reprendre l'entretien en main.

— Vous souvenez-vous de quelque chose d'inhabituel dans les minutes qui ont précédé l'attaque de Constance Mulroy ?

— Jusqu'où dois-je remonter ?

— Jusqu'au moment où tout le monde s'est assis.

— Suis-je également suspecte, à vos yeux ?

— Je considère que tout le monde est suspect, déclarai-je, et il y a sans doute quelqu'un parmi nous qui n'a pas encore montré son vrai visage.

— C'est effrayant !

— Le meurtre est toujours effrayant, mademoiselle Dodge. Mais nous parlions de ce que vous aviez pu remarquer au moment où tout le monde était assis à table.

Elle réfléchit quelques instants avant de répondre.

— Je me souviens d'un serveur qui remplissait nos verres, et nous resservait lorsqu'ils étaient vides. Je l'ai remarqué quand il a versé le fond d'une bouteille dans un verre vide parce que ma tante avait posé sa main sur son verre au moment où il allait la servir.

— Je pense que cela était peu de temps avant qu'elle ne se lève pour porter un toast ! claironnai-je, enthousiasmée par ce premier élément permettant de mettre en place la chronologie de la tentative de meurtre sur Connie.

— Probablement. Sans doute. Je ne me souviens pas exactement…

— Il s'agissait donc du premier verre de vin de votre tante.

Elle écarquilla les yeux.

— Je viens de me souvenir d'autre chose !

Je lui fis signe de poursuivre.

— Lorsque le serveur à rempli son premier verre, ma tante a remarqué que le pied était fêlé, et l'a redonné au serveur. Il est alors allé chercher un autre verre qui était déjà rempli.

— Où a-t-il pris ce verre ?

— Je n'en ai aucune idée. À l'endroit où se trouve le bar, je suppose…

— Combien de temps s'est-il passé avant qu'il ne ramène un autre verre à votre tante ?

— Attendez… J'avais dû boire quelques gorgées de mon propre verre, et je bois toujours très lentement. Cinq minutes, peut-être ?

Le verre de vin que le serveur avait rempli au bar avait donc peut-être été laissé de côté cinq à dix minutes avant d'être apporté à Constance Mulroy. Cela avait dû amplement suffire à la personne qui avait rempli le verre de poison, notamment si elle avait pu profiter d'un moment où le serveur était occupé ailleurs. Nous avions bien avancé, car j'avais maintenant une idée plus précise du moment où le vin de Connie avait dû être empoisonné… bien plus précise désormais que celle de la manière dont l'assassin avait pu échapper à notre vigilance après avoir poignardé Doyle Castavette.

— Vous ne devriez pas me considérer comme suspecte, madame Fletcher, insista Lois Mulroy-Dodge. Vous savez que je me trouvais avec vous lorsque mon cousin Mark a été tué…

— Je sais que vous avez frappé à la porte de votre tante en prétextant que vous vouliez le voir. Mais aucun d'entre nous ne sait exactement quand il a été tué. Pour l'instant, le déroulement des événements ne vous innocente pas.

— Mais…

—Ce qui vous innocente, pour l'instant dans une certaine mesure, est votre témoignage à propos du verre de vin au pied fêlé. Cela sera facile à vérifier, même s'il a été jeté à la poubelle. J'ai du mal à croire qu'un meurtrier attirerait l'attention sur son propre mode d'action.

La jeune femme poussa un soupir de soulagement.

—Merci, madame Fletcher.

—Ne me remerciez pas encore. J'ai dit « pour l'instant ».

—Qui allons-nous interroger ensuite, madame Fletcher ? demanda Seamus McGilray, lorsque nous fûmes retournés dans le couloir.

—Je pense qu'il est temps que nous ayons une discussion avec Ian et Faye. Les autres invités au mariage les connaissent à peine, et cela peut être révélateur. Creusons un peu la question…

Au moment où Seamus et moi nous apprêtions à nous diriger vers leur chambre, mon téléphone sonna. Il s'agissait de Harry McGraw.

—J'ai deux nouvelles : une nouvelle bizarre et une nouvelle étrange. Laquelle dois-je vous annoncer en premier ? Il n'a pas été simple de localiser les lieux de naissance, Jess. Vous ne m'aviez pas dit que l'affaire impliquait Heath Mulroy, que l'on surnomme par ici le « mini-Madoff ».

—Je pensais vous en avoir informé… En tout cas, je vous ai donné le nom de sa femme, qui a engagé Loomis Winslow.

—Vous parlez au plus fin limier qui soit, ma chère. Je ne me concentre que sur ce qui se trouve immédiatement dans mon champ de vision… Je n'ai donc pas fait le rapprochement…

—Je pensais que rien n'échappait au meilleur détective du monde…

— Effectivement, me confirma Harry. Mais vous avez dû vous rabattre sur moi, parce que Sherlock Holmes n'était pas disponible. Cependant, il n'a pas été difficile de retracer l'histoire familiale jusqu'au moment de la naissance de ses enfants. Je suis en train de consulter trois versions numérisées de trois actes de naissance sur ce qui ressemble à un ordinateur. Comment faisions-nous, avant, sans ces engins ?

— Il me semble que nous nous en sortions très bien, Harry, remarquai-je, intriguée par ce qu'il venait de dire. Vous avez parlé de trois actes de naissance, et non de deux ?

— Les naissances ont eu lieu à St. Catherine, un petit hôpital acheté au début de ce siècle à l'Église catholique par le Massachusetts General Hospital. Et l'État du Massachusetts exige la délivrance d'un acte de naissance, même lorsque l'enfant est mort-né. Ici, les parents lui ont même donné deux prénoms : Owen Francis. Les deux autres enfants ont été nommés Daniel Patrick et Mark Andrew.

— Il s'agit bien du Mark en question, confirmai-je, au moment où Seamus frappait à la porte de Ian et Faye. Avez-vous découvert quelque chose d'inhabituel au sujet des actes de naissance ou d'autre chose ?

— Il y a simplement le fait que l'acte de décès d'Owen Francis n'a été établi que le lendemain. Mais comme les enfants sont nés durant la nuit, je suppose qu'il s'agit d'un problème administratif.

— Cela est curieux, cependant.

— Je suppose, mais tout dépend du degré de suspicion de votre nature suspicieuse… La mère et les jumeaux sont restés à l'hôpital quatre jours avant leur sortie. À part cela, je n'ai rien noté de particulier.

— D'accord, dis-je, en laissant ces informations faire leur chemin dans mon esprit. Mais maintenant, dites-moi la vérité.

— À quel propos ?

— À propos de ce qui vous tracasse. Je suis certaine qu'il y a quelque chose. Et puis… vous avez mentionné deux nouvelles : l'une étrange et l'autre bizarre…

— Eh bien, je vais vous annoncer quelque chose que vous pourrez assurément qualifier d'étrange. Je viens d'afficher une copie numérisée des documents d'hospitalisation originaux sur mon écran, notamment le document de sortie.

— Et qu'y a-t-il de si étrange, Harry ?

— Constance Mulroy est sortie de l'hôpital le 23 avril à treize heures trente.

— En quoi est-ce étrange ?

— Eh bien, aucun document n'indique que les jumeaux sont sortis de la maternité avec elle. Si je ne savais rien d'autre, je dirais que cette femme a quitté l'hôpital sans ses enfants et que ceux-ci n'en sont jamais partis.

Bien sûr, tout cela n'avait aucun sens, et le mystère continuait de s'épaissir, tout autant que la couche de neige extérieure. L'explication la plus plausible concernant la découverte de Harry était qu'il y avait eu une erreur administrative, peut-être commise lorsque les documents d'hospitalisation, qui remontaient à une période ancienne, avaient été numérisés par le Massachusetts General Hospital. Par ailleurs, l'hôpital ne possédait pas encore l'établissement St. Catherine au moment où Constance Mulroy avait mis au monde ses enfants. Mais si la situation n'avait pas été aussi préoccupante aujourd'hui, je ne me serais pas posé davantage de questions.

Cependant, j'avais l'impression ici qu'un autre élément entrait en jeu. Le problème était que j'ignorais ce dont il s'agissait, et je résolus de poser la question à Seth Hazlitt dès que j'en aurais le temps. Il avait accompagné la naissance de nombreux enfants au cours de sa carrière, même s'il prétendait détester leur compagnie, ce qui était faux.

— Je vais revérifier tout cela, conclut Harry, pour voir si je n'ai pas négligé un document.

— Vous ne négligez jamais rien, Harry.

— Vous voulez dire, en dehors de mes ex-femmes ? Oh, ajouta-t-il, comme s'il pensait brusquement à autre chose, j'ai aussi vérifié ce dont vous m'aviez parlé…

— De quoi vous avais-je parlé ?

— De votre côté, vous faites preuve de négligence, en revanche.

— La nuit a été longue, soupirai-je.

— Vous savez, l'affaire de ces meurtres en série, dans cet avion et ce pavillon de chasse.

Harry avait raison : j'avais même oublié lui avoir demandé de suivre ces pistes.

— Qu'avez-vous appris ? demandai-je.

— Vous n'allez pas aimer cela, ma chère.

— Je pense que c'est normal, vu les événements de la soirée, Harry.

— Le FBI soupçonne que dans les deux cas, il s'agissait du même tueur.

Je n'en fus pas surprise, et je savais que Harry ne devait pas l'être non plus. Il devait donc avoir une autre révélation à me faire.

— Quoi d'autre ? insistai-je.

— Je suis étonné que vous ne l'ayez pas remarqué vous-même…

— Remarqué quoi, Harry ?

— L'affaire de l'avion s'est déroulée il y a quatre ans ; celle du pavillon de chasse, il y a deux ans. Les deux événements se sont déroulés la même semaine. *Cette* semaine, Jess. Joyeux anniversaire !

Lorsque notre conversation prit fin, je tremblais encore sous le choc de cette révélation. Je rejoignis Seamus devant la porte de Ian et Faye.

— Vous n'étiez pas obligé de m'attendre…

— Je ne vous ai pas attendue. J'ai frappé plusieurs fois.

— Encore ? m'indignai-je. Je me demande si je ne pourrais pas les faire arrêter en raison de leur attitude désagréable.

— Nous ne pourrons pas faire grand-chose avant l'arrivée du shérif Metzger, répondit Seamus, qui sortit son passe-partout magnétique de sa poche et l'introduisit dans la fente de la serrure.

La porte s'ouvrit en cliquetant sans qu'il soit nécessaire de faire appel à l'aide d'Eugene, qui se trouvait à l'extrémité du couloir.

Une odeur douceâtre frappa mes narines lorsque j'emboîtai le pas à Seamus pour pénétrer dans la chambre. Je me figeai en constant que Ian et Faye étaient allongés côte à côte sur le lit double, le visage tourné vers le plafond, leurs corps se touchant et les yeux grands ouverts.

Ils étaient morts.

17

— Ouvrez la fenêtre ! m'écriai-je à l'intention de Seamus, craignant que l'air de la chambre ne soit encore imprégné de monoxyde de carbone, qui avait vraisemblablement provoqué la mort du couple. Brisez-la si c'est nécessaire !

Mais avant même que j'aie prononcé un mot, Seamus s'était déjà élancé vers la fenêtre, ayant compris ce qui se passait. Ne souhaitant manifestement pas abîmer d'une quelconque manière son hôtel bien-aimé, il ouvrit la fenêtre aussi largement que possible. L'appui fut aussitôt recouvert de neige, et le vent s'engouffra dans la chambre du couple décédé. Malgré tout, il passa la tête et les épaules à travers la fenêtre, affrontant la tempête. La neige s'était déjà accumulée sur lui lorsqu'il recula à l'intérieur, laissant pénétrer un courant d'air glacé et se délestant d'une couche de neige fraîche.

— Les bouches d'aération sont obturées ! s'exclama-t-il.

Son visage était recouvert d'une pellicule de neige ne laissant entrevoir que sa volumineuse moustache.

— Par la neige ?

— Par des chiffons, semble-t-il, sans doute des serviettes de bain découpées. Je n'arrive pas à les atteindre, donc je n'en suis pas certain.

J'étais en train de vérifier le pouls de Ian et Faye pour pouvoir confirmer leur décès, mais la pâleur de leur visage ne trompait pas.

— Il s'agit d'un empoisonnement au monoxyde de carbone, énonça Seamus, tout en secouant la neige de ses vêtements.

— Mais qu'en est-il de cette odeur ? demandai-je, embarrassée par cette anomalie que je ne pouvais expliquer.

— Cela fait cinq, maintenant, murmura Seamus, au lieu de répondre à ma question. Cinq victimes sur douze personnes…

— Quatre, corrigeai-je. Constance Mulroy est toujours en vie. Par ailleurs, le monoxyde de carbone est normalement inodore.

Seamus respira profondément, afin de percevoir l'odeur qui avait frappé mes narines un peu plus tôt.

— Nom d'un…

Je commençais à me sentir étourdie.

— Seamus, vite ! m'écriai-je.

Il se précipita derrière moi. Les effets du gaz qui devait toujours être présent avaient dû moins l'affecter que moi, car il avait pu respirer à l'extérieur quelques instants. Une fois de retour dans le couloir, il claqua la porte derrière nous. Le gigantesque Eugene, qui avait entendu le bruit, se précipita dans notre direction, mais Seamus leva la main pour le rassurer et lui indiquer qu'il pouvait rester à son poste.

Je composai aussitôt le numéro de Seth Hazlitt.

— Dites-moi que Mortimer est arrivé. Je ne suis pas arrivé à le joindre, et ce n'est pas faute d'avoir essayé une centaine de fois…

— Il n'est pas encore là, Seth.

— Alors pourquoi m'appelez… Ne me dites pas qu'il y a eu un autre meurtre !

— Deux. Un couple. Le garçon et la demoiselle d'honneur.

— Eh bien… !

— Ils sont décédés dans leur chambre. Nous pensons qu'il s'agit d'un empoisonnement au monoxyde de carbone, expliquai-je, incapable d'évoquer de nouveau le fait que Loomis Winslow avait subi le même sort, sauf qu'il avait été immobilisé par des bandes adhésives sur le siège conducteur de sa voiture.

— Nous ?

— Seamus McGilray et moi, précisai-je.

— Le directeur de l'hôtel ? Que sait-il de ces choses-là ?

— Il a exercé la fonction d'agent de police en Irlande…

— Ah, je comprends mieux !

— … mais il était spécialisé dans la circulation.

— Un excellent parcours pour diagnostiquer un meurtre, Jess…

— Vous savez, Seth, j'ai également perçu une odeur, dans la chambre, une odeur douceâtre, comme une pâtisserie en train de cuire au four.

— Du chlorure de méthylène, expliqua Seth après un bref silence.

— Je n'en ai jamais entendu parler.

— Il s'agit d'un solvant que l'on trouve communément dans les décapants pour peinture et vernis, et qui peut être métabolisé en monoxyde de carbone quand il est inhalé. Il se révèle très dangereux lorsqu'il est utilisé dans les espaces mal ventilés, et mortel s'il est versé par exemple dans le système de ventilation d'un radiateur.

— Y a-t-il un moyen de détecter s'il en reste des traces ?

— J'espère que vous ne vous trouvez plus dans cette chambre ? demanda Seth d'un ton paniqué.

— Non.

— Ouf, je suis soulagé de voir que cette nuit ne vous a pas fait perdre tout bon sens, Jess. Et la réponse est non. Il n'existe pas de moyen de détecter ce produit en dehors de l'odeur que vous avez perçue, car le chlorure de méthylène, appelé aussi dichlorométhane, s'évapore rapidement.

— Ce qui en fait une arme du crime parfaite, dis-je.

Seth hésita. J'entendis un crépitement sur la ligne.

— Avez-vous vérifié les bouches d'aération ?

— Elles sont bouchées…

— Par la neige ?

— Par des morceaux de serviettes ou de chiffons.

— Sans doute imprégnés du produit qui a entraîné la mort des deux victimes, souligna Seth, qui semblait réfléchir. Ce meurtrier sait exactement ce qu'il fait, Jess.

— Ceux que j'affronte ont toujours l'air de savoir ce qu'ils font. Mais j'ai une autre question pour vous, Seth, sur un sujet complètement différent.

— Cela me fera du bien, de penser à autre chose, répondit-il.

— J'ai du nouveau, grâce à l'enquête qu'a menée Harry McGraw.

— Ce bon vieux Harry…

— Je lui avais demandé d'effectuer des recherches sur les actes de naissance des enfants Mulroy, car j'avais appris que l'un des triplés était mort-né. Harry a pu mettre la main sur les trois actes…

— Il y en a toujours un, même pour les enfants mort-nés.

— … mais selon les documents d'hospitalisation, les jumeaux ne sont jamais sortis.

Un silence suivit ma remarque. Seth devait réfléchir.

— Quand les enfants sont-ils nés ?

— Il y a vingt-neuf ans, je crois… à peu de chose près.

— Peut-être était-ce tout simplement parce que l'administration de cet hôpital n'enregistrait pas formellement la sortie des nouveau-nés.

— Oui, c'est vraisemblable.

J'entendis Seth réfléchir à haute voix.

— Hmm…

— Qu'y a-t-il ?

— Il y a une autre explication.

— N'y en a-t-il pas toujours une ? demandai-je.

— Elle n'est pas nécessairement funeste, ici. Vous avez dit que seuls deux enfants sur les trois ont survécu ?

— Je n'ai pas d'autres détails…

— Quel était le nom de l'hôpital ?

— St. Catherine, près de Boston, avant qu'il ne soit racheté par le Massachusetts General Hospital.

— J'ai l'habitude de ces services obstétriques et de leurs règlements administratifs, y compris de l'époque. Connaissez-vous le nom du médecin qui a procédé à l'accouchement ?

— Non.

— Laissez-moi effectuer quelques recherches, pour voir ce que je peux trouver.

Je sentis une pointe d'excitation dans sa voix.

— À quoi pensez-vous, Seth ?

— Je n'ai pas encore de certitude. C'est pour cela qu'il faut que je creuse un peu la question. Mais il y a peut-être une explication au fait qu'il n'y a pas de documents de sortie pour les enfants.

— Pourriez-vous me donner un indice ?

— Pas avant de savoir comment découvrir ce que je cherche, étant donné que toute la région est paralysée par cette maudite tempête. Cependant, les hôpitaux restent ouverts vingt-quatre heures sur vingt-quatre quoi qu'il arrive, Jess, et j'ai hâte de m'occuper le temps que Mortimer arrive à l'hôtel. Vous me faites donc une immense faveur.

— J'espère que vous me rendrez la pareille, ironisai-je.

Je raccrochai et rejoignis Seamus McGilray, qui se trouvait un peu plus loin dans le couloir. S'étant assuré que les autres invités étaient tous présents, et en sûreté, il était en pleine conversation avec Eugene.

Le choc lié à la découverte de deux corps supplémentaires, ce qui portait le nombre total de victimes à quatre, aurait été plus violent si j'avais mieux connu Ian et Faye, ou si j'avais eu davantage d'estime pour eux. J'avais commencé à penser qu'ils étaient les suspects les plus probables parmi les invités, et je me demandais s'il y avait un rapport avec le fait qu'ils avaient été les victimes suivantes. Cela indiquerait que le meurtrier jouait avec moi, avec chacun d'entre nous. J'étais l'électron libre, dans cette situation, l'élément auquel il ne s'attendait pas ou qu'il n'avait pas prévu. Cependant, la succession des interrogatoires me conduisait à envisager de plus en plus la possibilité que nous étions effectivement tombés dans les griffes du tueur en série qui avait déjà frappé deux fois. Si c'était le cas, tout cela n'était qu'un jeu pour lui, et se produisait exactement deux ans après qu'il eut frappé pour la dernière fois, comme me l'avait expliqué Harry McGraw.

J'entendis le son feutré de l'horloge ancienne du hall d'entrée sonner deux heures. Cela faisait donc deux heures que nous nous étions réunis après la découverte du corps de Mark Mulroy. Cependant, j'avais perdu la notion du temps. Seule la neige s'accumulant à l'extérieur marquait son écoulement.

— Quelle personne allons-nous interroger ensuite ? demanda Seamus.

Je me dis que nous allions interroger les sœurs Sprague en dernier lieu. Tyler Castavette serait donc notre prochain sujet. J'aurais cependant beaucoup aimé pouvoir entendre ce que Ian et Faye avaient à dire. Ils formaient un couple étrange, et seule Lois Mulroy-Dodge les connaissait vaguement.

— Tyler Castavette, répondis-je, en pensant à l'irruption du jeune homme dans ma suite.

— J'espérais que vous le choisiriez, madame, commenta Seamus en souriant.

Tyler avait laissé sa porte entrouverte et défait l'entrebâilleur que pour ma part, j'enclenche systématiquement avant d'aller me coucher – sauf ici, à Hill House – lorsque je me trouve en déplacement pour la promotion de mon livre ou toute autre raison.

Je frappai à la porte et entrai sans y avoir été invitée.

Le jeune homme se tenait près de la fenêtre et contemplait la tempête, aussi immobile que si celle-ci l'avait pétrifié. L'image de son visage dans la vitre affichait une véritable expression de surprise.

— Je n'ai rien vu de tel au cours de mon existence, déclara-t-il sans se retourner, mais je compris qu'il avait aperçu mon reflet et celui de Seamus dans la vitre. La neige tombe sans discontinuer…

Sa télévision, comme toutes les autres, était allumée sur Weather Channel ; un bandeau d'information annonçait au bas de l'écran UN MÈTRE CINQUANTE PRÉVU DANS CERTAINS LIEUX DU MAINE. Je n'étais pas certaine de ce qui avait un caractère historique : la tempête en elle-même ou le fait d'avoir un meurtrier en liberté parmi nous, peut-être même un tueur en série… qui pouvait être l'un des survivants.

Tyler Castavette se retourna lentement, comme s'il était réticent à détourner les yeux de la tempête, par crainte de manquer quelque chose. Il semblait plus petit au regard du phénomène climatique qui se déroulait à l'extérieur, et plus timide sans la présence d'autres personnes à impressionner. Je dus lutter contre ma tendance instinctive à rechercher dans ses traits ceux de son père décédé.

— Je n'ai rien à dire, madame Fletcher, déclara-t-il, avec moins d'assurance que d'habitude. Je n'ai rien à déclarer à aucun de vous deux. Je suppose que cela fait de moi l'un des principaux suspects, n'est-ce pas ?

— En aucun cas, affirmai-je, tentant de me montrer aussi conciliante que possible compte tenu du fait que nous avions désormais deux cadavres de plus sur les bras. En réalité, mon expérience m'a appris que ce sont souvent les coupables qui se montrent les plus coopératifs. Comme s'ils endossaient un masque pour l'occasion.

— Et votre liste de suspects rétrécit à vue d'œil, il me semble ?

— Vous voulez dire *notre* liste ? Je pense que nous sommes tous impliqués, ici.

Tyler nous regarda alternativement.

— Non, vous n'êtes concernés ni l'un ni l'autre. Vous ne faites pas partie des invités au mariage.

— Je ne pense pas que cela empêchera le meurtrier qui a frappé dans cet avion et dans ce pavillon de chasse de nous considérer également comme des trophées.

— Vous pensez qu'il agit par plaisir ?

— Ou bien *elle*, Tyler, et la réponse est oui, car je ne vois pas d'autre explication. De plus, la liste des suspects potentiels vient juste d'être amputée de deux personnes.

Tyler Castavette demeura impassible.

— Vous parlez de ces deux nuls, Ian et Faye ?

— Comment l'avez-vous deviné ?

— Un simple souhait. Je suis peut-être une ordure de me sentir soulagé qu'il s'agisse d'eux, au lieu de quelqu'un d'autre…

Tyler prit un air grave. Des rides apparurent sur son front et lui donnèrent l'air moins juvénile. Il s'agissait d'un jeune homme à la physionomie agréable qui avait gardé des traits enfantins. J'avais l'impression qu'il avait conservé la même coiffure que celle qu'il avait au collège, ou au lycée. C'était à la fois une chance et une malédiction, car, malgré sa beauté, son charme et l'argent dont il disposait, il menait une vie extrêmement superficielle. Il avait l'habitude que tout lui soit donné facilement, que tout lui vienne naturellement. Mes dix doigts suffiraient amplement à compter le nombre de fois où quelqu'un avait dû lui opposer un non au cours de son existence.

Je me demandai s'il avait imaginé que le fourre-tout rempli d'argent liquide pouvait se trouver dans la chambre de son père. Il s'agissait sans doute d'un dédommagement versé par Constance Mulroy. Et je supposais que l'image de calme qu'il renvoyait à cet instant s'expliquait par le choc que lui avait causé l'assassinat de son père. Malgré leur relation houleuse, le décès de celui-ci n'allait pas être facile à surmonter, d'autant plus que les trois meurtres les plus récents confirmaient que n'importe lequel d'entre nous pouvait être la prochaine victime.

— J'aimerais préciser certains faits avec vous, annonçai-je à Tyler. Au sujet du meurtre de votre père.

— Allez-y, dit-il en déglutissant.

— Vous êtes entré précipitamment dans sa chambre quelques instants après la fin de la lutte, après qu'Eugene a réussi à enfoncer la porte.

— Eugene ?

— Le commis de cuisine très grand et athlétique.

— Ah, oui ! commenta Tyler d'un air détaché.

— Quoi qu'il en soit, à mon souvenir, vous étiez légèrement essoufflé.

— J'ai couru depuis l'autre extrémité du couloir pour voir ce qui se passait, et je craignais le pire.

Il se tut un instant, réprima un éclat de rire et ajouta :

— Donc… attendez une minute… Vous pensez que j'ai tué mon père, que j'ai enjambé la fenêtre, que je suis revenu à l'intérieur de l'hôtel malgré la tempête, que j'ai changé de vêtements puis vous ai rejoints dans sa suite ? J'attendais mieux de vous, madame Fletcher…

— En réalité, j'ai une autre théorie. Vous êtes jeune, musclé, et devez manifestement fréquenter les salles de sport.

— Parlons-nous du meurtre de Mark Mulroy, ou de celui de mon père ?

— De celui de votre père. Vous voyez, l'une des théories que j'ai élaborées est que l'assassin s'est faufilé dans l'espace d'aération étroit qui sépare les étages de l'hôtel afin de pouvoir passer d'une chambre à l'autre. Cependant, le seul moyen d'y accéder, dans la chambre de votre père, était d'utiliser la chaise de bureau qui a été cassée lors de la lutte. Cela signifie que celui qui l'a tué a dû se hisser jusqu'au plafond. Et je pense que vous en seriez capable, car la musculature de vos bras vous le permet.

— Qu'est-ce qui vous autorise exactement à m'accuser ainsi du meurtre de mon père ? questionna Tyler, en plissant les yeux.

— Je ne vous accusais pas. Je ne faisais que constater des faits.

— Tant mieux, parce qu'en réalité, vous ne disposez d'aucune autorité et je ne suis pas tenu de vous parler.

— Mais êtes-vous tenu de rester en vie, Tyler ? Parce que mes questions sont autant destinées à éliminer les soupçons qui pèsent sur vous qu'à prendre certains faits en considération.

Nous nous dévisageâmes, attendant chacun de voir comment réagirait l'autre.

— Montrez-nous vos mains, mon garçon, ordonna Seamus, rompant le silence qui s'était installé. Si vous vous êtes hissé dans cet espace de ventilation, vous devriez avoir des égratignures ou des marques sur les paumes et les doigts.

Je pensais que Tyler refuserait de s'exécuter, soit parce qu'il serait indigné, soit pour des raisons bien plus sombres. Mais il leva les mains, en tournant les paumes vers l'extérieur, et les dirigea vers Seamus, puis vers moi.

— Êtes-vous satisfaits ? Parce que je n'ai rien de plus à vous dire, gronda-t-il, le visage assombri. Si vous voulez connaître l'heure, ne comptez pas sur moi pour que je consulte ma montre…

— En tout cas, celle-ci est très belle, remarquai-je. J'ai constaté que votre père n'en portait pas lorsque nous avons trouvé son corps. Est-il possible que vous l'ayez obtenue d'une manière ou d'une autre ? Parce que vous ne me donnez pas l'impression d'avoir les moyens de posséder un objet de cette qualité…

— En avez-vous terminé ?

— Juste une dernière chose… Mark ou Daniel vous ont-ils dit qu'ils avaient un frère ?

— Un frère ?

— Le troisième des triplés, qui est décédé à la naissance.

— Oui, c'est arrivé. Mais…

— Mais… ? insistai-je.

— Ils n'en parlaient que lorsqu'ils avaient bu. Ils ont même mentionné son nom, parfois – Owen. Mais je ne me souviens pas qu'ils aient parlé de lui lorsqu'ils étaient sobres. C'est comme s'ils voulaient à tout prix ne plus évoquer cette nuit à la maternité.

— Quel jeune homme déplaisant, marmonna Seamus, lorsque nous nous retrouvâmes dans le couloir.

J'entendis Tyler refermer la porte et la verrouiller derrière nous.

— Retournons dans le hall d'entrée, Seamus.

— Y a-t-il du nouveau, madame Fletcher ? Quelque chose que ce bon docteur vous aurait annoncé avant que nous ayons interrogé ce triste sire ?

— Rien de tout cela, répondis-je. Je souhaitais simplement vérifier quelque chose.

Je ne fus pas surprise de ce qui nous attendait dans le hall d'entrée, car je m'y étais préparée. Cependant, l'impact n'en fut pas moindre, et j'eus l'impression de recevoir un coup de poing à l'estomac.

— Les bras m'en tombent, murmura Seamus, en suivant mon regard.

Les chiffres romains indiquant trois, quatre et cinq heures sur l'horloge avaient été rayés.

18

— Je n'aime pas cela, madame Fletcher, gronda Seamus.

— Nous allons surprendre celui qui s'adonne à ce petit jeu avant qu'il ne puisse continuer, soutins-je.

— Il vaudrait mieux ! continua Seamus d'un ton rageur. Cette horloge date du dix-huitième siècle et appartenait au premier propriétaire de l'établissement. C'est le sacrilège ultime !

— L'auteur du sacrilège est aussi le meurtrier, Seamus.

Celui-ci se détourna de l'horloge pour me regarder.

— C'est un fait, madame Fletcher, confirma-t-il, d'un ton plus calme.

Mon inquiétude au sujet de Mortimer commençait à me consumer. J'avais l'horrible vision de mon ami gelé sur place à trois mètres de l'entrée de l'hôtel parce qu'il était impossible de distinguer la porte. Il était près de trois heures du matin, ce qui signifiait que cela faisait trois heures qu'il était parti nous rejoindre en empruntant une motoneige. Même dans ces terribles conditions, parcourir environ cinq kilomètres n'aurait pas dû lui prendre autant de temps. Et le fait qu'il conduisait un tel engin pour la première fois n'était pas pour me rassurer.

À côté de cela, la tempête semblait déterminée à nous ensevelir, et j'éprouvais le désir de l'affronter sur son propre terrain. La contempler de près dans toute sa puissance, plutôt qu'à travers une fenêtre couverte de gel.

Il y a quelque chose de paisible et de beau à voir la neige tomber, qui va de pair avec le sentiment de sécurité que l'on peut éprouver en la regardant s'amonceler, en toute sécurité, chez soi. Mais au fur et à mesure que la couche s'épaissit, cependant, le sentiment de sécurité tend à disparaître. Et désormais, son épaisseur approchant un mètre vingt, le décor pouvait difficilement être qualifié de paisible ou de beau. Il était devenu véritablement terrifiant et inquiétant, comme si nous nous trouvions dans un livre d'horreur plutôt que dans un roman policier.

Cependant, j'étais plongée dans un véritable thriller avec un meurtre à la clé, dont le mystère s'épaississait et qui voyait les victimes s'accumuler au fur et à mesure que la soirée s'étirait. Tout cela contrastait fortement avec mon expérience passée en matière de meurtre. Jusqu'à présent, j'avais contribué à résoudre des affaires, mais ne m'étais jamais retrouvée impliquée dans celles-ci. Je pouvais, en d'autres termes, dormir tranquillement dans mon lit, confortée par le sentiment que je n'étais pas moi-même en danger et que l'assassin avait probablement achevé sa tâche. Mais ce soir, je n'étais plus spectatrice, mais victime potentielle ; j'étais témoin des meurtres plutôt que l'observatrice de leurs conséquences. Je songeai que si je disposais de plus de temps pour réfléchir à tout cela, je ne pourrais être que terrifiée par ce qui m'attendait et attendait le reste des invités au mariage – nous étions l'otage de cette tempête et le nombre de chiffres rayés sur l'horloge ancienne menaçait de s'accroître.

Le fait de quitter l'étage où se trouvaient les chambres m'avait laissée espérer que je pourrais prendre du recul par rapport à la situation. Peut-être avais-je l'impression, comme un enfant l'a parfois, que le fait de regarder par la fenêtre suffisamment longtemps ferait apparaître un proche – et dans ma situation, il s'agirait de Mortimer Metzger. Mais à présent, je ne distinguais rien à travers les fenêtres du hall d'entrée, à l'exception d'une étendue blanche que l'éclat permanent des lampadaires extérieurs de Hill House rendait presque aveuglante. Les arbres avaient disparu ; le paysage au-delà de Hill House avait disparu ; le monde entier avait disparu. Il n'y avait plus que l'hôtel et ceux qui y avaient été épargnés. Pour l'instant, ma vie, mon existence même, n'étaient plus définies que par cela.

Les familles respectives des futurs mariés semblaient avoir suffisamment de cadavres dans leurs placards pour perturber entièrement une cérémonie, qui plus est un mariage. Tous les invités, qu'ils soient vivants ou désormais décédés, semblaient avoir leur part de secrets et d'actes inavouables, les sœurs Sprague constituant peut-être une exception. Et chacun d'entre nous était désormais soumis aux caprices d'un tueur sadique, qui avait probablement déjà frappé dans deux lieux clos ou isolés, durant la même semaine, deux et quatre ans auparavant. Je n'avais pas eu l'opportunité d'effectuer une recherche approfondie sur Internet concernant ces faits, et je ne savais que le strict minimum : à savoir que comme aujourd'hui, les meurtres avaient été commis durant une période remarquablement brève, en l'espace de moins d'une journée.

Ou d'une nuit, en ce qui nous concernait peut-être.

Comme les options dont je disposais pour débusquer un monstre qui avait autant fourbi ses armes étaient peu nombreuses, je décidai de me concentrer sur la possibilité que parmi nous, une personne avait conçu ce plan machiavélique pour des raisons encore obscures.

— Seamus, confiai-je au directeur de Hill House, alors que nous nous trouvions auprès des fenêtres du hall obscurcies par la neige, j'ai besoin que vous endossiez le rôle du shérif Metzger.

— Et comment dois-je faire ?

— Vous devez me servir d'oreille critique.

— Je ne suis pas un expert en enquêtes…

— Cela n'a pas d'importance, Mortimer non plus, ajoutai-je pour détendre l'atmosphère, mais ma plaisanterie tomba à plat. Commençons par Loomis Winslow.

— Le détective privé dont vous avez parlé…

— Lui-même… Selon Harry McGraw, il a été recruté par Constance Mulroy. En effet, monsieur Winslow est – je veux dire était – spécialisé dans les affaires de malversations financières. Ici, de grosses sommes devaient donc être en jeu, en particulier si l'on considère le liquide découvert dans le fourre-tout de madame Mulroy.

— Qui se trouvait dans le placard de monsieur Castavette, avec cette tache provenant du vernis de l'actrice Virginia Da Salle…

— Oui, le fourre-tout qu'elle nie avoir eu entre les mains, complétai-je. La manière dont celui-ci a quitté le placard de Constance Mulroy pour rejoindre celui de Doyle Castavette reste cependant un mystère.

Seamus poussa un soupir.

— Ces gens sont épuisants, madame. Je suis fatigué de leurs gémissements et de leurs récriminations.

Je hochai la tête, compréhensive.

— Tout le monde semble avoir quelque chose à cacher, et nous négligeons peut-être l'élément le plus important qui soit dans une enquête.

— C'est-à-dire ?

— Son origine. Tout d'abord, il y a eu le meurtre de Loomis Winslow, et ensuite, la disparition, ou fuite probable, des futurs mariés, qui se sont échappés de leur Lexus de location. Or ces deux incidents sont reliés par le gravier provenant du parking de la filature de Cabot Cove…

— Les voitures n'existaient pas encore, lorsque la filature a ouvert ses portes, n'est-ce pas ? demanda Seamus.

— Effectivement. Le parking a été aménagé bien des années plus tard, sur des terrains que la société a acquis pour agrandir ses installations. Le gravier a dû être transporté sur place et a sans doute été remplacé ou remis à neuf à plusieurs reprises, ce qui explique son aspect particulier. Où vouliez-vous en venir ?

— Nulle part en particulier, répondit-il sans véritable conviction. Cet indice me semble cependant trop évident, comme si l'on voulait nous faire croire que le meurtrier de Winslow et la personne que le couple a fui dans ce froid glacial ne faisaient qu'un.

— Êtes-vous certain que vous étiez uniquement chargé de la circulation, lorsque vous étiez agent de police ? Parce qu'il me semble que vous avez du talent pour ce type d'enquêtes…

— Venant d'une experte comme vous, madame Fletcher, je suis très flatté.

— Experte en invention de crimes fictifs ou en résolution de meurtres véritables ?

Un léger sourire apparut sur ses lèvres.

— Cela a-t-il de l'importance ?

— Eh bien, ici, mon imagination est incapable d'identifier avec certitude un suspect, Seamus. Et nous devons envisager la possibilité que nos réflexions ne mènent à rien si Hill House devient le théâtre d'un massacre identique à celui de cet avion ou de ce pavillon de chasse : il n'y aurait aucun survivant, lorsque le monde extérieur finirait par nous rejoindre.

Seamus releva le menton.

— Cela ne se produira pas, madame Fletcher, pas sous ma direction…

La sonnerie de mon téléphone nous fit sursauter tous deux, et je le sortis précipitamment de ma poche, dans l'espoir qu'il s'agissait enfin de Mortimer.

— Bonjour Harry, saluai-je, après avoir vu la mention *HARRY MCGRAW* apparaître sur le cadran.

— Allumez votre haut-parleur pour Mortimer.

— J'aimerais beaucoup, mais il n'est pas là.

— Où est-il ?

— Je me posais la même question…

— Il est parti il y a des heures !

— Cela fait bien trois heures, maintenant.

— Je ne suis pas arrivé à joindre le département de police. Mes appels sont acheminés vers un numéro d'urgence, mais personne ne répond. Est-ce que tout Cabot Cove a déjà succombé à l'assassin que vous traquez ?

— Je n'en ai aucune idée, Harry, car nous sommes coupés du reste de la ville. Que vouliez-vous dire à Mortimer ?

— Eh bien, je vais vous le dire à vous, puisqu'il n'est pas là. J'ai pu obtenir le journal des appels passés par Loomis Winslow – ne me demandez pas non plus comment j'ai procédé. Les détectives privés, à l'instar des magiciens, ne révèlent jamais leurs tours.

— Et qu'avez-vous appris ?

— J'ai suivi la piste de tous les numéros pour voir si ceux-ci pourraient nous donner une indication sur l'identité du meurtrier. Tout en enquêtant, j'ai découvert des appels entrants et sortants depuis un numéro comportant de nombreux zéros à la fin.

— Le gouvernement ? questionnai-je.

— Le ministère de la Justice. Ce détective privé avait sans aucun doute transmis ce qu'il avait appris au bureau du FBI à Boston.

— Êtes-vous toujours là, Jess ? demanda Harry, car j'étais demeurée silencieuse après cette nouvelle.

— Oui. J'essaie simplement de concilier cette donnée avec tout ce qui s'est passé ici. Savez-vous si sa cliente, madame Mulroy, était au courant ?

— Je peux simplement vous dire qu'il n'a pas passé d'appel vers le numéro de cette femme dans les instants qui ont suivi ses appels au ministère de la Justice.

— Et qu'en est-il des autres appels ?

— Il y en a beaucoup, et quelques-uns ont duré très longtemps.

— Y avait-il également des messages vocaux ? Avez-vous vérifié ?

— Vous vous adressez à moi comme si j'avais été recalé de l'école de détective…

— Je pensais que vous l'aviez été, Harry.

— Il s'agissait de l'école de police.

— N'est-ce pas la même chose ?

— Savez-vous comment on obtient sa licence de détective privé, Jessica ?

— Il faut effectuer une demande en ligne ?

— Pas uniquement… À New York, il faut se rendre au Bureau des affaires commerciales de l'hôtel de ville et faire une demande de licence commerciale. Cela est suffisant pour monter votre affaire. L'administration veut juste s'assurer que vous déclarez vos revenus et tout le reste. Vous ai-je dit que j'ai cinq ans d'arriérés et que le fisc est à mes trousses ? Lorsqu'ils m'arrêteront, je plaiderai l'aliénation mentale liée au fait que je travaille pour de mauvais payeurs tels que vous.

— Et s'ils demandent à voir des copies de vos factures ?

— Je leur dirai qu'elles sont au même endroit que mes déclarations d'impôt. Autre chose ?

— C'est vous qui m'avez appelé…

— Je sais. Avez-vous d'autres questions ?

Je repensai à ce que Seth avait dit à propos du fait qu'à l'époque, la sortie des enfants de l'hôpital St. Catherine n'était peut-être pas enregistrée formellement et j'en informai Harry.

— Cela vous semble-t-il plausible ?

— Vous avez dit qu'il y avait des triplés à l'origine, dont l'un était mort-né. Il s'agissait peut-être du plus chanceux des trois, finalement, vu les derniers événements…

— Est-ce que ce décès a un lien avec les formalités de sortie, selon vous ?

— En principe, cela ne devrait pas être le cas. Et je ne vois pas de raison à la disparition du document de sortie des jumeaux qui ont survécu.

— Je n'en vois moi non plus aucune, Harry. Pas pour l'instant, en tout cas.

— Vous voyez Jess, même les petits esprits peuvent se rencontrer…

— Madame Fletcher, m'interrompit soudain Seamus. Entendez-vous ce bruit ?

— Lequel ?

Brusquement, je *l'entendis*. Un bruit sourd venant de je ne sais où, évoquant les battements de cœur dans la nouvelle d'Edgar Poe intitulée *Le Cœur révélateur*.

— Je vous rappelle plus tard, Harry.

Celui-ci commença à me répondre, mais je raccrochai. Seamus et moi échangeâmes un regard lorsqu'une nouvelle série de coups retentit.

— La porte d'entrée ! s'exclama Seamus.

Il se rua dans cette direction.

Je le rattrapai juste au moment où il ouvrit la porte, devant laquelle se tenait une silhouette recouverte de neige, presque enfoncée jusqu'à la taille dans le tas qui s'était accumulé devant l'entrée.

La silhouette bascula vers l'avant, entraînant avec elle une masse volumineuse de neige au-delà du seuil. Agitée de frissons, elle se délesta d'une partie de son manteau blanc, ce qui suffit à révéler la présence d'un Mortimer frigorifié, qui faillit être enseveli dans le tas de neige qui s'était engouffré en même temps que lui dans le hall d'entrée.

J'imaginai que la motoneige de mon ami s'était brisée ou avait été accidentée près d'une heure auparavant, et qu'il avait dû terminer le reste de la route à pied, affrontant la morsure d'un blizzard déchaîné et au maximum de sa violence. Quelle distance avait-il parcourue ? Pas loin de deux kilomètres ? Davantage ? Quoi qu'il en soit, il tremblait comme une feuille, visiblement en état d'hypothermie.

— Apportez des couvertures ! m'écriai-je à l'intention de Seamus.

Ce dernier se précipita en direction de l'intendance de l'hôtel, qui abritait une réserve de couvertures et de draps pour les résidents qui en auraient eu besoin en dehors des heures de présence du personnel d'entretien. Pendant ce temps, je me dirigeai vers la porte d'entrée pour la refermer.

Le tas de neige accumulé devant rendit vains mes efforts, notamment parce que le vent soufflait violemment. Lorsque je fis une nouvelle tentative pour fermer la porte, je sentis une force la repousser dans l'autre sens. Je finis par abandonner et trouvai l'énergie de tirer Mortimer au-delà du tas de neige, pour l'éloigner de la porte et du vent qui s'insinuait au travers.

Je parvins à l'installer à l'abri de plantes en pot, dont les feuilles étaient mouchetées de blanc en raison de l'intrusion de la tempête. Je le basculai sur le dos, et fus soulagée de constater qu'il respirait rapidement, mais aisément, et m'efforçai d'obtenir une réaction de sa part.

—Mortimer ! Mortimer, vous m'entendez ? C'est Jessica – madame F., ajoutai-je, comme si cela était plus susceptible de provoquer une réaction de sa part.

Il ne bougea pas.

—Réveillez-vous, Mortimer. Allez, je sais qu'il y a quelqu'un à l'intérieur, insistai-je, en le secouant doucement par l'épaule. Réveillez-vous !

Il était encore inconscient et tremblant lorsque Seamus revint de l'intendance, chargé d'un tas de couvertures. Il commença à recouvrir Mortimer avec mon aide, puis me laissa me débrouiller seule afin de tenter de refermer l'immense porte d'entrée. Sa tâche était rendue plus ardue par les volutes de neige qui avaient encore pénétré à l'intérieur depuis qu'elle était ouverte.

J'enveloppai Mortimer dans cinq couvertures de laine épaisse destinées aux lits de dimension *king size*, de sorte que seul son visage était visible. Ses tremblements commencèrent à s'apaiser et sa respiration devint progressivement moins superficielle. Rassurée par cette légère amélioration, je m'approchai de ses pieds et soulevai la couverture à cet endroit afin de pouvoir délacer ses bottes et enlever ses chaussettes, qui étaient complètement trempées. Nos efforts pour le réchauffer auraient sans doute été vains si je ne les avais pas retirées. J'enserrai ses pieds dans les couvertures, car le corps se refroidit souvent par les extrémités, et il fallait absolument que Mortimer se réchauffe.

Je m'efforçai ensuite de bien ajuster les couvertures en laine autour de sa tête, car la déperdition de chaleur s'effectue également souvent à ce niveau. Je pouvais sentir la neige qui fondait et se réchauffait sous mes doigts en les humidifiant, ce qui était bon signe.

— Mortimer, répétai-je. Mortimer, vous m'entendez ?

Je résolus d'appeler Seth Hazlitt, afin de connaître les soins à prodiguer à mon ami. Je sortis la main gauche du tas de couverture pour m'emparer de mon téléphone et appelai Seth.

Rien ne se produisit.

Je renouvelai l'appel, qui n'aboutit pas.

Il n'y avait aucune tonalité dans le combiné.

Soudain, je vis apparaître la mention *SERVICE INDISPONIBLE* dans le coin gauche de l'écran de mon iPhone, mais il y avait également une trace sur l'appareil.

Du sang. Les doigts de ma main gauche en étaient couverts. Je sortis brusquement ma main droite des couvertures enveloppant la tête de Mortimer pour découvrir qu'elle était également tachée de sang. Je compris alors que ce que j'avais dû prendre pour de la neige en train de fondre n'en était pas.

Mortimer n'avait pas simplement été bloqué quelque part avec sa motoneige. Il avait été agressé.

19

Je m'aperçus que les courants d'air glacés qui transportaient des traînées de neige avaient cessé et levai les yeux vers Seamus, qui se tenait de nouveau à côté de moi. Il était parvenu, je ne sais comment, à refermer la porte d'entrée.

— Êtes-vous blessée, madame Fletcher ? Que s'est-il passé ?

— Ce n'est pas moi. Il s'agit de Mortimer.

Seamus m'examina attentivement.

— Avez-vous appelé le docteur Hazlitt ?

Je levai mon téléphone et l'agitai devant lui.

— Le service est indisponible.

Il hocha la tête, semblant évaluer la situation.

— Il faudrait transporter le shérif dans une chambre, à l'étage, avec des couvertures, et le chauffage poussé autant que les radiateurs le permettent.

— Dans ma suite, approuvai-je. Il faudra y réunir tout le monde pour passer le reste de la nuit.

Il me regarda d'un air sombre. Je n'ajoutai rien, car cela était inutile, Seamus étant parvenu à la même conclusion que moi : à moins que le meurtrier ne soit parvenu à sortir de Hill House pour agresser Mortimer au moment où celui-ci arrivait, il ne comptait pas parmi les convives du mariage encore en vie.

Il s'agissait de quelqu'un d'autre.

— Je vais rester auprès du shérif Metzger pendant que vous et Eugene allez réunir tout le monde pour que nous nous retrouvions dans ma suite, dis-je à Seamus.

Je souhaitais lui poser des questions à propos d'Eugene, de ses qualifications et de ses références, afin d'apaiser mes craintes à son égard, car il pouvait être l'homme que Hank Weathers avait pris pour Bigfoot. De plus, pouvions-nous être certains qu'il était resté à son poste au cours des longues heures qui avaient précédé ? Avait-il pu nous entendre parler de l'arrivée imminente du shérif ? Pourrait-il s'être aventuré hors de l'hôtel suffisamment longtemps pour guetter Mortimer et l'agresser, puis le laisser mourir de froid à l'extérieur, afin de simuler un accident ?

Seamus me fixa, manifestement réticent à me laisser seule.

— Tout ira bien, le rassurai-je, en éliminant une traînée de neige dans mes cheveux. Pourriez-vous apporter le fauteuil roulant ? Nous allons en avoir besoin.

— Il doit être resté dans la chambre de madame Mulroy. Je l'apporterai sitôt que tout le monde sera réuni dans votre suite, madame Fletcher.

J'étais surprise par le sang-froid de Seamus, alors qu'il était confronté à la pire tempête de l'histoire du Maine, et à l'auteur de plusieurs tueries, ou à un meurtrier en série. J'avais rarement rencontré des représentants de la loi capable de se montrer aussi calmes et maîtres d'eux-mêmes dans des circonstances aussi terribles, et je commençais à me demander sérieusement si ses compétences de policier en Irlande n'excédaient pas largement celles d'un agent de la circulation.

— Nous allons nous en sortir, Seamus.

Il eut un sourire fragile.

— Je n'ai aucun doute à ce sujet, madame, aucun doute, déclara-t-il sans réelle conviction.

Je demeurai assise sur la moquette du hall d'entrée, trempée par des flaques de neige fondue. La tête de Mortimer était posée sur mes genoux, de sorte que je pouvais appliquer une pression sur son entaille, qui saignait, pour stopper autant que possible l'écoulement du sang. Il tremblait beaucoup moins désormais. Il ne frissonnait plus que légèrement, et j'avais confiance dans le fait que sa température corporelle allait remonter. Ma seule contrariété était de ne pas parvenir à joindre Seth pour bénéficier de ses conseils médicaux. J'imaginais qu'il nous aurait conseillé de traiter l'hypothermie à peu près comme nous l'avions fait instinctivement Seamus et moi.

— Mortimer, implorai-je, tentant d'obtenir une réaction de sa part tant par l'exercice de ma volonté qu'en lui parlant. Réveillez-vous, Mortimer ! J'ai besoin de vous… J'ai besoin que vous vous réveilliez et m'aidiez à comprendre ce qui se passe ici avant qu'une autre personne ne soit assassinée.

J'entendis un carillon et le chuintement de la porte de l'ascenseur en train de s'ouvrir. À part cela, l'unique bruit était celui du vent qui mugissait en venant frapper les fenêtres.

Je me retournai et constatai que Seamus poussait le fauteuil roulant que nous avions utilisé pour transporter Constance Mulroy jusqu'à sa chambre après son attaque. Il fallut nos efforts réunis pour soulever Mortimer jusqu'au siège, et pour l'emmitoufler de nouveau dans les couvertures désormais humides.

Seamus poussa ensuite le fauteuil.

— Aucun invité ne s'est montré réticent à vous suivre dans ma suite ?

— Ils étaient trop effrayés pour refuser.

— Je suis aussi effrayée qu'eux, Seamus, lui confiai-je.

— Oh, et j'ai demandé à Eugene d'installer également madame Mulroy dans votre suite, puis de reprendre sa surveillance devant votre porte. Ainsi, la jeune femme qui veillait sur Constance Mulroy pourra retourner à son poste.

— De qui s'agit-il ? demandai-je, méfiante, continuant de penser à la ressemblance possible, aux yeux d'un ivrogne, entre Eugene et Bigfoot. D'une autre employée saisonnière ?

— Non, il s'agit de Janey, qui est à la réception, expliqua-t-il, en parlant de la jeune femme qui avait été réprimandée par Doyle Castavette la veille.

— Je n'arrive pas à me rappeler depuis quand elle travaille ici…

— À peu près depuis que vous vous êtes installée dans notre hôtel, madame Fletcher.

— Quelles étaient ses références ?

Seamus hocha la tête.

— Excellentes.

— Avez-vous pu les vérifier ?

— Oui. Janey Ryland a répondu de manière détaillée à toutes mes questions.

— Pardon. Je voulais vous demander si vous les aviez vérifiées auprès des personnes qui la connaissaient et avaient peut-être travaillé avec elle, ou avaient éventuellement fréquenté le même établissement…

Seamus hésita, puis secoua la tête.

— Il ne m'a pas semblé nécessaire d'obtenir des recommandations, mais avec le recul…

— Je n'étais pas à votre place, admis-je, tentant d'éviter de le culpabiliser. Chacun de nous a une manière différente de procéder. Les invités au mariage, par exemple, auraient préféré qu'il soit célébré dans un lieu dont le climat est plus doux. La Floride a-t-elle jamais été touchée par un blizzard ?

— À quel moment le Maine a-t-il été frappé par un ouragan ou une tempête tropicale, madame Fletcher ?

— Vous marquez un point.

— Je dois par ailleurs mentionner le fait que Janey Ryland s'est révélée être une employée exemplaire, cet automne et cet hiver.

— Je dois cependant lui parler, affirmai-je. Nous aurions même déjà dû le faire. S'il s'avère que c'est elle qui a assassiné les passagers de cet avion et les hôtes de ce pavillon de chasse, il est possible qu'elle ait attendu dans les deux cas que l'occasion se présente, tout en se préparant à l'avance.

Seamus me regarda d'un air interrogateur.

— Vous ne pensez tout de même pas que nous avons réellement affaire à la même personne, cependant ?

Je posai de nouveau mes yeux sur les fenêtres. Il n'y avait toujours rien de plus à voir que les faisceaux des lampadaires peinant à percer l'épaisseur de la tempête de neige.

— Au début, je ne le pensais pas. Désormais, je n'ai plus de certitude.

Seamus soupira.

— Il est difficile d'être sûr de quoi que ce soit, madame Fletcher.

— Nous ne pouvons effectivement être sûrs que d'une chose : quelle que soit l'identité de la personne qui commet ces meurtres, elle n'en a pas terminé.

La couverture glissa de la tête de Mortimer pendant que Seamus poussait son fauteuil à travers le hall, révélant une touffe de cheveux emmêlés autour de sa blessure. J'étais au moins parvenue à stopper le saignement, et jetai un coup d'œil sur mon téléphone, dans l'espoir que le réseau soit de nouveau opérationnel. Cependant, cette nuit n'était décidément pas propice aux miracles.

Je me plaçai à côté de Mortimer afin qu'il ne glisse pas du fauteuil pendant que Seamus le poussait vers l'ascenseur. Les couvertures qui l'enveloppaient étaient descendues jusqu'à sa ceinture, dissimulant néanmoins la présence de son pistolet neuf millimètres. Je décidai qu'une fois que nous l'aurions installé sur le canapé, lorsque Constance Mulroy aurait été transportée dans ma chambre, j'ôterais l'arme de son étui et la confierais à Seamus. Ce dernier était le seul à qui je faisais entièrement confiance.

Tandis que l'ascenseur s'élevait en direction du troisième étage, je me sentis brusquement submergée par une vague de fatigue et eus du mal à garder les yeux ouverts, tout comme ces conducteurs qui commencent à s'assoupir au volant. Je disposais d'une machine à café dans ma suite et résolus d'en faire usage dès que possible. Il s'agissait de l'une de ces machines à expresso, et j'avais assez de dosettes pour tenir éveillés toute la nuit les invités présents.

Il était un peu plus de trois heures du matin, et il restait donc plusieurs heures avant l'aube – ou ce que nous pourrions en voir. Et comment savoir si la lumière du jour modifierait notre situation ? Car nous serions toujours seuls et isolés, et il n'y avait guère plus de chance que quelqu'un nous secoure de jour que de nuit. Le meurtrier était peut-être en train de jouer en ce moment même avec nos nerfs, dans l'intention de mener à son terme son jeu pervers alors que nous aurions l'illusion d'être en sécurité avec l'arrivée du jour.

Au troisième étage, je sortis de l'ascenseur après Seamus qui poussa le fauteuil de Mortimer à l'extérieur. Eugene était fidèle au poste, montant la garde devant l'entrée de ma suite.

— Avez-vous quelque chose à signaler ? lui demanda Seamus, en me tendant sa carte magnétique passe-partout pour m'éviter de fouiller ma poche à la recherche de la mienne.

— Oui. Quelque chose qui va vous sembler intéressant, avança Eugene tandis que le voyant vert de ma serrure s'allumait.

Lorsque le commis me tint la porte, il était placé de biais, si bien que quelque chose, sur le côté de sa tête, près de son oreille, attira mon attention.

— Jessica, enfin ! entendis-je, avant de pouvoir questionner Eugene sur ce que j'avais remarqué.

Je reconnus aussitôt cette voix.

Constance Mulroy était assise dans un fauteuil situé juste derrière la table basse du salon. Elle était parfaitement éveillée.

— Connie ! m'exclamai-je, en éprouvant un intense soulagement.

Elle paraissait encore faible, ses yeux étaient à demi fermés et las, mais elle était sortie du coma. J'avais redouté qu'elle n'en sorte jamais.

— Enfin ! répéta-t-elle d'une voix rauque et sèche. C'est lui – j'en suis certaine ! Vous devez l'arrêter, Jessica – vous devez l'arrêter !

— Arrêter qui ? demandai-je tout en me rapprochant d'elle.

— Mon époux, Heath Mulroy. C'est lui qui est derrière tout cela !

C'était Janey Ryland, la jeune femme qui travaillait normalement à la réception – désormais laissée vacante – qui avait veillé sur Constance Mulroy. Elle l'avait probablement informée de ce qui se passait lorsque celle-ci s'était réveillée.

— Vous ne croyez donc pas à sa mort ? m'entendis-je lui demander.

Ces mots semblèrent provenir d'une voix étrangère.

— Ce n'est qu'un leurre. Il s'agit d'une ruse, d'un plan pour échapper à la prison…

Je me tournai vers Lois Mulroy-Dodge, qui avait émis une théorie semblable. Son visage était inexpressif, telle une toile blanche attendant l'intervention d'un peintre.

— Bien sûr, je ne peux le certifier, concéda Connie, mais je suis certaine qu'il manigançait quelque chose. Je suis sûre que ses projets d'investissements incluaient une échappatoire. Elle hésita, s'efforçant de déglutir sans y parvenir. Et je sais qu'il a reçu de l'aide.

— Qui l'a aidé ?

— Mon fils Daniel, répondit-elle, d'une voix où se mêlaient la honte et la douleur. Il n'a pas été manipulé par son père, Jessica, poursuivit-elle. Il a participé à ses malversations de son plein gré. Il était son complice au regard de la loi.

Heath Mulroy ne se serait donc pas réellement suicidé en sautant du pont de Brooklyn. Quant à son fils, et complice, avait-il réellement disparu dans les bois juste avant la survenue d'un blizzard meurtrier ? Je me remémorai à cet instant le meurtre de Loomis Winslow et le fait d'avoir découvert sur le tapis du siège arrière de la voiture un gravier identique à celui du parking de la filature. Quelque chose me tracassait à ce propos, quelque chose que j'avais dû voir mais que je n'avais pas mémorisé et dont je ne retrouvais pas le souvenir.

— Daniel était son héritier présomptif, poursuivit Connie. Il était la prunelle des yeux de son père, bien plus que Mark. Je n'avais pas envie de croire à sa complicité, j'aurais voulu qu'il ait été lui aussi dupé, comme tout le monde. Mais j'étais bien naïve. Je vous ai d'ailleurs dit que je pensais que ma vie était en danger…

Elle laissa sa phrase en suspens. Je complétai sa pensée.

— … parce que vous soupçonniez que votre époux était encore vivant, que vous coopériez avec les autorités en dépit de ses intérêts et souhaitiez que les sommes qu'il avait détournées soient restituées aux investisseurs qu'il avait trompés.

Connie hocha la tête.

— Je pense que j'ai été surveillée un certain temps. Je sais que c'était lui, Jessica. Je sais qu'il s'agissait de Heath, qui attendait l'occasion de s'échapper pour de bon avec l'argent qu'il avait accumulé.

— C'est pour cette raison que vous avez engagé Loomis Winslow, n'est-ce pas ? Pour découvrir ce qu'il était advenu de l'argent que votre époux avait volé à ses clients.

Son visage afficha une expression de surprise.

— Il m'avait dit qu'il était sur une piste, qu'il devait encore vérifier certains faits. Il était supposé me rappeler cet après-midi, mais ne l'a jamais fait.

— Connie, il a été assassiné ce matin, à quelques kilomètres d'ici, dans un lieu où il avait semble-t-il un rendez-vous avec quelqu'un.

— C'est affreux ! s'écria Connie d'un ton désespéré, suppliant. Il s'agissait de Heath, ne comprenez-vous pas ? Sans aucun doute ! Il a tué Winslow et il va s'en prendre à moi également. Il va…

Son visage pâlit et ses traits s'emplirent progressivement de terreur.

— Et Mark… C'est lui qui a assassiné Mark, également ! C'est lui, Jessica ! Il a tenté de m'empoisonner et il a tué son propre fils !

— Mark n'était pas impliqué dans les affaires de votre époux, n'est-ce pas ? demandai-je.

Les invités présents dans la pièce nous regardaient, déconcertés.

— Il a essayé de s'y intéresser, expliqua-t-elle. Mais cela n'a pas fonctionné.

Elle n'apporta pas de précision.

— Une incohérence est apparue lorsque j'ai effectué des recherches sur les actes de naissance des jumeaux, ajoutai-je.

— Une incohé… répéta-t-elle, avant de s'interrompre.

— Les documents de sortie de la maternité des enfants étaient introuvables. Je me demandais si vous aviez une explication.

Elle secoua la tête.

— Je n'en ai aucune, Jessica. Si je savais…

Sa voix s'éteignit de nouveau, comme si elle avait des difficultés à formuler ses phrases. Cela n'était guère surprenant, pour une femme qui venait de se réveiller d'un coma de quelques heures.

— Parlez-moi d'Owen, Connie.

— Owen ? répéta-t-elle, en écarquillant les yeux.

— Votre triplé, décédé à la naissance…

— Je sais qui est Owen. Vous n'avez pas besoin de me le rappeler…

— L'acte de naissance était donc authentique, dis-je, sans savoir exactement où je voulais en venir.

— Naturellement. Pourquoi ne le serait-il pas ? Il s'agit du moment le plus triste de mon existence, Jessica – jusqu'à ce soir.

Elle éclata alors en sanglots hystériques. Je commençais à craindre qu'elle ne replonge dans le coma, mais Lois Mulroy-Dodge, la nièce qu'elle avait élevée presque comme sa propre fille, se précipita vers elle et l'enlaça. Toutes deux se mirent à pleurer toutes les larmes de leur corps.

Je regardai successivement les sœurs Sprague, Virginia Da Salle, Henley Lavarnay et Harrison Bak, penché sur ses béquilles, avant de me tourner vers Tyler Castavette, auquel je n'avais toujours pas envie de me fier. Cependant, il avait l'air également peiné, mais une autre expression était affichée sur son visage : la peur.

Il était aussi effrayé que nous l'étions, et cela était visible. Mark Mulroy était décédé. Son père également, de même que Ian et Faye. Quatre décès et une personne qui avait failli mourir. Il ne restait que les huit autres invités au mariage.

Pendant que Lois Mulroy-Dodge continuait de réconforter sa tante, Seamus et moi transportâmes Mortimer dans la chambre à coucher de ma suite. Je demandai à Seamus de se charger d'ôter au policier ses vêtements mouillés et de l'installer sous mes couvertures ; je ne souhaitais pas le voir moi-même exposé dans son intimité, en sous-vêtements, même si j'imaginais que nous en parlerions en plaisantant chez Mara un jour ou l'autre.

Si nous survivions au reste de la nuit, et à cette tempête.

Je me plaçai près de la porte séparant la chambre du salon, en surveillant les victimes potentielles, qui étaient également toutes des suspects potentiels. J'hésitais même à continuer d'exclure les sœurs Sprague, tant mon esprit était embrouillé et ma mémoire luttait pour retrouver ce qui avait attiré mon attention à propos du siège arrière de la Lexus.

L'attaque de Mortimer fragilisait encore la situation. L'entaille sur sa tête, que j'avais l'intention de soigner à l'aide de la trousse de premiers secours que Seamus avait rapportée du hall d'entrée, ne pouvait avoir été infligée qu'à l'extérieur de l'hôtel. Elle semblait avoir l'aspect d'une blessure provoquée par un instrument émoussé, mais il était également possible qu'elle soit le résultat d'un accident qui l'avait contraint à abandonner la motoneige. Le premier scénario que j'imaginais signifiait que j'étais à la recherche d'une personne qui aurait dû s'aventurer à l'extérieur pour agresser Mortimer, puis revenir sans qu'il y ait aucun signe de la tempête sur ses vêtements, et encore moins de traces de neige fondue. Je supposai qu'elle aurait pu utiliser un autre accès que l'entrée principale, mais cela n'aurait pas suffi à expliquer l'absence de trace d'eau ou d'empreintes humides sur le tapis du hall d'entrée. Le sous-sol dans lequel étaient aménagés la salle de gymnastique et le centre de conférences ne disposait que d'une sortie de secours dont l'alarme se serait déclenchée si elle avait été ouverte.

Ou du moins était-ce ce que je pensais.

Tout était possible à ce stade. Rien ne pouvait être exclu.

Une fois que Mortimer fut installé sous les couvertures, je me servis de la trousse de premiers secours, bien fournie, pour soigner sa blessure à la tête. Celle-ci était assez profonde pour nécessiter des points de suture. Je la refermai en appliquant une pression dessus puis en utilisant des bandelettes adhésives après avoir nettoyé les cheveux qui se trouvaient autour.

— Nous devrions rajouter une couverture, madame Fletcher, nota Seamus, après avoir posé une main sur le front de Mortimer, qui lui parut légèrement froid.

— J'en ai d'autres dans le placard du salon, dis-je, en me dirigeant vers la pièce.

Tous les yeux étaient rivés sur moi lorsque je traversai le salon en direction du placard que j'utilisais principalement pour y ranger des livres, car ma suite n'était pas équipée d'étagères. Il était surprenant de voir le nombre d'objets que j'avais accumulés du fait de mon long séjour à l'hôtel durant la reconstruction de ma maison.

Les personnes qui me suivaient du regard souhaitaient que je les rassure quant au fait qu'elles seraient toujours vivantes à l'aube, une promesse qu'il m'était pourtant impossible de leur faire. Je tournai le dos aux invités qui avaient survécu pour m'emparer de couvertures supplémentaires pour Mortimer, ouvrant la porte du placard comme je l'avais fait des milliers de fois.

Mais pour la première fois, un cadavre me tomba dans les bras.

20

Le corps m'entraîna vers le sol et ma tête manqua de heurter un pied de ma table. Je me délestai du mort, paniquée. J'entendis un cri et me demandai si c'était moi qui l'avais poussé. Cependant, les mots que j'entendis ensuite ne sortaient pas de ma bouche.

— C'est Heath ! s'écria Constance Mulroy. C'est mon époux !

Tyler Castavette fut le premier à réagir et à m'aider à me relever, au moment où Seamus McGilray se ruait hors de la chambre.

— Oh non… Oh non, oh non, oh non, répétait Constance Mulroy en boucle.

Le choc d'être confrontée au cadavre de son époux, dont elle pensait qu'il avait mis en scène sa mort, juste après avoir appris le décès de son fils Mark, était bien trop rude. Le corps était raide et froid, comme s'il avait été sorti d'un congélateur ou du coffre d'une voiture qui se serait trouvée dehors par ce temps glacial. Il était impossible de dire depuis combien de temps Heath Mulroy était mort ou de déterminer la manière dont il avait été assassiné sans mener un examen approfondi comme l'aurait fait Seth Hazlitt s'il avait été présent…

ou même un examen sommaire qu'il m'aurait décrit par téléphone si le réseau n'avait pas été défectueux dans les environs. Je décrochai le combiné de mon téléphone fixe, mais n'entendis aucune tonalité.

Encore secouée, je traversai la pièce et m'accroupis devant Connie.

— Êtes-vous certaine qu'il s'agit bien de votre mari, Heath Mulroy ?

Elle parvint à acquiescer d'un signe de tête.

Seamus contourna le corps afin d'attraper les couvertures destinées à réchauffer Mortimer. Il s'empara également de draps qu'il posa par terre près du cadavre. Je n'arrivais pas à imaginer laisser celui-ci sur place, même sous des draps, mais je n'avais pas d'autre solution pour l'instant.

— Depuis combien de temps n'avez-vous pas vu votre époux, Connie ? la questionnai-je doucement.

— Je ne me souviens pas précisément. Il est supposé avoir sauté de ce pont il y a trois mois maintenant. Cela fera trois mois dans la matinée.

— J'ai une autre question pour vous, Connie, continuai-je, en posant mes mains sur ses genoux, une question complexe. Pourriez-vous y répondre pour moi ?

— Si je connais la réponse, soupira-t-elle.

— Vous êtes venue à Hill House en emportant une grande quantité d'argent liquide dans votre fourre-tout. Je ne me trompe pas, n'est-ce pas ?

Elle acquiesça et leva les yeux vers Virginia Da Salle.

— Vous l'avez porté jusqu'à ma chambre après que je me suis enregistrée auprès de la réception, vous en souvenez-vous, ma chère ?

Le regard de Virginia croisa le mien. Le mystère de la tache de vernis sur la poignée du sac était désormais résolu.

— Effectivement. Vous étiez vraiment chargée. Je m'en souviens, maintenant…

— Et j'ai apprécié votre aide.

— L'argent était destiné à Doyle Castavette, n'est-ce pas ? demandai-je à Constance Mulroy.

Elle hocha la tête.

— Le lui avez-vous donné ?

— Mark l'a apporté dans la suite de Doyle à ma demande.

Je ne pus éviter de me tourner vers Tyler afin de juger de sa réaction à l'idée que son père possédait un fourre-tout contenant un demi-million de dollars. Sa bouche s'était entrouverte de surprise. À n'en pas douter, il se demandait comment il aurait pu le subtiliser pour s'enfuir avec.

— Était-ce un dédommagement ?

Constance Mulroy acquiesça de nouveau d'un signe de tête.

— Cependant, votre époux était présumé mort. Je suppose que vous tentiez de protéger vos fils.

— Daniel uniquement, rectifia Constance Mulroy. Il est parvenu à échapper aux poursuites, mais Doyle Castavette possédait la preuve de son implication dans l'escroquerie. Il avait perdu une très grosse somme d'argent en effectuant un placement dans le fonds délictueux de mon époux. J'ai fait cela pour acheter son silence et éviter la prison à Daniel.

— Et Mark ?

Elle soupira profondément et eut un frisson, se remémorant certainement qu'il venait d'être assassiné.

— Il n'était que superficiellement impliqué dans la société de mon époux, comme je vous l'ai dit. Il s'est essayé à de nombreuses activités, mais aucune n'a provoqué de déclic chez lui. Cependant, il s'est rendu compte que son père était compromis dans des affaires illégales, et lui a dit qu'il le dénoncerait aux autorités si celui-ci ne se rendait pas de son plein gré.

— Il a en quelque sorte tiré la sonnette d'alarme, commentai-je.

— Cela n'a rien changé. Mais lorsque mon époux a appris que les autorités étaient sur le point de l'arrêter, il a simulé son suicide.

— Mark vous avait-il confié ce qu'il avait découvert ?

— Pas exactement. C'est moi qui en ai informé Mark. Il a prévenu les autorités parce que je lui avais dit ce qui se passait.

Les pièces du puzzle étaient en train de se mettre en place autour des malversations financières et de l'imposture liées à la famille Mulroy. Je commençai à entrevoir qu'il y avait d'autres victimes collatérales que Doyle Castavette. Cela n'excluait pourtant pas l'implication de ce meurtrier en série qui avait déjà frappé à deux reprises dans des lieux isolés, mais suggérait l'existence de motifs personnels derrière la volonté d'assassinat potentiel des douze convives réunis ici à l'origine.

Tandis que cette pensée me traversait l'esprit, je me mis à réfléchir à ce que tout cela révélait de l'identité du meurtrier. Je songeai également au corps de Heath Mulroy et à la raison pour laquelle il s'était retrouvé dans ma suite. Les invités au mariage étant installés au second étage, le troisième avait sans doute été désert une bonne partie de la nuit. Cela laissait donc de multiples occasions au meurtrier de Heath Mulroy et des quatre autres victimes de la soirée de transporter le corps jusqu'ici. Mais comment l'assassin était-il parvenu à pénétrer dans ma suite ?

Je me tournai de nouveau vers Tyler Castavette.

— Tyler, avez-vous votre carte magnétique avec vous ? Je pense que vous savez à quoi je me réfère ?

Il hocha la tête, sans doute reconnaissant que je n'aie pas encore mentionné le fait qu'il avait pénétré dans ma suite l'après-midi précédent. La porte avait dû ensuite être rouverte par la personne qui avait placé le corps de Heath Mulroy dans mon placard. Tyler fouilla ses poches et son portefeuille, l'air de plus en plus tendu, et manifestement bredouille.

— Je ne la trouve pas, madame Fletcher, avoua-t-il finalement. Je vous jure que je ne sais pas où elle est passée.

Je m'y attendais, même si j'étais loin d'exclure Tyler des suspects. Sauf qu'il n'était pas un Mulroy, et que les événements nous ramenaient constamment à cette famille. Une famille marquée par la trahison, la corruption et la malveillance. Était-ce une affaire de vengeance, ou y avait-il autre chose ?

— Vous êtes étrangement calme, madame Fletcher, remarqua Harrison Bak, qui s'était assis pour reposer ses jambes. Il semble que tous les chemins mènent au royaume des Mulroy, dans cette affaire, et que ce scandale financier est à l'origine de la menace qui pèse sur nos vies.

— Dans ce cas, pourquoi veut-on nous faire croire que ce qui se passe ici est lié à ce tueur en série qui a frappé à deux reprises ? questionna Henley Lavarnay.

— Notre meurtrier, je présume, a tiré parti de cette histoire en prévision des gros titres, en suivant le scénario exact de ces deux autres affaires. Au moment où les secours arriveront enfin, nous serons tous morts, et la conclusion tirée de ce meurtre collectif sera que nous sommes tombés entre les griffes de ce maniaque qui a déjà commis de tels crimes et recommencera.

Tyler intervint.

— Mais il…

— Ou elle, interrompis-je.

— … n'aurait pas pu prévoir ce blizzard, ni même imaginer une tempête de cette ampleur, n'est-ce pas ?

— Je soupçonne que le meurtrier a modifié son plan afin de tirer parti de la tempête, mais qu'il – ou elle – avait quoi qu'il advienne l'intention de s'en prendre à vous au cours du week-end. La tempête n'a constitué qu'un aléa dans son projet – ou un avantage.

— Il s'agit de quelqu'un… commença Beatrice Sprague.

— … qui se trouve dans cette pièce, termina sa sœur Olivia.

— C'est absolument…

— … affreux, et nous ne pouvons qu'espérer…

— … que vous, madame Fletcher, allez débusquer ce meurtrier…

— … avant qu'il ne frappe de nouveau, conclut Olivia.

— Ou elle, corrigea Beatrice. C'est peut-être…

— … toi. Je ne t'ai jamais entièrement…

— … fait confiance. Pas une seule fois au cours…

— … de ces soixante-dix années.

C'est alors que les sœurs Sprague déplacèrent leurs chaises simultanément, pour mettre un peu de distance entre elles.

Seamus revint dans le salon après avoir enveloppé Mortimer dans des couvertures propres et se prépara à recouvrir le corps de Heath Mulroy avec les draps qu'il avait sortis précédemment du placard, afin que nous puissions décider plus tard de ce que nous allions faire de sa dépouille. Heath était un homme de grande taille et il avait sans doute fallu disposer d'une certaine force pour le déplacer. Cela excluait assurément les sœurs Sprague, Virginia Da Salle et Henley Lavarnay, ainsi que

Lois Mulroy-Dodge, mais également Harrison Bak, qui avait des difficultés à supporter son propre poids sans ses béquilles. Cependant, il restait le personnel de l'hôtel, Janey Ryland et Eugene ; et je suppose qu'une partie des personnes présentes auraient pu conjuguer leurs forces.

Tandis qu'il recouvrait le corps de Heath Mulroy de draps, Seamus remarqua qu'un objet se trouvait par terre à côté de lui et le ramassa.

Il regarda Tyler.

— Ne s'agirait-il pas de votre carte magnétique ?

Je répondis à la place du jeune homme.

— Non, la sienne est d'une couleur différente, n'est-ce pas Tyler ? Elle est identique à celles de Hill House.

— Je crois bien, oui, confirma le jeune homme, le visage à la fois crispé dans une expression de rage et de doute.

Je m'emparai de la carte que m'avait tendue Seamus et l'examinai.

— Me confirmez-vous qu'il ne s'agit pas d'une carte de Hill House, Seamus ?

— Effectivement, madame Fletcher. Les nôtres sont imprimées en noir et blanc et comprennent un dessin de l'hôtel.

Je glissai la carte magnétique en sûreté dans ma poche pendant que les sœurs Sprague recommençaient à dialoguer, même si je ne faisais pas suffisamment attention à elles pour identifier celle qui terminait les phrases de l'autre.

— Je n'ai jamais aimé Heath, de toute façon. Je l'ai toujours trouvé…

— … trop arrogant…

— … et toujours à vous regarder de haut. Tu te rappelles la fois où…

— … nous sommes allées à la campagne en voiture et…

— … il a reculé son siège…

— … jusqu'au bout, ce qui fait…

— … qu'il était impossible de bouger mes jambes.

— Mais non ! Il s'agissait de mes jambes. C'était moi…

— … qui étais assise derrière lui. J'étais à l'étroit…

— … et mal à l'aise ! prononcèrent les deux sœurs au même instant, sans révéler laquelle d'entre elles était réellement assise derrière Heath Mulroy ce jour-là.

Brusquement, quelque chose refit surface dans ma mémoire, une réminiscence qui me transporta mentalement dans la Lexus qui avait été abandonnée à plusieurs kilomètres de là. Je me souvins d'un détail qui ne m'avait pas frappée d'emblée à propos de l'espacement entre les sièges avant et arrière.

— Lois, dis-je en me tournant vers la jeune femme, que savez-vous à propos de votre cousin décédé à la naissance ?

— Owen, murmura Connie, avant même que sa nièce ait eu le temps de répondre.

— Que pourrais-je savoir sur lui ? répondit Lois sur un ton de défi. Il est décédé.

— Mark ne vous en a-t-il jamais parlé ?

— Je ne sais pas ce qu'il aurait pu me dire. Owen était mort-né…

— Jessica, intervint Constance Mulroy, que voulez-vous savoir ? Après toutes ces années, en quoi est-ce important ?

— Je pense que cela a une grande importance, au contraire. Pourquoi aviez-vous conservé le troisième petit lit dans la chambre d'enfant ?

Connie parut troublée.

— Je n'en sais rien. Ou si je l'ai su, je l'ai oublié.

— Je pense que vous le savez, ou bien que vous soupçonniez la vérité.

— De quelle vérité parlez-vous ? Je ne comprends pas…

Je dévisageai Constance Mulroy comme si elle était seule dans la pièce.

— Je ne pense pas qu'Owen était mort-né. Je pense qu'il est encore en vie actuellement.

— Et je crois qu'il est en train de prendre enfin sa revanche, poursuivis-je, pendant que l'onde de choc de cette révélation se propageait dans les esprits des invités présents dans la pièce. Il a tenté de tuer sa mère et est parvenu à assassiner son frère et son père…

Je me refusai à donner des détails supplémentaires, pour ne pas formuler les conclusions probables de ces actes que mon esprit était en train d'élaborer. Je sentais que je n'étais pas loin de la vérité, mais je n'avais pas encore une idée claire de ce qui s'était déroulé dans cette chambre de la maternité trente ans plus tôt, et de la raison pour laquelle il n'existait pas de document de sortie pour les jumeaux.

— Je vous pose une nouvelle fois la question, dis-je en m'adressant à Lois Mulroy-Dodge, que savez-vous de tout cela ?

Son regard ne m'avait pas quittée.

— Mark n'aimait pas en parler. Il n'a appris ce qui s'était passé cette nuit-là que des années plus tard.

Constance Mulroy afficha une expression d'incrédulité.

— Et que s'est-il donc passé ? insistai-je.

— Owen n'était pas mort-né… avoua Lois Mulroy-Dodge, en s'efforçant visiblement d'éviter de regarder sa tante.

Sa voix se perdit, et j'invitai du regard la jeune femme à poursuivre.

— … mais il y a eu un problème. Owen est le dernier des triplés auquel ma tante a donné naissance. Et selon Mark, qui ne l'a appris que beaucoup plus tard, il présentait des malformations, notamment du visage, et n'était pas digne de porter le nom des Mulroy selon son père.

— Non, gémit Connie, qui avait brusquement pâli. Ce n'est pas possible…

— Ma tante était sous anesthésie. Elle n'a donc jamais su ce qui s'est passé ensuite. Heath Mulroy a acheté le silence des médecins et des infirmières, avec de fortes sommes à la clé. Il a fait en sorte qu'Owen soit déclaré mort-né et l'a fait placer dans un orphelinat sous le nom de John Doe[1].

— Cela explique pourquoi il n'existe de document de sortie pour aucun des deux frères, soulignai-je, en me demandant si c'était bien ce que Seth Hazlitt soupçonnait et souhaitait vérifier avant de m'en informer. Pour dissimuler le fait qu'il avait fait croire à la mort d'Owen, Heath Mulroy s'est arrangé pour que les formalités de sortie des enfants nés ce jour-là dans cet hôpital disparaissent des registres. Il a peut-être été contraint de le faire parce que les trois naissances figuraient probablement sur le même document, qui aurait révélé qu'Owen était en réalité vivant.

Vivant…

Tous les éléments de l'histoire s'assemblaient enfin. Je me mis à penser à nouveau à ce que j'avais découvert en fouillant la chambre de Doyle Castavette. Je repensai également à la manière dont Mark avait brisé un verre au bar juste avant que sa mère ne soit empoisonnée.

---

1. Ce nom désigne aux États-Unis une personne dont on ne connaît pas l'identité.

— Owen n’aurait jamais été adopté, en raison de sa difformité, reprit Lois, comme si elle lisait dans mon esprit. Selon Mark, il est passé d’établissement en établissement sans jamais y rester très longtemps. Il avait des problèmes de comportement, semble-t-il, ajouta-t-elle en guise d’explication.

— Était-il sujet à la violence ?

— Oui, il était extrêmement violent. Il compensait sa petite taille par son agressivité et sa rage. Il ne cédait jamais, ne permettait pas que l’on se moque de lui. Les histoires que Mark m’a racontées à propos de la manière dont il s’est vengé de certaines personnes qui l’avaient dévalorisé…

— Vous avez dit sa petite taille ? interrogeai-je.

— Owen était atteint de nanisme, expliqua Lois.

21

C'est à cet instant que tout devint clair dans mon esprit, à commencer par la scène de crime qui s'était déroulée à proximité de la filature de Cabot Cove, où Loomis Winslow avait été assassiné. Je comprenais désormais exactement pourquoi Hank Weathers avait mentionné avoir vu un géant qu'il avait pris pour Bigfoot tuer le détective privé. Je l'imaginai en train de regarder la scène depuis la poutre derrière laquelle il s'était dissimulé, et apercevoir Owen Mulroy perché sur l'échelle que Seth Hazlitt avait heurtée, en pensant qu'il s'agissait d'une personne de deux mètres dix, et peut-être même de deux mètres quarante. Owen devait avoir attiré Winslow à cet endroit et sauté de l'échelle pour le surprendre, au moment où Hank Weathers avait dû se recroqueviller, sous l'emprise de la terreur. Je comprenais maintenant pourquoi il n'y avait pas d'autres empreintes que celles du détective. Le fait qu'Owen l'ait tiré sur le sol avait dû effacer les siennes.

Owen Mulroy était le troisième enfant qui n'avait jamais occupé le petit lit de cette chambre d'enfant, ce qui expliquait pourquoi celui-ci était vide… Mais cela aurait été différent s'il n'avait pas été atteint de nanisme.

Il avait été rejeté par son père, qui avait dit à son épouse Constance qu'il était mort-né, moins pour lui épargner de la peine que pour éviter de ternir sa réputation en élevant un enfant handicapé. Un homme comme Heath Mulroy devait considérer que cela était indigne de son statut social et qu'il valait mieux ne pas s'embarrasser d'un tel enfant. Cependant, la véritable indignité résidait dans le fait qu'il n'ait pas accepté son troisième enfant et l'ait abandonné aux services sociaux, avant de détruire les existences de ceux qui lui avaient confié toutes leurs économies.

— Eh bien, moi, en ces temps de paix où fredonnent de frêles pipeaux, je n'ai aucun plaisir à passer le temps, commençai-je à déclamer, si ce n'est d'épier mon ombre au soleil, pour porter le contrechant de ma difformité.

— Qui citez-vous ? interrogea Tyler Castavette.

— Shakespeare, répondit Seamus, me devançant. *Richard III*, et quelle interprétation sublime !

— Et désormais, Owen se venge de toute sa famille, et de tous ceux qui sont présents, parce qu'ils ont un lien avec elle. Mais il n'a pas fait cela tout seul. Il a fini par recontacter ses frères, n'est-ce pas ? demandai-je à Lois Mulroy-Dodge.

Celle-ci acquiesça d'un signe de tête.

— Mark ne m'a jamais précisé les circonstances de leurs retrouvailles, ni lequel d'entre eux a pris l'initiative d'une rencontre, mais je pense que c'est Owen qui a repris contact avec ses frères, sans doute pour des raisons financières.

De nouvelles pièces du puzzle venaient encore de se mettre en place, notamment concernant les éléments inexpliqués des meurtres et de la tentative de meurtre de la soirée. Cependant, je m'interrogeais sur les motivations d'Owen lorsqu'il avait contacté ses frères. Pourquoi aurait-il pourchassé Daniel et sa fiancée dans les bois bordant l'autoroute, où ils étaient peut-être morts de froid depuis ? Pourquoi avoir assassiné Mark dans la salle de gymnastique de Hill House après que celui-ci eut menti au sujet de la présence de Daniel au motel Roadrunner ?

Peut-être était-ce Mark qui avait aidé Owen à placer le corps de son père dans mon placard ? Je supposais que la carte d'origine inconnue que nous avions trouvée par terre quelques minutes auparavant devait donner accès à une chambre d'hôtel dans laquelle Heath Mulroy se cachait depuis son faux suicide. Ses enfants devaient l'avoir piégé dans l'intention de récupérer les fonds illégaux qu'il avait dû dissimuler quelque part. Tout l'argent dont disposait leur mère avait servi à dédommager Doyle Castavette afin d'éviter que celui-ci n'envoie Daniel en prison. Cela expliquait manifestement pourquoi l'assassinat de Doyle Castavette avait été commis en début de soirée. Je n'avais pas encore compris la nécessité de tuer Ian et Faye, mais je soupçonnais que leur meurtre avait été un moyen de me détourner de la vérité, afin de me conforter dans l'idée que les invités au mariage étaient la cible d'un tueur qui reproduisait le même scénario, au cours de la même semaine, que celui qui s'était déroulé deux et quatre ans auparavant… un tueur qui pouvait donc très bien recommencer ici.

— Avez-vous d'autres questions, madame Fletcher ? me demanda Lois Mulroy-Dodge.

Je ne lui répondis pas, ne souhaitant pas interrompre le cours de mes réflexions afin d'en tirer des déductions. Je pensais à la similitude entre le gravier présent sur la scène du meurtre de Winslow, et celui qui se trouvait sur le tapis à l'arrière de la Lexus. Il était probable qu'Owen Mulroy avait d'abord assassiné Winslow avant d'abattre Daniel et sa fiancée, Allison Castavette. Cela avait du sens si l'on considérait les événements survenus à Hill House au cours de la soirée. Mais pourquoi Owen aurait-il redouté Loomis Winslow ? Et comment aurait-il découvert l'implication du détective privé ?

Soudain, tout le déroulement de l'affaire se fit clair dans mon esprit : sa chronologie, les motivations qui la sous-tendaient ainsi que tous ses tenants et aboutissants.

Un instant avant que tous les éclairages de la suite ne s'éteignent brutalement, nous plongeant dans l'obscurité.

La seule source de lumière provenait du faible éclat de l'écran de mon ordinateur portable. J'avais oublié que je l'avais laissé allumé et je ne me souvenais pas l'avoir consulté récemment. Cependant, sa luminosité, qui se propageait faiblement autour du bureau, suffit à me faire comprendre que tout ce que j'avais pressenti était bien réel.

Je faillis trébucher sur le corps de Heath Mulroy en m'approchant du placard pour chercher une lampe de poche. Je songeai qu'il avait sans doute été tué par Owen. Contraint de se rendre dans le Maine, il avait subi la vengeance longuement préméditée du fils qu'il avait abandonné à la naissance.

Je m'emparai de la lampe de poche posée sur une étagère du placard, saisie d'une légère appréhension à l'idée qu'autre chose pouvait m'y attendre. Je l'allumai et balayai de son faisceau la pièce, qui n'était que faiblement illuminée par les lampadaires situés à l'extérieur de l'hôtel. Tout en éclairant la chambre, je compris que j'avais mis du temps à percevoir ce qui avait émergé presque d'emblée dans cette affaire, susceptible d'aboutir au meurtre de douze personnes. Il n'y avait pas eu un indice, mais une multitude, tous orientés dans une direction que je n'avais pas suivie : celle d'Owen Mulroy.

— Gardons notre calme, conseillai-je au petit groupe de personnes présent devant moi. J'ai une réserve de bougies, et nous allons donc avoir toute la lumière qu'il nous faut dans un instant.

— Nous avons cependant deux problèmes, madame Fletcher, annonça Seamus en passant la tête dans le couloir. Tout d'abord, l'éclairage de secours ne s'est pas déclenché, ce qui signifie que le groupe électrogène d'urgence ne s'est pas mis en route automatiquement comme il aurait dû le faire.

— Cette défaillance tombe mal. Et quel est le second problème ?

— Eugene a quitté son poste.

Je jetai un coup d'œil par l'entrebâillement de la porte, tout comme Seamus, et constatai également qu'Eugene n'était plus là. Où avait-il bien pu se rendre sans nous alerter ? Il n'y avait aucun signe de lutte, et une personne de la taille d'Owen Mulroy, en dépit de sa violence, serait incapable d'affronter un adversaire de la corpulence d'Eugene.

— À votre avis, qu'est-il arrivé à Eugene, agent McGilray ? demandai-je en refermant la porte.

Il était difficile pour moi de voir clairement le visage de Seamus en raison de la faible luminosité. Il m'apparaissait davantage comme une ombre que comme une silhouette en trois dimensions.

— Je ne comprends pas plus que vous sa disparition, madame.

— Moi si ! s'exclama Virginia Da Salle. Je pense qu'il s'agit de notre assassin, malgré cette histoire de triplés. Je pense qu'il est aussi le tueur qui a frappé précédemment et il a fait en sorte que nous nous soupçonnions les uns les autres. Ce colosse correspond parfaitement au profil, et cette histoire abracadabrante d'enfant abandonné à la naissance par ses parents n'est rien de plus qu'un événement de second plan, astucieusement utilisé pour détourner notre attention.

— Et brodé par une auteure de romans policiers, ajouta Henley Lavarnay, qui, bien qu'étant l'ex-épouse de l'une des victimes, semblait adopter le point de vue de l'actuelle compagne de son mari. Vous ne pouvez pas nous demander d'imaginer des scénarios aussi invraisemblables !...

— Je ne suis pas ici pour défendre mon point de vue, répondis-je en m'adressant autant à elle qu'aux autres invités présents. Identifier le meurtrier est moins important que de rester en vie jusqu'à l'arrivée des secours. Et nous serons en sécurité tant que nous resterons ici ensemble.

En disant cela, je ne tins pas compte de la crainte que je ressentais pour la première fois lors d'une enquête. D'habitude, j'étais bien plus effrayée par les scènes de suspense que j'élaborais dans mes romans. Cependant, les personnages machiavéliques que je faisais naître dans mon esprit n'avaient rien de réel.

Mais ce soir, tout était différent, cependant, parce que la certitude de la présence d'Owen Mulroy parmi nous, si proche, m'avait frappée avec brutalité. Je me souvins de l'espace d'aération étroit que m'avait montré Seamus dans la chambre de Doyle Castavette. Si étroit qu'une personne de taille moyenne aurait eu beaucoup de mal à s'y glisser...

Ce qui n'était pas le cas d'Owen Mulroy et expliquait comment il était parvenu à se déplacer d'une chambre à l'autre en commettant ses meurtres odieux sans même être remarqué. Je pouvais désormais expliquer toutes les incohérences qui m'avaient frappée au cours de la journée et de la nuit écoulée. Cependant, je n'exprimai pas mes réflexions à voix haute aux personnes présentes, car celles-ci avaient d'autres préoccupations, ce qui était naturel.

— Quel est le plan ? me demanda Henley Lavarnay.

— Je pense que c'est *cela*, le plan, intervint Harrison Bak, son compagnon. Tu as entendu ce que madame Fletcher vient de dire : rester en vie jusqu'à l'arrivée des secours.

— Une auteure de romans policiers… entendis-je quelqu'un murmurer d'un ton railleur.

— Une autre difficulté va se poser, madame Fletcher, prévint Seamus. Il faut éviter que nous gelions tous sur place. Car l'extinction du générateur n'a pas entraîné uniquement la coupure de l'électricité, mais aussi celle du chauffage. Et il faut s'attendre à une forte baisse de température d'ici l'aube.

L'aube... J'avais oublié à quoi pouvait bien ressembler la lumière du soleil. Et si elle n'allait pas accélérer l'arrivée des secours, elle était le meilleur remède pour apaiser les craintes de chacun, qu'elles soient extrêmes ou minimes.

— Comment faut-il procéder pour mettre en route le générateur de secours, Seamus ?

— C'est le hic ! Vous voyez, il se trouve à l'extérieur. Il y a un disjoncteur sur le carter du générateur à propane, ainsi qu'un disjoncteur dans le sous-sol, destiné à lui permettre de fournir une alimentation électrique en continu.

— En d'autres termes, il faut être deux pour le mettre en route, résumai-je.

— Je serai ravi de me charger des opérations à l'extérieur, proposa Seamus, mais le déclenchement du disjoncteur qui se trouve à l'intérieur nécessite plusieurs étapes, tandis que le générateur extérieur ne comprend qu'un simple interrupteur.

— Je devrais pouvoir m'en charger, affirmai-je.

Tyler Castavette se leva de sa chaise.

— Laissez-moi y aller. Mon propre père a été assassiné. Laissez-moi y aller, implora-t-il en s'adressant à la fois à Seamus et à moi.

— Un geste noble, mais que je ne peux accepter. Vous êtes aussi apte que moi à appuyer sur un interrupteur, mais le générateur est enfoui sous la neige, maintenant. Il ne sera pas facile à localiser si vous n'avez pas au moins une vague idée de l'endroit où il se trouve, argumentai-je tout en regardant Seamus. Je m'occuperai de l'extérieur pendant que l'agent McGilray opérera au sous-sol. Ainsi, la lumière sera rapidement rétablie.

Je me tournai vers Tyler.

— Vous pouvez vous rendre utile en veillant sur les autres invités en notre absence.

— Dans ce cas, répondit Tyler, je vais vous donner un conseil éprouvé que j'ai lu autrefois, madame Fletcher : restez en vie.

22

Plus facile à dire qu'à faire, pensai-je tout en m'emmitouflant dans des couches de vêtements supplémentaires, et en terminant par ma parka, dont la surface était encore humide en raison de ma première incursion à l'extérieur, lors de l'arrivée de la tempête, en compagnie du shérif Mortimer Metzger.

Ce dernier était toujours inconscient. J'aurais aimé travailler sur cette affaire avec lui, comme nous le faisions habituellement. Son éternel « madame F. » ne me manquait pas, mais lorsqu'il était à mes côtés, j'avais toujours l'impression d'être celle qui allait l'amener à briller, plutôt que la tête d'affiche. Comme s'il lisait dans mes pensées, Seamus sortit le neuf millimètres de Mortimer de sous la veste de celui-ci et me le tendit.

—Êtes-vous familiarisée avec ce genre d'engin, madame Fletcher ?

—Avec son fonctionnement, oui, concernant les tirs à distance rapprochée, une connaissance utile lorsque j'écris mes romans. Pour autant, je ne suis pas sûre d'être capable d'atteindre une cible. Gardez-le, Seamus, déclarai-je avant qu'il ne puisse m'interrompre. Que l'électricité et le chauffage puissent être remis en route ou non, vous êtes avant tout responsable de la sécurité de vos hôtes.

Il hocha la tête à contrecœur.

— Je vais vous fournir un talkie-walkie afin que nous puissions coordonner nos efforts. Vous aurez également besoin d'une pelle pour pouvoir dégager le générateur afin de localiser le disjoncteur. Celui-ci se trouve dans un compartiment en acier que vous devrez soulever et maintenir pour l'actionner.

Je regardai par la fenêtre. Le paysage était dissimulé par des rideaux blancs tourbillonnants qui ne laissaient rien entrevoir de la nuit.

— Je pense que je vais m'en sortir, assurai-je à Seamus.

— À quel point devrions-nous nous inquiéter de la disparition d'Eugene ? me demanda celui-ci, tandis que nous descendions les marches menant dans le hall d'entrée.

J'avais retrouvé une petite lampe stylo de marque Maglite dans mon sac, et celle-ci était notre seule source de lumière. Nous avions laissé la lampe torche aux invités qui se trouvaient dans ma suite, et placé plusieurs bougies à divers endroits, avant de partir. Une fois dans son bureau, Seamus pourrait récupérer d'autres lampes torches ainsi que la pelle dont j'aurais besoin pour dégager le générateur à l'arrière de la propriété. Toutefois, je préférais ma petite Maglite, qui était puissante, dotée d'un faisceau concentré et facile à prendre en main.

— Écoutez, il n'y a aucune trace de lutte. Nous n'avons rien entendu, et Eugene ne nous a pas dit que quelque chose le préoccupait.

— Cela ne répond pas à ma question, madame Fletcher.

— Laissez-moi donc vous en poser une, Seamus. Avez-vous vérifié ses références ?

— Pour vous répondre franchement, étant donné qu'il n'avait qu'un contrat saisonnier et qu'il travaillait en cuisine sans être en contact avec la clientèle, non, absolument pas. Du moins, je n'ai pas creusé au-delà des informations que l'agence d'emploi m'avait transmises.

— S'agit-il de la même agence de Boston que celle qui fournit du personnel au service de restauration de Cabot Cove ?

— Oui, pourquoi ?

— Parce qu'elle se montre très professionnelle et n'a jamais fait défaut au service de restauration local. Peut-être considérait-il que la tâche que nous lui avons confiée n'entrait pas dans le cadre de ses attributions et a-t-il décidé de nous laisser gérer cela tout seuls.

— En d'autres termes, madame Fletcher, il était effrayé.

— C'est une manière de formuler les choses, je suppose, répondis-je, en m'abstenant de mentionner à Seamus ce que j'avais remarqué à propos d'Eugene lorsque celui-ci avait ouvert la porte de ma suite pour que nous puissions y introduire le fauteuil roulant de Mortimer.

En arrivant dans le hall d'entrée, nos regards se dirigèrent simultanément vers l'horloge ancienne, et nous constatâmes que le chiffre romain correspondant au six était rayé.

Pour Heath Mulroy.

Selon l'horloge, il était quatre heures et demie du matin lorsque j'ouvris la porte d'entrée. Je sentis un vent puissant exercer sa poussée sur moi. J'avais eu un aperçu de sa violence lorsque j'avais ouvert la porte pour laisser entrer Mortimer, mais l'affronter directement était une expérience que je n'avais encore jamais vécue auparavant. L'idée qu'il m'aurait été utile de pouvoir m'accrocher à une corde pour parcourir ne serait-ce qu'un mètre cinquante à l'extérieur ne m'avait jamais effleurée avant cet instant, où j'étais à la fois le jouet du blizzard et de la neige qui frappaient les parties de mon visage que je n'avais pu recouvrir d'une écharpe en formant un réseau ruisselant évoquant le morcellement d'un pare-brise lors d'un choc.

J'avais lu à une occasion qu'il était véritablement possible de mourir d'asphyxie dans ces conditions, ce dont je ne prenais conscience qu'à présent. Mes poumons souffraient d'inhaler cet air mêlé de neige qui me donnait l'impression d'avoir avalé des glaçons. Je suppose que je n'étais pas loin de la vérité, car la neige, sous l'emprise du vent, se transformait en grumeaux qui glissaient le long de mes voies respiratoires.

Je n'étais pas à l'extérieur depuis plus de trente seconds que j'étais déjà complètement désorientée, incapable de distinguer quoi que ce soit et n'entendant que le mugissement constant du vent qui virevoltait autour de moi. J'avais l'impression d'incarner Dorothy dans *Le Magicien d'Oz*, étant comme elle sur le point d'être emportée par un tourbillon d'énergie auquel j'étais incapable de résister. Essayer de progresser dans une direction ou une autre me donnait l'impression de remonter à contre-courant, alors que je me trouvais encore dans une zone de courants superficiels, à proximité des côtes. Il y avait des poches où l'on pouvait se mouvoir avec plus de fluidité, mais en dehors, il était impossible de lutter.

Il m'était arrivé de plaisanter en disant que je vivais à Hill House depuis si longtemps que je pourrais m'y orienter les yeux bandés. Maintenant que mon assurance était mise à l'épreuve, je comprenais qu'un bandeau sur les yeux aurait été bien moins handicapant que d'être ainsi le jouet des éléments. En effet, j'aurais pu trouver mon chemin malgré cela, alors que dans ma situation, mes mains équipées de gants ne disposaient d'aucun support. J'étais incapable de dire quelle quantité de neige se déposait au sol et quelle quantité était emportée par le vent. Et dans mes efforts déterminés pour effectuer un parcours logique et simple en direction du générateur que j'avais déjà aperçu à des centaines de reprises, je me sentais de plus en plus perdue et aurais été incapable de dire où se trouvait l'hôtel lui-même.

Je luttai contre le sentiment de panique qui commençait à s'emparer de tout mon être, mais se traduisait essentiellement par le sentiment d'avoir la poitrine oppressée et l'estomac noué. J'avais l'impression d'être enserrée dans un étau qui se refermait lentement, et ne se desserrerait que si je trouvais un indice me montrant que j'étais sur la bonne voie – ce qui n'était pas le cas pour l'instant, car j'avais perdu tous mes repères. Le talkie-walkie se mit à grésiller dans une poche latérale de ma parka, mais la voix de Seamus McGilray ne me parvenait que de manière très étouffée. Je résolus de ne pas répondre, craignant que ce simple effort ne me déconcentre encore davantage.

Au lieu de cela, je tentai de me situer et cherchai des yeux un repère qui me permettrait de retrouver confiance et de me diriger. C'est alors que j'aperçus la girouette argentée qui surmontait le toit de l'hôtel. Lors des quelques accalmies entre les rafales, j'entendais les craquements qu'elle produisait en tournant. Je fixai mon regard sur elle afin d'avoir une direction générale à suivre.

Avec davantage de certitude désormais, je m'orientai sur elle pour évaluer ma position. Je devais me trouver à six mètres maximum à la droite de l'entrée de Hill House, du côté du bâtiment à l'angle duquel le générateur était situé. Cela signifiait que si je le longeais dans cette direction, je parviendrais au bon endroit après avoir parcouru les quatre-vingt-dix mètres environ qui séparaient la façade de l'édifice du générateur. La difficulté, naturellement, était que dans ces conditions, la distance n'était pas plus facile à évaluer que la direction que je prenais. Et il était compliqué de repérer l'allée, en me guidant le long de l'hôtel, car la neige s'y était accumulée en quantité importante.

Elle formait désormais une couche de près d'un mètre vingt aux endroits où le vent n'en charriait pas davantage. Provenant du nord, celui-ci repoussait la neige qui venait s'arc-bouter contre le bâtiment, son niveau atteignant à cet endroit une hauteur démesurée. Cependant, cela me permettait de me déplacer plus facilement sur une couche moins épaisse, de quarante-cinq à soixante centimètres. Celle-ci n'était pour autant pas facile à parcourir, mais permettait néanmoins de circuler.

Je découvris qu'il était plus simple de progresser en tenant la pelle devant moi, mes deux mains équipées de gants enserrant la poignée. J'utilisais à peu près l'outil de la même manière que Harrison Bak se servait de ses béquilles. Je m'aperçus que mes pensées vagabondaient à leur guise, l'angoisse liée à la virulence de la tempête commençant à gagner mon esprit. Je résolus de me concentrer sur ma tâche, à savoir localiser le générateur et appuyer sur l'interrupteur du disjoncteur. Je commençai à penser uniquement au pied que je posais devant moi, puis au pas suivant, et à l'endroit où j'allais enfoncer ma pelle ensuite avant de la rejoindre et de répéter le processus. Un étrange rythme se mit en place, ma progression lente dans la bonne direction m'empêchant de céder à la terreur provoquée par le blizzard et à la hantise de me perdre et de mourir de froid à quelques mètres de Hill House.

Je persévérai dans mes efforts, cessant de compter les pas ou d'évaluer la distance parcourue. Je devinai la silhouette de l'hôtel à côté de moi et pourrais donc en voir l'extrémité lorsque je parviendrais à l'emplacement approximatif du générateur que je devais allumer. C'était uniquement parce que je faisais régulièrement de l'activité physique en me déplaçant à bicyclette durant la belle saison et en utilisant le tapis de course ou le vélo elliptique de la salle de gymnastique de Hill House durant l'hiver que je pus conserver mon souffle, bien qu'à grand-peine.

Tandis que je continuais à progresser à l'aide de la pelle à travers la couche de neige qui dépassait désormais ma taille, je songeai à Mortimer Metzger qui était parvenu à rejoindre l'hôtel depuis l'endroit où il avait perdu sa motoneige. Mais repenser à la salle de gymnastique, et à l'assassinat de Mark Mulroy, m'incita à me concentrer de nouveau sur ma tâche, et sur le fait qu'il pourrait y avoir huit victimes supplémentaires si mes efforts n'aboutissaient pas.

Je continuai de me frayer lentement un chemin à travers les monticules accumulés par le vent, tandis que la poignée de la pelle dépassait maintenant à peine de la neige dans laquelle je l'enfonçais à intervalles réguliers. Cette tâche difficile me rappela les hivers de mon enfance, et des tempêtes telles que celle-ci. À l'époque, j'imaginais que j'allais m'enfoncer dans la neige jusqu'au cou. Or je vivais désormais réellement cette expérience, et je n'avais pas pour autant la moindre impression de retrouver les sensations de mon enfance. En réalité, je me demandais si la tempête n'allait pas me tuer avant qu'Owen Mulroy n'ait l'occasion de le faire.

Brusquement, je ne vis plus qu'un espace vide et obscur, et compris que j'étais presque arrivée à l'extrémité du bâtiment, à l'endroit où j'avais aperçu le générateur des milliers de fois. Celui-ci se trouvait dans le prolongement de l'abri dans lequel je rangeais ma bicyclette depuis que je résidais ici. Cependant, cet abri était pour l'instant masqué par le déchaînement des éléments et presque enterré sous la neige.

Je maintins fermement la pelle d'une main et pris ma lampe stylo dans mon autre main. Le faisceau eut du mal à percer l'obscurité enneigée, qu'il n'éclairait que superficiellement. Ce n'est que lorsqu'une rafale balaya temporairement le rideau blanc que j'aperçus un monticule qui devait recouvrir le générateur que je cherchais. Je devais maintenant contacter Seamus à l'aide du talkie-walkie afin que nous activions le système d'alimentation de secours selon la séquence appropriée.

Me dirigeant vers le générateur, je ressentis une incroyable montée d'adrénaline à l'idée d'être parvenue à vaincre ces conditions mortelles capables d'engloutir une personne qui se serait aventurée trop loin. Ma lampe finit par dévoiler les amas de neige surmontant le coffrage du générateur. Je m'approchai, réprimant une étrange sensation d'euphorie, qui s'évanouit instantanément.

Car ce qui restait du générateur avait été fracassé au point d'être méconnaissable, détruit par une personne déterminée qui avait dû utiliser une masse telle que celle qui était stockée dans l'abri où se trouvait ma bicyclette. Je plantai la pelle dans le sol et m'appuyai dessus, en éclairant les alentours avec ma lampe stylo tout en sortant le talkie-walkie de ma poche et en le coinçant dans ma capuche, étroitement ajustée autour de ma tête.

— Seamus, m'entendez-vous ?

Un bruit de friture me répondit.

— Seamus, répondez. Seamus, s'il vous plaît, répondez.

Je ne percevais toujours que de la friture.

— Vous êtes là, Seamus. Êtes-vous…

Malgré les mugissements du vent, j'entendis le craquement de la neige, et sentis une présence se rapprocher de moi juste avant que quelque chose ne balaye mes jambes. Je chutai brusquement mais atterris en douceur dans la neige fraîche qui se tassa sous mon poids. Et là, devant moi, dépassant de la couche de neige, se tenait le meurtrier.

Owen Mulroy.

23

Il éclata d'un rire sardonique, ses lèvres s'étirant en un large rictus sur son visage dont la pâleur faisait écho à celle de la couche neigeuse. L'un de ses yeux était plus bas que l'autre. Du même côté, son bras était paralysé, et sa jambe opposée était tordue. Je vis qu'il se tenait sur les restes du générateur, ce qui expliquait pourquoi je voyais sa silhouette entière, et je compris qu'il avait utilisé la même masse – désormais posée à ses pieds – pour détruire le générateur et frapper mes jambes à travers la neige et me déséquilibrer.

— Owen Mulroy, parvins-je à dire.

— Jessica Fletcher. Ravi de faire votre connaissance… dit-il, en se penchant légèrement et en continuant de sourire comme s'il se réjouissait de notre rencontre. Même si vous m'avez donné beaucoup de fil à retordre, au cours de cette longue nuit…

Il prit une grande inspiration et toussa, exhalant une fine buée dans l'atmosphère.

— Y a-t-il un meurtrier ici ? Non. Si, moi. Alors fuyons. Quoi, au loin de moi-même ? Pour quelle raison ? De peur que je me venge, déclama-t-il.

— *Richard III*, dis-je, reconnaissant la citation. Vous devez m'avoir entendue en citer un autre passage…

— Je vous ai entendue dire beaucoup de choses, cette nuit. Comme je l'ai dit, vous m'avez bien compliqué la tâche…

Il y avait des accents presque élisabéthains dans ses paroles, provenant d'une âme torturée condamnée à passer la majorité de son existence en paria ; seul, isolé et rejeté par ce monde. Cela expliquait son désir de vengeance.

— Vous aviez besoin d'argent, c'est cela ? De la fortune familiale amassée par votre père aux dépens d'autres personnes…

— Pour ce que cela lui a servi, ce soir… Il s'agit d'un juste retour des choses, compte tenu de ses actes, ne croyez-vous pas ? railla Owen, sa voix me parvenant en dépit des hurlements du vent.

Je tentai de me dégager du tas de neige afin d'élaborer une tactique de défense, mais j'avais chuté selon un angle qui allait me compliquer la tâche.

— Compte tenu de ses actes, demandai-je à Owen Mulroy, ou bien parce qu'il vous a abandonné à la naissance ?

— Un homme est la somme de ses agissements, madame Fletcher.

— Ou bien la somme de ses crimes, Owen.

— Et je n'en ai pas terminé pour cette nuit.

J'entrevis un discret éclat sous le faible éclairage de l'un des lampadaires extérieurs et compris qu'Owen tenait un pistolet de petit calibre, qui n'en était pas moins mortel.

— Et vous allez être la prochaine victime, madame Fletcher.

***

— Je comprends, dis-je, afin de gagner autant de temps que possible, parce que si tout le monde est retrouvé mort, les soupçons porteront sur le tueur en série de cet avion et de ce pavillon de chasse.

— Un alibi parfait, vous en conviendrez…

— Cependant, vous n'avez pas agi seul, n'est-ce pas ? Vous avez reçu l'aide de votre frère Mark, avant de l'assassiner à son tour.

J'espérais que ma remarque allait susciter un mouvement de colère de sa part, mais il ne réagit pas.

— Il ne me servait plus à rien, déclara Owen d'une voix glaciale.

— J'aurais dû le deviner plus tôt, soupirai-je, en finissant par me redresser en position assise, et en cherchant son regard à travers le rideau de neige. Dès que j'ai vu cette valise ouverte dans la chambre de Doyle Castavette… C'est là que vous vous êtes caché après l'avoir assassiné, j'imagine… La chaise ayant été cassée durant votre lutte, vous n'aviez pas la possibilité de remonter vous dissimuler dans l'espace d'aération.

— Je m'attendais à ce que vous me trouviez, à ce moment-là. La grande Jessica Fletcher, montrant qu'elle était une adversaire d'envergure.

— Vous ne saviez pas que je vivais ici, je pense. Vous ne le saviez pas avant ce soir.

J'eus l'impression que la petite silhouette qui se trouvait devant moi haussait les épaules, mais je n'en étais pas certaine.

— Comment aurais-je pu le savoir ?

— Et comment auriez-vous pu savoir qu'il y allait avoir une telle tempête ?

— C'est simple, répondit Owen Mulroy, un sourire s'affichant sur ses traits déformés. Cela était annoncé dans l'*Almanach du fermier*.

Il pointa son pistolet dans ma direction.

— Maintenant, levez-vous.

***

Enfonçant son minuscule pistolet dans mon dos, il me contraignit à avancer vers le bois qui bordait l'arrière de la propriété de Hill House, où l'épaisse couverture des arbres avait filtré en grande partie la neige, rendant le sol beaucoup plus praticable. Je songeai que si je me retournais brusquement, je pourrais le surprendre, et peut-être même m'emparer de son pistolet. Cependant, il y avait encore assez de neige sur le sol pour m'empêcher d'y adhérer fermement, et la probabilité que je chute en effectuant un tel mouvement était d'environ cinquante pour cent. Je devais essayer de gagner du temps jusqu'au moment de trouver une branche basse ou tout autre morceau de bois susceptible de me servir d'arme.

Mais il n'y avait rien de tel. J'avais l'impression que nous nous trouvions dans une portion du bois qui avait été déblayée par la tempête. La neige tombait de nouveau de manière plus dense, m'empêchant de voir au-delà de quelques mètres et rendant impossible l'exécution d'un mouvement suffisamment rapide pour mettre à terre Owen Mulroy.

Où me trouvais-je ? J'étais manifestement désorientée, comme si j'étais plongée dans un cauchemar dont je n'arrivais pas à m'extraire.

— Vous étiez caché sous la table, j'en suis certaine, affirmai-je. Cela vous a permis d'empoisonner le vin de votre mère au moment où tout le monde regardait en direction du bar lorsque Mark a cassé son verre.

— Un autre indice que vous avez négligé, madame Fletcher. J'ai l'impression que vous vous relâchez.

— Ou bien peut-être ai-je trouvé mon *alter ego*…

— Continuez d'avancer, ordonna-t-il, exultant manifestement à l'idée de son futur crime. Vous allez apprécier ce que je vous ai préparé. Certains penseront peut-être même que vous êtes devenue folle et que vous avez mis en scène votre propre roman policier. Lorsque votre corps sera retrouvé, naturellement.

C'est alors que je compris où je me trouvais. Owen m'avait entraînée au milieu de l'étang Booker, une petite étendue d'eau dont le niveau avait monté au cours de l'automne, particulièrement humide, mais qui avait des difficultés à geler lorsque l'hiver s'installait. Je me souvins des panneaux indiquant DANGER ! PAS DE PATINAGE, installés sur ses rives et sentis la glace recouverte de neige frémir sous mon poids.

Owen me poussa brutalement en éclatant de nouveau de son horrible rire sardonique et guttural. Je me retournai maladroitement pour le voir reculer vers la rive, son pistolet de petit calibre toujours pointé sur moi.

— Il paraît que geler est une bonne manière de mourir, si jamais cela peut vous consoler.

— Vous avez tué Loomis Winslow parce qu'il était sur le point de retrouver l'argent que votre père avait dissimulé, une somme que vous vouliez récupérer à votre compte.

— Vous n'êtes pas dénuée d'intelligence, madame Fletcher…

— Peut-être, mais je ne suis pas assez intelligente pour deviner comment vous avez découvert qu'il était impliqué. Et pas assez non plus pour savoir dans quelles circonstances vous avez assassiné votre frère Daniel et sa fiancée.

Il continua de reculer, puis s'arrêta, alors qu'il se trouvait encore largement à portée de tir.

— Tous les mystères ne sont pas destinés à être résolus, vous savez.

— Les avez-vous attirés d'une manière ou d'une autre sur le lieu de l'ancienne filature de Cabot Cove ? Les avez-vous tenus captifs dans la Lexus qu'ils avaient louée à l'aéroport ?

— Ah, vous avez deviné cela aussi, à ce que je vois. Je vous ai peut-être sous-estimée…

— Je n'en méritais probablement pas davantage. Le siège avant du passager était complètement reculé, et il n'y aurait pas eu assez de place pour les jambes d'une personne de corpulence normale à l'arrière, expliquai-je, comprenant enfin ce qui avait attiré mon attention. J'aurais dû faire le lien à plusieurs reprises.

— Vous ne vous êtes pas si mal débrouillée, vous savez !

C'est à cet instant que le minuscule Owen inclina son pistolet vers le bas et tira à plusieurs reprises dans la glace à mes pieds, soulevant de la neige en laissant un creux à l'endroit où les balles s'étaient enfoncées. Presque aussitôt, je sentis la glace vaciller sous mon poids, commencer à se fissurer et à céder, l'assassin qui me faisait face ayant l'intention de m'offrir une tombe de glace.

— Adieu, madame Fletcher. J'aurais aimé que nous puissions faire plus amplement connaissance. Vous paraissez être un sacré phénomène !

La glace continua de se fissurer, produisant désormais un craquement évoquant du papier que l'on déchire. Mais soudain, j'entendis le martèlement de pas à petite distance, le long de l'itinéraire que nous avions emprunté, qui s'acheva par un bruit de glissade juste en bordure de l'étang.

—FBI ! aboya une voix qui transperça la nuit et les intempéries. Mains en l'air ! Tout de suite !

Je sentis que la glace allait céder d'un instant à l'autre quand j'aperçus une silhouette connue se tenant à une trentaine de mètres, son arme dirigée sur Owen Mulroy.

—Lâchez votre arme et levez les mains en l'air ! ordonna la voix familière et imposante.

Eugene.

Au lieu d'obéir, Owen plongea dans ma direction, se rapprochant trop près de moi pour que l'agent Eugene – s'il s'appelait bien ainsi – puisse tirer sur lui sans risque. Owen tenta de se placer derrière moi, mais glissa au dernier moment, m'offrant l'occasion d'effectuer un bond en direction d'une portion de glace encore solide. Celle-ci résista à mon poids, mais j'entendis un affreux bruit de craquement à l'endroit où je me tenais quelques instants auparavant. Je regardai le fils des Mulroy s'enfoncer puis disparaître dans le trou noir qui était apparu lorsque la glace avait finalement cédé.

Je vis sa main valide tenter désespérément de s'agripper quelque part, mais chaque morceau de glace déchiquetée qu'il saisissait se brisait. Je plongeai au sol et glissai sur la glace, repoussant la couche de neige comme devaient le faire les chasse-neige d'Ethan Cragg, et saisis la main gantée d'Owen.

Je refermai momentanément la main sur son poignet, sans parvenir à avoir une prise suffisante sur le tissu en laine mouillé. Puis je me sentis tirée par les pieds en arrière, loin de la fissure apparue dans la glace, et vis la main d'Owen Mulroy disparaître en s'enfonçant dans l'eau glacée.

— J’ai bien cru que vous alliez arriver trop tard, avouai-je à Eugene, une fois que nous eûmes atteint la rive.

Il n’y avait plus trace d’Owen Mulroy.

— Quand avez-vous compris que j’appartenais au FBI, madame Fletcher ?

Je pointai un index ganté dans la direction de son oreille gauche, vers la marque que j’avais repérée avant que mon attention ne soit détournée par Constance Mulroy, qui m’avait appelée depuis l’intérieur de ma suite à peu près une heure auparavant.

— La trace pâle autour de votre oreille a la forme de ces oreillettes utilisées par les forces de l’ordre. Vous avez dû la porter lorsque vous étiez exposé au soleil, car la peau qui l’entoure est bronzée. Je l’ai remarquée lorsque vous avez ouvert la porte de ma suite.

— Et si j’avais simplement écouté de la musique sur la plage ?

— La marque n’aurait pas été unilatérale, dans ce cas, agent…

— Finnegan, répondit l’homme que je connaissais sous le nom d’Eugene, d’une voix suffisamment forte pour couvrir les hurlements du vent.

J’aurais dû être complètement transie après ce que je venais de traverser, mais ne ressentais pas le froid, sans doute sous l’effet d’un mélange d’adrénaline et des efforts physiques que j’avais fournis.

— C’est un détective privé du nom de Loomis Winslow qui a alerté le ministère de la Justice à propos de ce qu’il avait découvert concernant les malversations financières de la famille Mulroy, n’est-ce pas ?

L’agent Finnegan parut extrêmement surpris.

— Comment le savez-vous ?

— Êtes-vous au courant de l'assassinat du détective Winslow ce matin ? lui demandai-je, au lieu de répondre à sa question.

Son expression m'apprit qu'il ne l'était pas.

— Winslow ?

— Oui, acquiesçai-je. Ici, à Cabot Cove.

— Une enquête était déjà en cours avant qu'il ne nous avertisse, m'apprit l'agent Finnegan. Faisant partie des agents qui coordonnent cette enquête, je me suis rendu ici pour garder un œil sur la famille, la mère et les deux fils, pensant que le mariage les inciterait peut-être à baisser la garde, et même à commettre une erreur. Winslow a-t-il été assassiné par Owen ?

— Oui, mais ce dernier n'était pas seul, expliquai-je, en pensant à la Lexus abandonnée et en comprenant tardivement quelque chose.

***

Nous découvrîmes Seamus McGilray dans le local technique de l'hôtel, inconscient, avec une vilaine bosse sur l'arrière du crâne. Il se réveilla l'air confus, mais paraissait ne souffrir de rien de grave, et nous le transportâmes jusqu'à ma suite par l'escalier – les efforts principaux étant fournis par l'agent Finnegan.

— Madame F. ? entendis-je aussitôt que je fus entrée.

Mortimer Metzger, blotti sous des couvertures, m'avait sans doute aperçue depuis la chambre.

Je me précipitai à son chevet.

— Mortimer ! m'écriai-je joyeusement, prenant une de ses mains entre les miennes.

— Allez-y doucement, madame F., dit-il en souriant. Je ne voudrais pas qu'Adele se méprenne sur notre relation.

Je ne sais même pas comment je vais lui expliquer le fait que je me suis réveillé dans votre lit.

— Je conserverai le secret si vous le gardez également.

Il frotta l'endroit de sa tête sur lequel j'avais posé les bandelettes adhésives. Il semblait encore désorienté et paraissait s'efforcer de comprendre ce qui s'était passé.

— Pourquoi ai-je l'impression d'avoir manqué quelque chose ? me demanda-t-il.

24

Mortimer manqua également les événements consécutifs, car il n'était pas en état de faire autre chose que de se reposer durant quelques jours, selon Seth Hazlitt.

Seth prit un bref congé pour me conduire à Boston et à l'Encore Boston Harbor, le luxueux complexe ouvert récemment sur le front de mer et abritant un casino. J'avais rendez-vous avec l'agent Finnegan dans le hall et suivis son équipe jusqu'à une table de blackjack située au centre du somptueux parterre du casino.

— Une carte !

Je ne sais comment cette voix parvint à mes oreilles, mais je me retournai, découvrant un visage que j'identifiai du fait de sa légère ressemblance avec celui de Mark Mulroy. J'étais en effet face à son jumeau, Daniel, le futur marié, dont je pensais qu'il s'était enfui de la Lexus abandonnée et était sans doute mort – parce que c'était ce qu'avaient imaginé ceux qui avaient découvert la voiture de location, lavant ainsi Daniel de tout soupçon. Sa disparition aurait rapidement été considérée comme un meurtre, le laissant libre de vivre avec Allison Castavette dans un pays ou un autre de la fortune amassée illégalement par son père.

Daniel Mulroy croisa mon regard, mais demeura sans réaction. Cependant, il comprit qu'il se passait quelque chose d'inhabituel en découvrant l'agent Finnegan et son équipe de cinq personnes. Il suivit les agents du regard jusqu'à ce que ceux-ci parviennent à proximité de la table de jeu. Là, il fut menotté et déclaré en état d'arrestation tandis que les agents formaient un cercle autour de lui afin de dissuader les curieux. Il avait adopté une attitude de défi, ne semblant pas prêt à accepter la défaite.

— Comment m'avez-vous trouvé ? finit-il par dire, l'air surpris.

Finnegan se tourna vers moi et j'attendis que Daniel Mulroy en fasse autant avant de répondre.

— Grâce à la clé magnétique que nous avons trouvée dans ma suite, sous le corps de votre père, et que nous ne pouvions identifier. Je me suis laissée induire en erreur : je pensais que c'était votre frère Mark qui avait placé le corps de votre père dans mon placard. Mais il était déjà mort à ce moment-là, n'est-ce pas ? Il n'avait pas été tué par votre frère Owen, mais par vous.

Daniel Mulroy semblait stupéfait. J'eus l'impression qu'il déglutissait avec difficulté, ou du moins, tentait de le faire.

— Le banc de musculation était trop haut pour que votre frère puisse descendre la barre et appliquer une pression suffisante pour étouffer Mark. Je l'ai compris dès que j'ai découvert le handicap de votre frère. Tout est alors devenu clair dans mon esprit. Pour la première fois, les triplés de la famille Mulroy collaboraient. Jusqu'au moment où vous avez tué Mark.

— Il était faible, il aurait fini par parler si nous lui en avions laissé l'occasion. Il n'avait pas assez de cran pour tout cela.

— Nous, répétai-je. C'est-à-dire vous et Owen. Vous a-t-il contacté ou est-ce vous qui l'avez fait ?

— C'est moi qui l'ai contacté, il y a des années. Il était le seul à haïr mon père encore plus que moi. Il s'agissait d'une raison suffisante pour unir nos forces.

— Votre frère Mark devait révéler ses malversations financières – il s'agissait d'une partie de votre plan, n'est-ce pas ? Contraindre votre père à fuir avec une fortune dont vous pourriez ensuite vous emparer…

— Cet argent nous appartenait. Prendre ce qui vous appartient n'est pas un vol. Cet homme ne nous a jamais rien donné, et encore moins à Owen. Souhaitez-vous que je vous dise la vérité ? Tuer mon père a été un soulagement. Je recommencerais avec plaisir.

— Habituellement, un assassinat réussi n'a lieu qu'une fois, soulignai-je.

Daniel s'arrêta et me regarda en plissant les yeux, Finnegan le laissant faire.

— Vous avez programmé tout cela, poursuivis-je, incapable de me contenir, votre mariage également, afin qu'il coïncide avec les meurtres commis dans cet avion et ce pavillon de chasse. Hill House aurait également été considéré comme un lieu isolé, ce qui aurait permis d'orienter l'enquête précisément dans la direction que vous souhaitiez. Même sans le blizzard, vous auriez tiré avantage de l'isolement de Cabot Cove en hiver.

— Qui êtes-vous au juste ? me demanda-t-il.

— Jessica Fletcher.

— Qui ?

— Cela n'a pas d'importance. L'élément déterminant a été la carte magnétique qui a dû glisser de votre poche lorsque vous avez caché le corps de votre père. Nous l'avons identifiée comme étant celle du motel Bayside, où

Allison et vous avez dû vous rendre grâce au véhicule de rechange que l'un de vous conduisait sans doute tandis que l'autre mettait en scène l'abandon de la Lexus. Vous pouviez avoir accès à n'importe quelle chambre de Hill House pour attendre la fin de la tempête grâce à la clé magnétique passe-partout de Tyler Castavette, dont votre frère Mark avait dû s'emparer avant que vous ne l'assassiniez. Oh, et vous ai-je mentionné qu'Allison Castavette a été arrêtée dans votre chambre, à l'étage, il y a quelques instants ? Après votre mise en scène avec la Lexus abandonnée, est-ce elle qui vous a conduit à Hill House avec Owen avant que la tempête ne batte son plein ? À chaque fois, vous avez tiré parti de la tempête, en gagnant du temps car vous saviez que personne ne viendrait à notre secours.

Daniel Mulroy ne prit pas la peine de nier mes paroles. Il se tenait parmi les autres joueurs présents et semblait surpris par le récit précis que j'étais parvenue à reconstituer depuis que son frère Owen avait chuté dans l'eau glacée quarante-huit heures plus tôt.

— Par ailleurs, poursuivis-je, une caméra de sécurité a enregistré des images de la seconde voiture que vous avez dû louer en quittant le parking du motel Bayside. Nous avons comparé sa plaque minéralogique avec celle qu'une autre caméra de sécurité a filmée ici, dans le garage du complexe.

Daniel me dévisagea.

— Et vous voilà !

— Oui, nous voilà. Mais où se trouve l'argent de votre père, Daniel ? En le restituant, vous pourriez alléger votre condamnation…

Il demeura silencieux, visiblement à court d'arguments.

— Loomis Winslow devait mourir parce qu'il avait découvert où votre père avait caché l'argent, repris-je. J'imagine que vous avez appris qu'il allait se rendre à Hill House pour rencontrer votre mère. Vous l'avez donc attiré jusqu'à la filature en lui envoyant un message depuis le téléphone de votre mère, qu'elle pensait avoir égaré parce que Mark le lui avait subtilisé. Vous l'y avez attiré pour qu'Owen puisse le tuer. Quant à votre mère, elle a commencé à craindre pour sa propre vie lorsqu'elle a constaté que Loomis Winslow n'honorait pas leur rendez-vous à Hill House. À mon arrivée, elle était encore en train de l'attendre dans le hall d'entrée. Ce n'était pas vous et Allison qu'elle attendait, contrairement à ses dires, résumai-je, ni même moi.

Le visage de Daniel Mulroy était demeuré inexpressif.

— Qui êtes-vous, en réalité ? demanda-t-il, tandis que l'agent Finnegan l'entraînait à travers le casino, les autres agents formant un cordon de sécurité autour de lui.

— Une auteure de romans policiers.

— Je regrette de ne jamais avoir lu l'un de vos livres.

— Vous allez avoir le temps de vous rattraper, maintenant, Daniel.

Une semaine plus tard, Mortimer Metzger avait enfin repris assez de forces pour se joindre à Seth et moi à l'occasion d'un petit déjeuner chez Mara. Il s'avéra qu'il n'avait finalement pas été agressé par Owen Mulroy, mais que sa blessure à la tête résultait d'une chute, sa motoneige s'étant retournée. Je ne pus m'empêcher de le réprimander parce qu'il ne portait pas de casque. Compte tenu de l'endroit où la motoneige avait été retrouvée, Mortimer avait dû parcourir près de huit cents mètres au cœur de la tempête, ce qui était en soi un miracle.

Par ailleurs, il avait fallu presque une semaine aux chasse-neige de la municipalité et à l'équipe de contractuels d'Ethan Cragg pour déneiger entièrement les routes et redonner vie à Cabot Cove. Selon Jim Cantore lui-même, les chutes de neige avaient atteint au total entre un mètre cinquante et un mètre soixante, ce qui était une première.

— En réalité, madame F., m'annonça Mortimer à mon arrivée, en détournant les yeux du téléviseur mural réglé sur Weather Channel, la chaîne météo, les records sont faits pour être battus.

— Je suis certaine que nous n'assisterons plus à une tempête de cette ampleur de notre vivant !

— Je parlais des records en matière du nombre de crimes, rectifia Mortimer.

— Cela n'arrivera pas de sitôt non plus !

— J'ai étudié de près la vie de cet Owen Mulroy, madame F. Vous pourrez trouver des informations à son sujet. Lorsqu'il était enfant, il a été soupçonné d'avoir incendié la maison de la seule famille d'accueil qui l'avait accepté et a passé autant de temps en maison de correction que dans des orphelinats. Me croiriez-vous si je vous disais qu'il a même exercé le métier de clown au sein d'un cirque ?

— J'ai dû mal à l'imaginer dans le rôle d'un clown bienveillant, Mortimer.

— Effectivement. Il a cassé le doigt d'une petite fille qui a tenté de pincer son nez rouge. La seule chose que j'ignore est le moment où lui et ses frères ont élaboré ce plan ensemble.

— Rappelez-vous l'arrestation de Heath Mulroy et son faux suicide. Sa dénonciation par Mark faisant partie de leur projet, tout a dû commencer à peu près à cette période.

Seth Hazlitt leva le nez de ses pancakes, qui baignaient dans du sirop d'étable.

— Tout cela m'amène à me demander à quel point les choses auraient pu être différentes si ces gens avaient élevé ce pauvre garçon.

— C'est ainsi que je couvre la nudité de ma scélératesse de quelque vain bout de phrase volé aux livres sacrés, et je parais un saint, précisément lorsque je joue le mieux le rôle du diable, déclamai-je, en citant Shakespeare, comme à mon habitude.

— Vous feriez un magnifique Richard III, Jess.

— En réalité, j'ai joué le rôle de la reine Elizabeth dans une version de la pièce, autrefois.

— Il est vrai que cette histoire a des accents de tragédie shakespearienne, commenta Seth.

— Mais au fait, vous m'aviez dit avoir eu une intuition qu'il vous fallait vérifier avant de m'en dire plus, lui rappelai-je. Vous aviez déjà dû comprendre que les documents de sortie de l'hôpital avaient été falsifiés pour dissimuler le fait qu'Owen n'était pas mort-né, en réalité.

— Et il s'avère que j'avais raison ! s'exclama Seth, rayonnant. Je suppose que j'ai prouvé que j'aurais fait un excellent détective, tout comme vous avez prouvé que vous feriez un excellent médecin, Jess, *ayuh*, ajouta-t-il, en désignant Mortimer, qui avait été mon patient.

— Je vais vous dire ce qui me préoccupe, déclara Mortimer, en remuant à l'aide d'une cuillère le café que le serveur venait de poser devant lui avant même qu'il ne l'ait commandé. Je ne sais pas comment ces trois-là sont parvenus à accomplir leur plan, même avec cette tempête qu'ils n'avaient pas prévue.

— La tempête leur a donné la possibilité de laisser croire que les invités au mariage avaient été assassinés par le même tueur en série que les passagers de cet avion ou les hôtes de ce pavillon de chasse, dis-je. Un excellent stratagème, vous en conviendrez, pour induire les autorités en erreur.

— Et que pensez-vous de la mise en scène des futurs mariés, destinée à laisser croire qu'ils avaient fui dans les bois, Jess ?

— Leurs corps n'auraient jamais été retrouvés, et ils auraient été déclarés disparus et présumés morts. Comme toutes les autres victimes étaient supposées être assassinées, personne n'aurait jamais su la vérité, et les enquêteurs en seraient arrivés à la conclusion la plus probable.

— Voici ma propre conclusion, expliqua Mortimer au moment où notre serveur déposa devant lui un bagel et du fromage crémeux, également sans attendre sa commande. Vous savez, l'important n'est pas tant que vous ayez résolu le mystère, mais que vous ayez sauvé huit existences. Vous pourrez ainsi poser votre candidature à l'élection du Citoyen de l'année de Cabot Cove.

— Je n'ai jamais accordé beaucoup d'importance à cette élection. Il s'agit davantage d'un concours de popularité qu'autre chose.

— Alors pourquoi l'ai-je remporté, l'an dernier ? demanda Seth.

— Parce que vous êtes aussi populaire que possible. Mais peu importe, je pense que je vais proposer la candidature de Hank Weathers, dis-je.

Mortimer fronça les sourcils.

— Il a identifié l'assassin de Loomis Winslow, lui rappelai-je. Nous aurions dû l'écouter.

— Il a dit qu'il s'agissait de Bigfoot…

— J'aurais dû accorder plus d'importance à cette échelle, à la raison de sa présence à cet endroit. Peut-être ai-je un peu perdu la main.

— Ou peut-être avez-vous davantage besoin de mon aide que vous ne voudriez l'admettre, remarqua Mortimer, dont les sourcils tressautèrent tandis qu'il étalait du fromage crémeux sur son bagel, tout en fixant une ancienne affiche de campagne de Sam Booth, notre « Maire qui laisse faire », scotchée sur un panneau d'affichage près de la caisse. Et pour ce qui est de la politique, en revanche, vous devriez peut-être proposer votre candidature au poste de maire. Vous pourriez adopter un meilleur slogan que « Votez pour moi et je ne ferai rien ».

— Pourquoi pas « Un poulet dans chaque marmite » ? demandai-je, en reprenant le slogan d'Herbert Hoover.

— Je pensais davantage à « Un cadavre dans chaque placard », suggéra Seth.

— Cela fonctionne aussi…

— Et au moins, cela est plus proche de la vérité, affirma Mortimer, maintenant que vous avez battu votre propre record…

— Il semble que l'année s'y prête, n'est-ce pas ? remarquai-je. D'ailleurs, les météorologistes ont-ils baptisé la tempête ?

Mortimer et Seth échangèrent un regard.

— Vous n'êtes pas au courant ? me demanda Seth.

— Vous aurez remarqué que j'étais bien occupée…

— Ils l'ont baptisée Jessica, m'apprit Mortimer. La tempête de neige Jessica.

— Vous plaisantez ?

— Blâmez plutôt l'alphabet, madame F., rétorqua Mortimer en haussant les épaules.

— Oh oh, murmura Seth, le regard dirigé vers la devanture de chez Mara.

Dehors, il s'était remis à neiger. Il s'agissait des premiers flocons depuis la fin de la tempête.

— Ça recommence ! gémit Mortimer.

UN TEMPS POUR LE MEURTRE

JESSICA FLETCHER

Auteure de romans policiers à succès, Jessica Fletcher se trouve toujours au mauvais endroit au mauvais moment : là où elle passe, il y a toujours quelqu'un qui trépasse ! Un jour, elle donne une interview à une jeune journaliste et le lendemain, celle-ci est retrouvée morte, une balle dans la tête. Il ne faut pas longtemps à Jessica pour découvrir que la jeune femme était la fille de la victime du premier meurtre sur lequel elle avait enquêté, vingt-cinq ans plus tôt. La première fois que le crime s'était invité dans sa vie ! Rattrapée par son passé, Jessica prend les choses en main, car elle en est certaine : le meurtrier va encore frapper. Heureusement, la détective amateur a non seulement une plume acérée, mais aussi l'esprit affûté et plus d'un tour dans son sac pour démasquer le coupable...

« Bouclez vos ceintures et embarquez avec Jessica Fletcher : un coup de maître ! » (LISA GARDNER)

Achevé d'imprimer en novembre 2021
sur les presses de la Nouvelle Imprimerie Laballery
58500 Clamecy
Numéro d'impression : 110927

Imprimé en France

La Nouvelle Imprimerie Laballery est titulaire de la marque Imprim'Vert®